于建新 著

感染科医生

A DOCTOR IN THE DEPARTMENT OF INFECTION

南方出版传媒
花城出版社
中国·广州

图书在版编目（CIP）数据

感染科医生 / 于建新著. -- 广州：花城出版社，2020.11
　　ISBN 978-7-5360-9214-3

Ⅰ. ①感… Ⅱ. ①于… Ⅲ. ①长篇小说－中国－当代 Ⅳ. ①I247.5

中国版本图书馆CIP数据核字(2020)第178609号

出 版 人：肖延兵
策划编辑：朱燕玲
责任编辑：许泽红　李嘉平
技术编辑：凌春梅
封面题字：陈应松
封面供图：子　夏
装帧设计：姚　敏

书　　名	感染科医生
	GANRANKE YISHENG
出版发行	花城出版社
	（广州市环市东路水荫路11号）
经　　销	全国新华书店
印　　刷	佛山市迎高彩印有限公司
	（佛山市顺德区陈村镇广隆工业区兴业七路9号）
开　　本	880毫米×1230毫米　32开
印　　张	10　1插页
字　　数	241,000字
版　　次	2020年11月第1版　2020年11月第1次印刷
定　　价	48.80元

如发现印装质量问题，请直接与印刷厂联系调换。
购书热线：020-37604658　37602954
花城出版社网站：http://www.fcph.com.cn

谨以此小说献给燕扉红!

序
一

少年的你！

翟业军

想象一下，20世纪90年代初，一个从医学院毕业的年轻人回到自己的家乡，一个寂寞的小城，被分配进医院感染科，一个多少有点令人谈虎色变、避之唯恐不及的清冷所在，再加上他生性冲动、易感，寂寞在他那里是要加上好几倍的，那么，他该如何度过病区里那些偶或响起一两声呻吟、哀号的漫漫长夜，以及如同那些漫漫长夜一样的漫漫人生？在另一个世代，比如巴扎洛夫，可以革命啊，做一个"新人"会耗尽这位医生所有的力比多，而他，我猜，只有酒、诗歌、小说、音乐以及幽灵一样隐身于录像带、影碟的海量的电影。不过，这些东西是解药，更是毒药，他的孤独被它们疗治，同时被催生、放大，他不得不始终依赖着它们，发作、纾解、再发作，未有已时——一朝感染，终身服药，这情景，像极了他一再书写的艾滋病友的窘境。解药让他忘乎所以，毒药令他痛不欲生，不管是解药还是毒药，都是有

"药"性的，就是这个"药"性点明他早已"病"入膏肓，但哪怕真是无可救药了，"病"也还渴望着"药"的象征性疗救，像是抚慰剂，像是临终关怀。有意思的是，正是"病"与"药"的无休止的纠缠，让他偏离了世俗的轨道，他既"在"又不"在"自己的生活之中，他的一双醉眼只向更明亮也更幽暗的深远处凝望。于是，哪怕已经变得油腻，成了"酒肉医生"，哪怕如他自己所说，遭遇了情感、家庭的"变故"，他的醉眼依旧是清亮的，他的叼着一根香烟所以微微有点上扬的嘴角还是表明了他的不甘和睥睨。如果你还有兴趣读一读他的小说，从注视他的嘴角切换到触摸他的心跳，既沉稳又急切的心跳，你会不由地喊出声来：啊，还是少年呢！不过，此少年不是彼少年，而是经历了一个否定之否定的痛苦循环，换了人间的——少年毋宁是从世故朝向清澈的一种眺望。

少年的你，我说的是感染科医生于建新，于建新出了第二本小说，《感染科医生》，而《感染科医生》无非是他的少年心绪的又一次集中表达。

少年总是感伤的，为多苦的人间，为人生的无奈、困窘，由此，于建新表现出他的多爱不忍。这一点在小说里多有表现，不必赘述。我更想说的是，不同于虱多不痒、债多不愁，因为太了然于问题的无解所以不再奢望解答的成年人，感伤的少年必须为困扰着自己的苦痛、难题寻找到解决方案，就像感伤的"五四"一定泛滥着"问题小说"一样，于是，于建新总是怀着一股强烈的寻找人生真谛的冲动，试图为那些夹缝中的人们指出一条生路，同时给自己的小说乃至人生一个happy ending。所谓真谛，大概只会出现在中学生毕业留言册上吧，是未经世事的，但谁又能笃定地宣称那些真谛非真呢，因为真谛本身不就是有着一种穿越世事的能量？不过，此真谛又非彼真谛了，它是经历世事之后的持守，是有韧性的，颠扑不破的。比如，《应霜霖》的同名主人公从《胭脂扣》中十二少的退却中获得启示:"瞬间的好总抵不过长久的苦,况且这长久的苦里,也有很多瞬间的好,这也是人活着的理由。"当然可以质疑:很多瞬间的好真的能够支撑你度过长久的苦?长久的苦不会反过来映衬出瞬间之好的虚妄?应霜霖或者于建新也有理由反问:瞬间的好真是好啊,它就是能够生发出一种让人昂扬的力量,凭什么用长久的、终极性的苦来否定它?于建新还要让何安安给应霜霖发去一条短信:"我愿意成为你生命里,一切隐疾和心伤的解药。"于是,苦尽甘来,千祥云集,思之令人落泪。

少年总是有正气的,因为还没有被阴气、邪气消磨。可是,他所遇都是艾滋病、"男同",所看也是《蓝宇》、南康白起,这些都是被打入暗影的人和事,正气的他如何懂得并慈悲?懂得并慈悲于这些暗影的他还是少年吗?对此两难,支道了的一段心理描写给出解答:"支道了明白,越是禁锢,越是越位。越是危险,越是冒犯。但是,有了疾病,可以享受国家免费药物而不愿意的人,支道了是不理解、不同情,甚至反感和厌恶的。"就这样,他给暗影划了一道界限,他在懂得它们的同时,决不让自己被搅入,他还是那个少年,不沾染一点尘埃。只有少年的你才有勇气给自己的小说一个近乎"大言不惭"的命名,《尊严》;才会有一种透亮的幽默,让正在吃"替诺福韦"的筱铁梅朗朗地回答问自己在吃什么好东西的老钱:"维生素啊!"

少年喜欢寻章摘句,因为少年难免浅易,需要在章句中淘深、拓广自己。不过,正是在这里,于建新露出了破绽,因为他忘了自己早已经历过否定之否定的循环,他以及他的对象够深、够广,朝自己、朝他们走下去就好,管什么罗宾·威廉姆斯、李志。比如,《被遗忘的母亲》明显在向《为奴隶的母亲》致敬,有一种"五四"的文艺腔的感伤,但一个被强奸从而感染上艾滋病的老妇的被遗弃,她的悲伤要比《为奴隶的母亲》和《楢山节考》中的母亲来得痛切得多,因为说不出口,而说得出口的悲伤已经被言说本身所抚慰。想到那个戴着墨镜(艾滋病导致目盲)、笑起来像金铃的老妇,我一阵心酸,却又说不清我的心酸是什么。于建新,你为什么要乞灵于柔石、今村昌平,你一直盯着她、盯着她就好,那是一个巨大的、裸露的伤口,伤口会吞噬你,同时,重造你。

2020年11月12日,浙大启真湖畔

序二

一个专写病人的医生小说家

杨键

今年10月有两个发现,一个是灰娃的诗歌,一个就是于建新的小说。几年前他出版第一本小说的时候我写过一篇文字,那时候我还没有觉得怎么样,这一回读完他的小说,我感到非常震惊,这家伙的小说终于成了!这个"成"还不是一般意义上的"成",而是实实在在难得一见的小说意义上的"成"。于建新在这本小说里创造了一个主线人物,感染科专门负责本区艾滋病临床治疗的医生——支道了。小说的主角支道了医生的形象,其实是作者于建新的部分投射。于建新从业三十年,经历了2003年的"非典",又遭遇庚子年的新冠肺炎疫情,始终坚守在抗疫一线。在疾病与病人间的"斡旋"中,是良知和慈悲支撑着一位医生去深入病人的内心,去为他们呼唤,为他们张目,将他们的故事诉诸笔端,警醒世人。

在于建新的小说里,脱轨的欲望、被引诱的欲望,让人迷失。如此之多的疾病是从这里来的吗?心肝脾肺肾对应仁义礼智信,无仁无义无礼无智无信,人的身体会出毛病,他们的世界被封锁在疾病里。恬淡虚无,真气从之,精神内守,病安从来?只要欲望还在,感染的风险就在。

金坛虽小但出人才,先锋书店钱小华、摄影理论家孙慨,小说无疑就是于建新了,我称他为金坛契诃夫,是有理由的,因为中心趋于平凡,反倒在偏僻处出人才。于建新就是一例,他必将因这部小说名扬四海,因他是真的医生,看见了我们看不见的疾病,因他有真的良知看见了我们看不见的疼痛,他把人的欲望形成的灾难写成了一出出一幕幕使人动容的悲剧。这是在小地方的卧薪尝胆带来的。写这样的小说很辛苦,他要面对的是无限多的未知的险恶和绝望的灵魂。在他这里,良知没有泯灭,每一个病人都在他的诊断中得以挽救自己的尊严,他们是最最普通的人,但每一个普通人都被他刻画得郑重其事,体面温和,作者如果没有爱,没有平等心,这些普通人不会如此动人。

这些小说人物不能说是于建新的创造,只能说是他的医者仁心发现了这些人,其中每一个人的人生都跌宕起伏,都可以唤醒我们的同情心,小人生里有大命运,因为有医生的慈悲和平等的爱,因为有国家的支持和社会对于他们的拯救和援助,他们才能带着希望勇敢地活下去。

一个人,一个医生,在一座小县城的医院里,成天面对的就是病人,成天写的也是病人,这个专门为病人写作的医生,既治疗疾病,又抚慰灵魂。或者,是否可以这样来问,究竟是病人创造了支道了医生,还是支道了医生创造了病人?应该是两者兼而有之,互相映照。在医院里,几乎每个病人都有不为人知的故事,对于大千世界来说,他们仅是一粒微尘。于建新能够为他的病人写小说,为一个个渺小的灵魂诉说,以文字去照亮人心,去疗愈生活。这不能不说是个奇迹。于建新是个非常优秀,而且出现得正当其时的小说家，他的小说读起来很快也很慢，他用支道了医生命名了我们深深的病痛，用他的视角揭露人性的弱点，抨击不珍惜生命的懦夫，直指人心——没有爱的世界会成为医院和药房。

2020年10月29日

目 录 CONTENTS

尊　严　　　　　　001
维生素　　　　　　020
痒死了　　　　　　032
戒·断　　　　　　040
被遗忘的母亲　　　054
爱情祭　　　　　　063
楚岚君　　　　　　075
抢　救　　　　　　091
"饥饿"疗法　　　102
恐艾症　　　　　　112
躲　开　　　　　　126
车班轶事　　　　　139
感谢信　　　　　　154

支道了的夜班	162
激　素	175
再次介入	191
进修通信	204
支光复	214
好医生	227
应霜霖	243
赵致远的第一次	276
支道了前传	288
后记：沉郁之中写病史	302

尊 严

林小宇每天起床的第一件事情,是翻看笔记本。

周一,鸡汤。周二,排骨汤。周三,鸽子汤。周四,猪肚汤。周五,大骨头汤。周六和周日,休息。今天周四,猪肚汤,林小宇起身,上菜场。

猪肚是提前订好的,且已经清洗好了,除了猪肚本身的钱,额外还要多付十元的清洗费。因为,清洗猪肚,常规是用洗洁精,林小宇要求用粗盐。拿好猪肚,再买葱、姜,还有自家的菜,然后回家。

出水,切块,清洗,入锅,和料酒、葱、姜一起,少许盐,一勺小磨菜油,大火一滚,小火慢炖。一个小时以后,把猪肚捞出来,配上青椒片一炒,就是自己的午饭菜。把汤盛进保温桶,骑上电瓶车,去第二人民医院。

林小宇先到床边,跟父亲拉手,微笑,对他说:"今天是猪肚汤啊,你最喜欢的。"

床上的父亲,没有像往常一样,微微眨眼,而是满脸痛苦。林小宇感觉不对,立刻去请倪悠文主任。倪主任过来一看,嘴里啊呀了一声,小声嘀咕了一句:"不会是胆结石发作了吧?"

立刻床边腹部彩超、血常规、肝功能，果然是急性胆囊结石，胆囊炎症发作了，需要使用特殊级抗生素，二院没有。林小宇立刻给哥哥林大宇打电话，在电话里，倪主任和林大宇沟通了半天，同意从人民医院买了抗生素过来输液。目前的第一医嘱是禁食。

禁食，加上对症消炎利胆、补充能量、维生素和电解质等综合治疗，这些药物都是自费的，不在基本药物目录里，在康复科住院，医保是不报销的。一周过去了，花了一万多元，林从龙反而昏迷，继而休克了，感染性休克。请外科会诊，外科医生表示，植物人林从龙的身体，不合适手术和引流，只能保守治疗。保守治疗没有效果呢？林大宇问。外科主任沈凯手一摊：……

都是做医生的，道理其实都懂，看着父亲的皮肤由淡黄转为金黄，由金黄转为阴黄，林大宇知道，由感染造成的胆道梗阻，已经无法逆转。看着林从龙日渐消瘦，体重锐减，面部表情万分痛苦，林大宇心里实在难过。父亲虽然是植物人，但身体的痛他是能感受的，皮肤的瘙痒，也能感受。能感受却无法言语，那样的全身不宁简直难以表达！林大宇就想到了一个词：安乐死。

林大宇找遍了所有能找到的资料，发动所有能发动的同学，得到的信息都是令人失望的和负面的，譬如百度到的这个消息：

1986年到2003年这17年中，陕西第三印染厂的一名普通职工王明成两度因为安乐死问题成为全国媒体关注的新闻人物。1986年，王明成的母亲夏素文病危，王明成不愿母亲忍受临终前的病痛，要求大夫对母亲实行了安乐死。1987年，陕西汉中市检察院以故意杀人罪将王明成和大夫蒲连升刑事拘留，这是我国的第一例安乐死案件。1992年，最高人民法院批示，安乐死的定性问题有待立法解决，就本案的具体情节，对蒲、王行为不做犯罪处理。2003年6月，王明成被诊断为胃癌晚期。王明成正式提出安乐死的请求，但被西安交大第二医院以我国尚未立法为由拒绝了。

不仅仅是法律和伦理的原因,林大宇心里清楚,想做通林小宇的思想工作,也不可能。

五年前的冬天,林小宇陪父亲去浴室洗澡,因为片刻的疏忽,父亲跌跤了,费尽心力抢救的结果,就是植物人。一个月后,托人找关系,送进了二院的康复科,这一晃就是五年。林从龙从一个百八十斤的胖子,瘦到了一百二十斤。林小宇因为自己的失责,十分愧疚,辞去了在人民医院药房的工作,去了第二人民医院,做了一个专职护工,专心伺候父亲,兼职伺候其他几个病人,聊以温饱。为此,爱人跟他离婚,上大学的女儿,工作以后,也选择留在上海,不再见他。即使如此,林小宇也绝不妥协,一心一意照顾父亲。他的信念很简单,不管父亲什么状态,留在这个世界上的时间越长越好。关于安乐死,林大宇曾经跟林小宇无意间聊过,林小宇头一偏:休想。

休想也要谈一谈。

就在二院康复科十楼,父亲住院的病房走廊尽头,兄弟俩点着烟,先各自抽了一支,再续了一支,林大宇问:"红芳跟玉慧还有联系吗?"

林小宇摇摇头。

林大宇:"钱够用吗?"

林小宇:"吃住都在医院,没有什么开销,够了。"

林大宇慢慢地问道:"如果,我说假如啊,爸爸走了,你还继续做护工?还是回医院?还是……"

林小宇急速回答:"没想过这个问题。"

林大宇扔掉烟头,摸摸胡须,最近忙乱,胡须忘记剃了,居然扎手:"爸爸这个样子,你有什么想法吗?"

林小宇也扔掉烟头,头一偏:"什么想法?救。"

林大宇说:"救?你也看到了,所有的措施都上了,该花的钱也花了,没有效果啊。"

林小宇反问:"你是怕花钱吗?这钱可都是爸爸的退休金,没花你一分钱。"

林大宇一边思考,一边说话:"你怎么会说到钱的事情呢?小宇啊,你也学过医,你也该知道,医学并不是万能的,像爸爸这样的情况,再怎样抢救,也回天无力了。你再看看爸爸,每天,痛苦得像什么样子啊,你就忍心?我是不忍心了。"

林小宇有点激动了:"你不忍心?哥哥,你想过我吗?我会忍心吗?可是,一旦爸爸走了,我就再也没有赎罪的机会了。我这罪孽,百身莫赎啊。"

林大宇也激动了:"你还当我是你哥哥啊,你看看,就为了自己要赎罪,宁愿爸爸在巨大的痛苦里煎熬,你心里倒是假装安宁了,爸爸呢?你想过他吗?你自己设身处地想一想爸爸此刻所遭受的痛苦,小宇,你太自私了。"

林小宇忽然爆发了:"林大宇!你敢说我自私?这五年来,我没有一天心里是安乐的,为了照顾爸爸,红芳离了,玉慧走了,没有我,爸爸会有今天?林大宇,你自己说说,这五年里,你来陪过几次夜?翻过几次身?倒过几次大小便?喂过几次饭?不要我说,一只手能数得过来,居然还敢说我自私?"

林大宇沉默了。半天,从包里拿出一条"玉溪",递给林小宇,低声说道:"少抽点。"

最近半年以来,支道了大脑里,始终被一首诗歌萦绕。

自己最喜欢的演员之一,罗宾·威廉姆斯自杀以后,有好几年时间,支道了不敢看他演的电影。好像是去年年底,支道了闲暇无聊,翻看旧碟,忽然看到了一部很早的电影《无语问苍天》,是威廉姆斯和罗伯特·德尼罗的对手戏,曾经看过一遍,有十年了。重新看片,其中有一个场景,罗宾·威廉姆斯扮演的塞尔医生,指导罗伯特·德尼罗扮演的病人里纳写字,本该拼写的就是名字Leonard,他拼写的是Leopard。和里纳的母亲交流后得知,里纳没有生病之前,最爱读书,什么书都读。塞尔医生这才明白,里纳拼写的《豹》,原来是著名诗人里尔克的一首诗歌。

在重看这部电影之前,支道了不知道里尔克,也不知道《豹》。支道了也跟电影中的塞尔医生一样,在家里翻了半天,居然还找到了一本《里尔克诗集》,看扉页的题字,是儿子支援购买的。

> 它的目光被那走不完的铁栏杆
> 缠得这么疲倦,什么也不能收留。
> 它好像只有千条的铁栏杆,
> 千条的铁栏后便没有宇宙。
> 强韧的脚步迈着柔软的步容,
> 步容在这极小的圈中旋转,
> 仿佛力之舞围绕着一个中心,
> 在中心一个伟大的意志昏眩。
> 只有时眼帘无声地撩起。——
> 于是有一幅图像浸入,
> 通过四肢紧张的静寂,
> 在心中化为乌有。

读完诗歌,支道了当时就震惊了。诗歌中的每一句话,好像都在直指自己的一生。

重看以后,支道了始终想不起来,第一次看片的时候,怎么没有这些场景的丝毫记忆呢?不管了,反正,只要一有闲暇,诗歌中的句子就不请自来,萦绕心怀。

它的目光被那走不完的铁栏杆

缠得这么疲倦，什么也不能收留。

…………

电话响了，疾控的汪长荣说：吴长青死了。

支道了从诗歌世界，重回疾病现实。

近半年来，已经有三个HIV患者，因为不肯口服免费的抗病毒治疗，并发其他疾病死亡了。

石磊，三十四岁，2015年国庆节确诊为HIV，他母亲陪同来咨询治疗，建议立刻入组，当时拒绝。两年来数次电话催促，不肯露面。2017年底来医院，要求入组抗病毒治疗。检查发现，腹腔淋巴瘤已经转移到肝脏，2018年初，死了。

王瑞，三十一岁，感染病毒确诊后一直隐瞒病情，今年初来医院，合并孢子虫肺炎，最后死于真菌性脑炎。

还有这个吴长青，五十岁，七年前确诊疾病，入组抗病毒治疗，半年后自行停药，一年后换了手机号码，了无踪迹。一个月前忽然出现在门诊，要求吃药。已经并发真菌性脑炎，前天死于家中，是邻居报的警，因为，所有的亲人都离开了他。

对于"男同"，支道了一直抱有同情、理解和宽容的态度，对于"男同"感染了艾滋病，支道了也一律抱有宽容理解的态度。支道了明白，越是禁锢，越是越位。越是危险，越是冒犯。但是，有了疾病，可以享受国家免费药物而不愿意治疗的人，支道了是不理解，不同情，甚至反感和厌恶的。

也许，前者是基于人的情感，后者更多是出于职业的因素。就目前的常识而言，艾滋病是一种慢性传染病，只要口服抗病毒药物，还是国家免费的，就能维持正常寿命，那些病人究竟是什么原因不肯吃药，提前离世呢？支道了猜测过好多种理由，也想尽量地同情和理解，但始终无法释怀。

手机又响了，这次是林大宇："老支，你今天白班？"

"嗯。"

"这个病人需要你亲自处理。"

"嗯？"

林大宇解释，章先发，八十二岁，医院前前前任书记，乙肝肝硬化，并发腹水、感染、黑便、肝性脑病等，即将进入肝肾综合征，已经被上级医院拒绝治疗，家属要求回来继续住院，积极治疗。

支道了咕哝了一句："上级医院既然拒绝了，表示只能临终关怀了，这还有得治吗？还积极治疗？"

林大宇明白支道了的不满："哎，老支，关心的人太多，局长打电话，院长打电话，我也顶不住啊，你就多解释，多担待吧。"

章先发已经昏迷，形骸俱已细缩，不成人样。开完医嘱，支道了思量如何跟家属沟通，章先发的儿子来了。大儿子老师，跟林大宇差不多年纪，小儿子律师，跟支道了同龄。支道了也不客套，严肃地说："既然你们从南京回来了，老书记的病情，不用我再多说什么了吧？"

章明老师说："还有一个月，老头生日，尽量能拖到生日，一家四代人，还想给他过生日呢。"

章白律师说："反正老头全报，有什么好药紧用，实在没有的药物，我们去买了回来报销。"

支道了心里微微不快，自己的话等于没说："你们回来的时候，南京的医生怎么说的？"

章明老师说："没说什么啊，就说回去吧，回去再养养。"

章白律师说："他们没本事，居然说没有希望了，要不是看在老头熟人的分儿上，要跟他们打官司。"

支道了有点微怒了:"我也没本事,这样吧,我跟ICU联系,你们把老书记送ICU吧,一旦病情有变化,可以及时抢救。"

章明老师说:"支主任,支主任……"

支道了立刻打断他的话:"我不是主任,我是普通医生,我们主任姓林。"

章明老师也打断支道了的话:"对啊,林大宇么,我们高中同学么,我就是相信他,才回来的。"

章白律师说:"我们商量过了,不去ICU,进了ICU,花钱太多,又不能报销,都要自费。再说了,老头从南京回来,有不少亲戚朋友要来看望,进了ICU,就看不到了,支主任,你说是不是?"

支道了心里简直要喷火了,他拿起桌上的散烟,在手里用力揉搓,一下就碎了一地,心里才平静一些。不想再废话了,面对电脑,先开医嘱:请ICU会诊。接着写会诊单。会诊单发出以后,写医患沟通。内容如下:患者为老年男性,乙肝肝硬化多年,已经并发腹水、感染、消化道出血、肝性脑病以及肝肾综合征,目前已经昏迷,生命体征不稳定,一旦发生病情变化,以目前的医疗水平和能力,无法抢救,随时有生命危险。与患者家属沟通后,家属表示病情变化时,拒绝去ICU进一步抢救。特此记录并告知。年月日,支道了。

支道了把显示屏一转,朝向两个儿子:"你们仔细看看,没有意见,我就打印了签字。"

两个儿子一字一句读完,章白律师说了:"支主任,我们可没说不去ICU,我们只是说,现在不去ICU,如果病情真的有变化,还是要去的。"

支道了盯着章白律师:"如果病情很快恶化,来不及去ICU呢?"

章白律师说:"怎么可能?老头只是昏迷,离死还早呢。"

支道了不想废话了:"那我认真地告诉你,不会超过72小时,因为,已经进入少尿期了。"

章明老师说:"支主任,我就想不通了,就这么一个简单的毛病,现在的医学这么发达,就没有办法了?我是不相信。"

支道了正想跟在门诊的林大宇打电话,忽然,护士那边喊了:"14床的家属呢,14床醒了。"

章明老师和章白律师,闻言一喜,转身要走:"你这个支主任呢,你看,这不是醒了么。"

支道了端坐着:"没有意见的话,把字签了。"

律师弟弟跟老师哥哥讲:"老大,你签,这个东西没有法律效应,打官司的时候,就是一张废纸。"

支道了跟着进了病房,哪里是醒呢?只是嘴里在哼哼,因为肝硬化晚期,胀气明显,患者非常不舒服。倒是有小便了,因为垫着纸尿裤,无法统计尿量。支道了跟护工老葛交代,记录24小时中的小便次数。

ICU的袁东方主任来了。

支道了顺势退出病房,把难题交给了袁主任。

主任办公室,支道了看着一支接一支烧烟的林大宇,问起林从龙的病情和预后。

林大宇又接了一支烟,才开口骂人:"妈的,都是卵怂!中国人命苦,想安乐死都不行。骂人的话,你不得好死!老头,你懂的,生不如死。"

林大宇继续抱怨:"小宇也不听话,非要全力抢救,劝了半天,全当我放屁。苦了老头,他也真忍心。"

支道了不接话,等林大宇面色和缓了,才开口:"老章书记的这个事情,有点不对啊。"

林大宇又接了一支烟:"八十年代初,我从镇江医专毕业,分到县医院，就是老章接待的我们。他当时是医院的副书记，记得在欢迎大会上，他说，医院又小又穷，设备仪器少，人才更少，都是赤脚医生跟老资历的护士在撑着看病，希望我们这些新鲜血液，能把医院带上一个台阶。这一晃，三十多年，不，将近四十年了，时间真他妈快啊。遗憾的是，医院好像没有上什么台阶，我们也老了。"

支道了只好沉默。

林大宇说："老章么，毕竟在卫生系统干了这么多年，老领导、老同事多，打招呼的人也多，你就尽力吧。"

支道了一愣："你这是什么意思？因为在卫生系统工作过，就可以不死？你知道老章的病情吗？"

林大宇不理睬支道了，继续他的话："当然知道。还有，今年上半年好像死亡病例多了，看看能不能尽量拖到下半年，还有一个礼拜。不然数据不好看啊，开会又要挨批，年底还要扣分。"

ICU的袁东方主任进来了，后面跟着老师和律师。

袁东方对林大宇笑了："林主任，我也是第一次遇到，病情这么重，要治疗，还要积极治疗，病情变化还要抢救，也不缺钱，就是不肯去ICU。林主任，你跟他们说吧。"

章明老师和章白律师，跟林大宇叽叽歪歪解释了半天，意思就一个：你们看着办，反正不能死。林大宇一味赔笑，也不反驳。一旁的支道了发火了："你们的孝心呢，我理解。老章从南京回来，就说明一个问题，老章的疾病，无法治愈了。医学再发达，也有无法治愈的疾病，你们一个老师，一个律师，讲不讲科学啊？迷信的话说呢，医生只能治病，无法治命，老章是命到了。还有一层，你们是不是老章的儿子啊，老章那么痛苦，骂人的话，你不得好死。说实话，让老章早点离去，有一个好死，才是对你们父亲最大的尊重，他现在，生不如死啊。如果你们非要这样,我只能猜度你们有私心,而不是孝心!你们,真的那么忍心?"

林大宇心里一震,这话多么熟悉啊。

也许是过度疲劳了,也许是近期思虑过度了,或者是,因为天气忽然变热,空调吹的时间长,总之,这一晚,林小宇没有能睡觉,牙齿疼。

林小宇睡不着,在护工床上翻来覆去,听到1床有微微的鼾声,2床沉重的呼吸声,以及3床父亲的无声无息。1床,老年男性,老年痴呆症入院,发病前是某税务单位的主办会计。发病症状为到银行不断取钱,回到家不停地数钱。已经住院快五年了。2床,老年男性,陈旧性肺结核、老慢支、肺气肿、肺心病、呼吸衰竭,靠抗生素和吸氧维持生命,已经住院五年多了。最近病情危重,已经告知了家属。1床和2床的子女,都是林小宇的同学,托了倪悠文主任,特意放到一个病房,请林小宇护理,每人每月两千元。这样,林小宇就是每月四千的收入,可以全心全意伺候父亲了。

还是疼啊。

林小宇想起大学药理课的时候,老师的形容词。说,如果把牙齿疼比作1,那么,结石的疼痛就是3到5,而肿瘤的疼痛是8到10。忽然想起,父亲就是胆囊结石,那么,他也应该是非常疼痛的啊。想到这里,林小宇忍住牙齿的疼痛,轻轻起床,来到3床边,父亲,又小又瘦,枯黄得像河滩的一棵芦苇,又好似黑暗世界里即将熄灭的微弱灯芯。林小宇轻轻推推父亲,父亲好像有感觉一样,手臂缩了一缩,又好像根本就没有丝毫动作。父亲的眼睛睁着,好像有话要说,又好像什么表情和感情都没有。林小宇眼泪忍不住流了下来,轻轻回到护工床上,想继续睡觉。

还是疼啊。

半夜的时候,林小宇实在忍不住了,到护士站要了一颗止痛药。再到顶头的楼梯间,抽了一根烟。回到病房的时候,忽然发现,自己护理的2床,不知道什么时候掉床下了,请值班医生和护士过来一看,心跳呼吸都没有了。立刻通知家属,三个儿子和两个女儿都来了,在一旁平静地看着丧事工作人员,抹身和穿衣。二儿子是林小宇的同学,把林小宇请到了楼梯间,一起点上烟,一边笑着说,老人也八十了,可以了,活着也是活受罪啊。再次表示了感谢,并一再强调,明天就把工资一起结清,而且要多加一千元。

等2床全部忙结束,已经凌晨三点多了。牙齿忽然不疼了,但林小宇再也无法入睡了。

只有时眼帘无声地撩起。——
于是有一幅图像浸入,
通过四肢紧张的静寂,
在心中化为乌有。

塞尔医生的努力,最终没有取得成功,全部的病人,最后又重新回到无声的世界里,里纳也不例外。里纳又要沉睡了,在餐厅,他硬拉着心爱的姑娘跳一曲舞,看着她离去,哀伤而不忍。支道了的眼泪忍不住哗哗哗地流。那一刻,作为医生的支道了,油然而生同情和自责,感觉人生的残忍和医生的无能。联想起扮演男主人公的罗宾·威廉姆斯是自杀身亡的,支道了更加觉得人生的无意义和活着的空洞无趣。

值班室的空调非常好,支道了感觉冷了,想着接班一个小时了,还没有急诊病人,正偷偷开心呢,微信响了。

从去年开始,支道了用医院发的卡和手机,申请了一个微信,把自己管理的艾滋病人,都加上了,方便联系。

有病人推荐了名片，名字叫"沉睡在黑夜里"，通过以后，一问真实姓名，吓了一跳，是失去联系数年的祝国文。

支道了立刻追问："你到底怎么回事？药物还吃吗？"

祝国文答："谢谢支主任，早停了。"

支道了："对啊，后来一直打你电话，你换了号码，是不是？"

祝国文："是。我去外地了。"

支道了："为什么？去外地没问题，为什么停药呢？"

祝国文："吃药麻烦啊。还有，想早点死了，活着没意"思啊。

支道了："祝国文，你是有文化的人，你该知道，只要坚持吃药，你们都是正常寿命啊，说句玩笑话，也许我死了，你还活着呢。你今年才四十几啊。"

祝国文："是啊，我都四十一了，没有成家，父母担心，亲戚追问，外人嘲笑。我想跟我的男朋友在一起生活，现实世界又不允许。他们，一个一个迫于现实压力，离开了我，虽然我能理解他们，但我的心被一次又一次伤透了，没有爱情，没有追求，没有向往，支主任，你觉得这样活着有意思吗？有尊严吗？"

支道了："是啊，你说的都不错。但也不能因为现实如此，就主动放弃活着的权利啊。"

祝国文："没人在乎我的感受，应该说，没人在乎我活得怎么样。父母只希望我结婚，他们在乎的是面子。我爱的人在乎感情，但更在乎现实。我活着没有尊严啊，支主任。"

支道了："祝国文，你还有一技之长啊，我记得你是一个不错的调音师，还能为这个社会做点事情。"

祝国文："社会？这个社会？这个社会给我的，是无尽的嘲讽、鄙视和冷漠，他们最大的希望，是把我们像麻风病人一样隔离起来，自生自灭。当然，如果能早点死掉，死绝了，死光了，就更加合这个社会的胃口,支主任,我没说错吧。"

支道了:"话是不错,但是……"

祝国文:"不用但是了。支主任,我今天加你,是因为,你是我熟悉的医生里面,对我们最平等的医生,我用微信跟你道个别。我现在在南边,住在医院了,真菌性肠炎,一天拉几十次,还有脑炎,快要死了。想到死,我是真开心。等我死了,也许在乎过我的人,会更加在乎,更加伤心,这样的死,比活着有尊严多了。谢谢支主任的关心,再见!"

没等支道了再回信,微信显示,对方已经拉黑了自己。

支道了丢下手机,心里无比惆怅。拿起桌上的散烟,用力搓揉,烟丝散了一地,心里才稍微平静一些。

有人进来了,是章明老师和章白律师:"支主任,是你值班吧,老头醒了,说想回家。"

支道了心里一震:"真是他说的?"

兄弟俩点头。

赶紧来到抢救室,来到章先发床前,果然,老章眼睛睁着,神志清醒,精神亢奋,吐字清晰,看到支道了,又说了一遍:"我要回家。"

又添了一句:"明明,白白,不要再抢救了,没用!让我早点闭眼吧,让我早点舒服舒服吧。"

兄弟俩都跪着,流泪了。

支道了领着兄弟二人回到办公室,定定心神,跟他们说:"你们相信人死前,会有预感吗?"

章明、章白瞪着大眼:"支主任,你什么意思?"

支道了缓慢而轻声地跟他们解释:"我多年的经验告诉我,人在临死之前,是有预感的,就像民间说的回光返照。你父亲要求回家,其实是有两层意思:一种是身体的回家,回到肉身所在的家中;另外一层意思是,他要离开这个世界了,他想在家里离开这个世界。"

兄弟俩相互看看:"我们不信,支主任,你看还有什么办法,尽管用上去,我们,不回家。"

支道了心里有点埋怨的情绪了,但还是耐心地解释:"我们本地的说法,肉身在家去世,灵魂才认得自己的家,五七以后,灵魂才能回家,受到亲人后辈的祭奠,不至于在另外一个世界成为孤魂野鬼。"

兄弟俩又一次相互看看,哥哥章明说话了,明显换了一种声调,低沉而伤心:"支主任,你一定不知道,我们兄弟从小没有母亲,是父亲一手带大的,小时候皮啊,闯了不少祸,挨了不少打,才有我们兄弟俩的今天。在单位,他也是个工作狂,本来是搞专业的,跟林大宇老头一样,外科么,好像是1977年,上级建议他搞行政,当时卫生系统没人,他就改行了,一直干到退休。因为改行,退休工资比搞专业少了很多,他也没有意见。这老头,就这么一个笨蛋。现在要死了,我们兄弟俩,实在是舍不得啊。支主任,西医不行,你帮我们打听打听,有没有什么中医偏方,我们愿意试试,哪怕在这个世界多活一分钟,都是好的啊。支主任,老头一旦走了,树就没有根了,家就散啦。"

支道了被感动了,不知道还能说什么,低头在抽屉里找名片,一个叫闫贤靓的医药工作者,某医药公司江苏片区经理,代理西南某单位的中成药,好像有点对症,就把名片递给了兄弟俩,顺便瞄了一眼手机,6月28日了,距离林大宇口中的下半年,还有两天。

也许,也许是中成药起了效果,29日凌晨,章先发彻底清醒了。但神志清醒的副作用出来了,因为神志的清醒,肝硬化的并发症,如感染、出血、腹水、肝肾综合征等的各种不适,如乏力、畏寒、胀气、恶心、呼吸困难,缺氧导致的濒临死亡的恐惧,相互交替着前赴后继,令人生不如死。章先发忍不住了,大声哀号，哀号的间歇里，会对兄弟俩说，让我死吧。整个病区的走廊和病房里，弥漫着他的哀求声，时隐时现，令人毛骨悚然。

章家兄弟来找支道了和林大宇，既有痛苦和自责，又有尴尬和懊悔，数种表情从兄弟俩的脸上掠过。支道了看看林大宇，林大宇看看支道了，最后，林大宇说了一句话："用吗啡。但是……"

"但是，"支道了接着说，"用了以后，也许老章书记就再也清醒不过来了。"

章明说："就不会这样难过地喊叫了吧？"

章白说："就一直不醒，直到死去？"

林大宇和支道了同时点点头。

兄弟俩你看看我，我看看你，听着走廊和病区里断续的哀号声，一起点头："用吧。"

支道了打开电脑，写好医患沟通记录，对兄弟俩说："签字吧。"

等兄弟俩离开办公室，等支道了开好医嘱，林大宇重新燃起一支烟，烟雾弥漫中，唉声地嘀咕着："希望能拖到7月1号。"

支道了忽然带着同情看着林大宇，没有离开主任办公室，而是坐定了下来，问道："老林怎么样了？小宇还是坚持？"

林大宇闷了一口烟，不答反问："老支，你相信人生吗？"

没等支道了回答，林大宇又先开口了："作为一个人的我，是不相信人生的，可作为医生的我，必须相信人生，不然，我如何有信心给病人看病呢？难道我对挂号的病人说，我不相信人生，你就别找我看病了。可是，现在，就现在，作为医生的我，也不相信人生了，你看看每天的人和事，哪里有什么可以相信的呢？"

支道了没有接话，而是用自言自语作为回应："我的微信朋友圈，有一百多个特殊病人，他们每天，也会在圈里发东西，文章、照片、广告、旅游、心得、感叹，不知道的人，根本看不出异样。但在私信聊天里，他们在我面前，呈现完全不同的心情和态度。有人苦于衷情而不能得圆满，有人苦于无法婚姻而愧对父母，有人苦于疾病需要终生隐瞒而疲累，有人苦于病之将死却没人诉说，等等，不一而足。谁也不知道，我们像常人一样的生活，对于他们，就是天堂。谁也不知道，那么多的一群人，每天在苦熬。每时每刻，我们感觉平淡，甚至无聊的日子，对他们而言，就是天大的幸福啊。人生，哪里有什么道理可言呢？"

林大宇继续他的思维："老支啊，我有时想想父亲，想想老章，他们这一代人，比我们苦多了。可是，你很少从他们嘴里，听到抱怨和埋怨。不管事情对与不对，先做起来再说。我们这一辈呢，没做先抱怨，但最后还是会把事情做好。再看我们的小一辈，又不同了，不仅抱怨，还不做事情，难道真的是一代不如一代吗？"

支道了继续他的思维："老林啊，我有时想啊，人真的有趣。因为每个人对于生活的理解和要求都不同。有人侧重感情，有人侧重物质，有人侧重精神，也有人侧重欲望。各色人等各自过各自的生活，像水中的鱼类，每一种鱼类一个层次，各不相干。一块巨石落到水中，层次就乱了。就譬如人生的疾病，人生的死亡，这样的巨石落下，谁会不乱呢？这一乱，人跟人的境界就显露出来了。就好像眼前，章家兄弟是一个境界，你跟小宇是一个境界，我在事外，又是一个境界，人生呢，没有道理可言，也真有趣。"

说完这些话，两个人都感觉有些异样，好像各自在各自的思维语境中，自说自话，没有对话。两人对眼看了一看，都笑了。

支道了起身，走出了主任办公室。林大宇低头，继续抽烟。

如林大宇所愿，章先发用了吗啡以后，一直昏迷，直到7月2号凌晨，生命体征才渐渐消失，兄弟俩哭到昏厥，人事不知，所有人都赞叹：真孝子啊！

因为罗宾·威廉姆斯的自杀，支道了已经很久没看他主演的电影。因为对《无语问苍天》的重阅，支道了重新有了兴致，想着再把罗宾·威廉姆斯的几部老电影再浏览一遍，今晚正在看他的《早安，越南》。

电话响了，是7月3日晚上十点二十分，打电话的是林小宇。

支道了打的赶到二院的康复科，乘电梯来到十楼，林大宇和林小宇，都在林从龙的病床前。病房的灯都关着，就靠着卫生间的壁灯亮着，只能模糊地看到林从龙的轮廓。

兄弟俩看见支道了来了，把他请到林从龙床前，站好。兄弟俩忽然都跪了下来，先给病床上的林从龙磕头，林大宇低声说道："爸爸，我跟小宇都想通了，你马上就舒服了。"

略微转身，给支道了磕了一个头，支道了吓了一跳。林小宇说："支主任，你做个见证，今天晚上的事情，跟我哥哥无关。"

兄弟俩起身，围在父亲床前，小声地流着泪。

林大宇说："记得我们县城的第一例胆囊手术，就是父亲做的，全县轰动啊。有四十多年了，那时，我就下了决心，长大以后，我要做医生。"

林小宇说："我也是那时下的决心，长大以后，要做医生。后来没考好，学的药剂。"

林小宇说着，从口袋里拿出几支安定注射液，对床上的林从龙说："爸爸，你马上就能解脱了，就会舒服了。"

支道了走出病房，没有坐电梯，而是从楼梯一步一步往下走，心里无比杂乱，里尔克的另外一首诗歌《预感》，不请自来：

我像一面旗被包围在辽阔的空间。

我觉得风从四方吹来，我必须忍耐，
下面一切还没有动静：
门依然轻轻关闭，烟囱里还没有声音；
窗子都还没颤动，尘土还很重。
我认出了风暴而激动如大海。
我舒展开又跌回我自己，
又把自己抛出去，并且独个儿
置身在伟大的风暴里。

维生素

是春天。

把煤炉从过道拎到楼前的空地上,抬头看看风向,把炉洞迎着风,先把炉膛里的煤灰掏空,然后,放进劈好的木头,用火柴点燃报纸,丢进炉膛,引燃木头,用一把破成枝杈的蒲扇,对着下方的炉洞呼哧呼哧地扇起来,等炉火旺成形了,再把煤球放在旺火堆上,继续呼哧呼哧地扇。

煤烟跌跌撞撞、妖里妖气地闯进了一楼几家车库的住家。

有人在家里大声骂道:"精琢鬼。"

煤炉一旁凳子上,录音机传来李铁梅的唱段:

听罢奶奶说红灯,
言语不多道理深。
为什么爹爹表叔不怕担风险?
为的是救中国救穷人打败鬼子兵……

筱铁梅跟着哼唱,脚下打着节拍,一脸的得意昂扬。

我想到做事要做这样的事，做人要做这样的人……

　　家住四楼的媳妇，看着窗外的情形，跟儿子说："你妈又发神经了。"

　　儿子眼皮都不抬："那是我妈！"

　　炉膛里的孔煤燃烧正旺，筱铁梅把水壶放煤炉上，等水烧开，一边回到自己的家，由三间车库并排打通的家，开始拨打电话。此时，是上午十点左右，电话内容，就是邀约下午来家搓麻将的人。三间车库，一间自己的卧室，另外两间放着两张麻将桌，兼做饭堂和客厅。

　　电话打完，约齐了两桌的人。筱铁梅来到室外，水正好开。灌进热水壶里，换一个孔煤，继续烧水。一个孔煤烧一壶水，一壶水灌两个热水壶。一下午的麻将，需要八壶水，连带晚上自己用的。

　　等水壶都满了，筱铁梅把剩了几天的剩饭，连汤带饭的，一起放煤炉上，等汤泡饭热了，煤炉也歇了。

　　早有隔壁邻居烦言："每天生炉子，你不嫌烦啊。封一封，过个夜，不是省得每天又脏又糟么？"

　　筱铁梅回敬："过个夜，要两个煤球，你出钱啊！再说了，我又没事情，消磨消磨辰光，不作兴啊。"

　　把炉子拎到自家的过道，回到家里，开始吃汤泡饭。

　　汤泡饭的内容，都是做老师的儿子、儿媳妇出去应酬，打包的剩菜。他们这样跟食客解释："都给我吧，家里有两只猫，一只狗，都是野的。"

　　汤泡饭将要吃完的时候，筱铁梅一个饱嗝，头一仰，看到了靠墙的条桌上小许的遗像了。

　　遗像一旁，就是自己的药，瓶和包装都拆掉了，药放在一个盒子里。中午要吃替诺福韦，筱铁梅就着最后一口汤，把药吃了。

两桌麻将的人,在十二点半左右都到齐了。一桌是自己同事,退休教师,这是每天必来报到的。另外一桌,有时是儿子的同事,有时是几个邻居。一般三将牌,五点左右就结束了。

打牌的时候,筱铁梅的事情,就是倒茶,茶叶是儿子供的,品相不差。一将牌结束的时候,送上水果。两将牌结束的时候,送上点心。水果都是当令的新鲜货,点心是在"来伊份"买的。

每桌的台钱是六十元,每天可以固定收入一百二十元。有时赢钱的人高兴,会多给几十元。

打牌的时候,也有女老师闲扯:"老筱啊,许老师都走了好几年了,没想再找一个?做做伴么。"

筱铁梅叹叹气:"马上都是眼闭脚直的人了,还出那个丑?"

男老师的话就味道不同了:"经过许老师的人,一般男人,筱老师看不上吧?"

筱铁梅眼睛一瞪:"狗嘴吐不出象牙!"

打牌的人都走了,筱铁梅开始打扫卫生。把烟头集中起来,把地面扫干净,把麻将桌面抹干净,把窗户全部打开,把垃圾丢进垃圾桶。

她不吃晚饭,常规就是一个苹果,或者是几片饼干,出门了。

"铁梅"戏曲社,在县城的东北方向,华城新村大门口,是原来农机厂的一个仓库。仓库前面,坐北朝南,有个戏台,台下可以坐百来号观众。

筱铁梅到的时候,社团的成员都已经到了,正在化妆、换装和吊嗓子。

戏曲社每周演出三次,不卖票。观众都是一帮老戏迷,自愿给钱,十元一次,就放进门口的盒子里。

演出的节目是固定的，一共十个节目。

第一个是老温的现代革命京剧《智取威虎山》选段《打虎上山》。

第二个是老姜夫妻俩的黄梅戏《天仙配》选段《夫妻双双把家还》。

第三个是老林的革命现代京剧《红灯记》选段《临行喝妈一碗酒》。

第四个是老王的越剧《红楼梦》选段《葬花吟》。

第五个是老孟的京剧《铡美案》选段《包龙图打坐在开封府》。

第六个是老庞夫妻俩的锡剧《双推磨》选段《双推磨》。

第七个是老何男扮女装出演的革命现代京剧《杜鹃山》选段《家住安源》。

第八个是老于的豫剧《朝阳沟》选段《咱们说说知心话》。

第九个是筱铁梅的压轴《红灯记》选段《做人要做这样的人》。

最后是集体演唱《红色娘子军》的唱段《向前进》！

演出一般六点半开始，八点结束。夏季七点开始，八点半结束。

等观众都离开了，筱铁梅开始清点盒子里的票钱，不管多少，大家平分，包括一个六个人的乐队。其他租用仓库和场地，以及服装、化妆、消夜等费用，都是由筱铁梅来支付。

都叫她筱团长！

支道了医生的背后，有一架读片机，插着好几张CT片子，片子跟片子之间，漏出来的灯光，透着温柔。片子显示的白色肺窗，像两只含情脉脉的眼睛。

支道了医生细声细语地说了："你已经确诊了，应该是老许传给你的。"

顿了顿:"吸取老许的经验,赶紧入组吃药吧。"

又顿了顿,居然满脸微笑:"你以后每两个月,要来看我一次哦。"

两年多了,现在回忆起来,筱铁梅都能重现当时的身体反应:头晕、耳嗡、口紧、心跳不显、筋肉紧张、双腿灌铅。

筱铁梅打开门,是阴天,带着早春的寒风。

大门右侧的墙上,有个铁钩,挂着一只大大的塑料袋,是儿子昨晚应酬打包回来的剩菜。

半只烤鸭、几根椒盐排骨、两条鱼,红烧牛肉和羊肉放一盆,还有一盆杂烩汤。

筱铁梅把杂烩汤留下,做午饭菜。其他菜分分类,放进碗里,用食品袋扎好,放进冰箱。

她的早餐很简单,一杯奶粉,一个煮鸡蛋,几片山芋。

最后,就着奶粉,把早晨的拉米夫定吃了。出门,去医院。

支道了医生每周三固定随访的日子,筱铁梅都会去做义工。

筱铁梅给支道了做义工,有个故事。

去年的某个周三,筱铁梅去看支道了医生,一边随访,一边拿药,正跟支道了医生聊呢,来了一个需要新入组的病人,四十多岁,男性,香水味熏得人欲呕,刚落座,问了很多问题,就像筱铁梅刚入组时的问题,一模一样,讲着讲着就哭了。

支道了医生还没开口,一旁的筱铁梅说话了,一定是做老师的后遗症发作了:"我说你啊,哭什么哭啊,把你从疾控转到医院,病,肯定是不会弄错的。不管什么原因了,既然已成事实,就面对吧。你看我,开始的时候跟你一样,也哭,也难过,也不信,这也担心,那也害怕。可是,担心也好,害怕也罢,我们是成年人啦,总要面对啊,抗病毒药物总归要吃的。至于说副作用么,一般一个礼拜,顶多一个月,就没有了。再严重的,还可以更换治疗方案。你看我,在支医生这里吃药,两年过去了,我都六十六岁了，样样都好，能吃能睏能跳，查CD4也正常，病载是零。按照支医生的说法，活八十岁没问题。相信我的话，所有的不惬意，都会过去，慢慢会好的。"

病人居然就不哭了，追着筱铁梅问这问那。

筱铁梅做义工的具体内容，就是帮助病人登记入组、拿药、发药，遇到不遂心的病人，帮着开导，她的话比支道了有力："你要这样想，如果是得了其他传染病，像乙肝和丙肝，虽然有药物，也只是控制，还要自己花钱。如果得了癌症，不仅要自己花钱，有钱也没有药啊，往往人财两空。我们得的这个病，虽然名声上难听一点，但是，有药物能控制，国家还是免费发放。你要做的，就是坚持每天定时服药，定期检查。这样一想，还要有什么不满足的呢？"

有看过戏的病人，会惊讶："啊呀，是你啊，小铁梅么。"

筱铁梅会笑："嗯，是我。"

一上午总归没有歇的时候。

十一点了，筱铁梅把随身带来的杂烩汤，和食堂买的饭放一起，微波炉一热，开吃。

支道了医生的专用办公室里，有一张躺椅，筱铁梅就在躺椅上午睡片刻，下午继续。

抗病毒治疗一年以上的病人，国家每年检查一次CD4-T淋巴细胞和病毒载量。CD4-T淋巴细胞低于200个/μl，或者病毒载量大于1000cop/L，就有耐药的可能，需要到南京二院做耐药检测，再请省艾滋病主委之一的池云主任出示更换治疗的处方，才能更换治疗方案。随着抗病毒治疗时间的延长和病人基数的扩大，耐药病人的增多也是在所难免，就有病人嫌麻烦了。筱铁梅说：

"不就是去趟南京么？又不是去美国，有车的话，一个小时就到了。不就是抽个血做个耐药么？才九百多元，请客一顿饭钱的事情。不就是请池云主任开个处方么？支主任都打好招呼了。"

支主任为你们忙前忙后,难道是为了他自己?还不是为了你的病!这也嫌麻烦,那也嫌麻烦,等并发症都出来了,死到临头了不嫌麻烦?"

支道了不能说的话,筱铁梅能说,还管用。

晚上回到家,照例不吃晚饭,一个苹果了事。

上网登入QQ,有个叫"往事不堪回首"的"同妻群",筱铁梅在QQ群里,现身说法,劝说、安慰、解忧、答疑,群里的很多女性都是她的忠实粉丝。她跟大家说得最多的一句话是:"人来到这个世界非常偶然,也不容易,要学会为自己活着。老话怎么说的?宁在世上挨,不在土里埋!与其七思八想,心浮思乱,不如把时间花在你喜欢的事情上。你这一生,总会有自己喜欢的事情吧。"

手机忽然响了。

是支道了:"没有睡觉吧?有个老年病人,跟你年纪相仿,还没入组,不大愿意说话,我把你的号码给他了,他也许会打你电话。"

大概过了十分钟,手机响起,筱铁梅一看号码,是戏曲社老何的电话:"老何啊,这么晚,有什么事情吗?"

老何闷声闷气地说:"老筱,你,真的啊,我是从支医生那里要来的号码。看着特别眼熟,老筱,你真的是啊。"

不知道是不是依非韦伦的原因,这一夜,筱铁梅失眠了,一旦闭眼,噩梦连连。

晨起昏头耷脑,去找老何。

老何的家在县城较老的文化新村,三楼,两室一厅,除了必要的日常生活用具,可以说空空荡荡。老何一辈子未婚,年轻时做过裁缝,喜欢服装设计,开过一个服装厂,抱养过一个女儿。现在呢,女儿连带服装厂,一起消失了。面对筱铁梅,他说了,自己是"男同",不想害人,所以没结婚。也无法害人,因为先天地惧怕女人。老何又说，不怪老天爷生就的自己，只怪自己没遇到好时光。如果现在还是年轻人，也许可以跟心爱的人生活一辈子。迄今为止的人生中，遇到过真心的爱人，可惜命运和现实无法忤逆，只得忍痛分手，之后只有性而没有爱。老何说，他知道这样的造作，一定会得病，所以，当支道了医生通知他的时候，他很平静。惊诧的是，不知道筱铁梅也是同病之人，同病相怜啊。他说，许老师也是啊……

老何的话音，在空旷的居室，居然发出回响，在耳边嗡嗡震荡。筱铁梅短暂性地头晕、恶心、干呕，很久才平复。

筱铁梅无力而干巴地对老何说："入组治疗吧。只要抗病毒药物没有副作用，就是正常寿命。即使有副作用，按照目前的条件，可以更换治疗方案。"

老何用充满怜悯的眼神看着筱铁梅："我这样猪狗不如地活着，已经六十多年了，继续这样活着，有什么意义呢，老筱，你说说看？"

老何，再也没有在戏曲社出现过，至死也没有入组治疗，不久，因为并发真菌性脑炎，死在了常州三院。

戏曲社的保留节目，从十个变成了九个，一直在演。

总有观众感叹：没人唱《家住安源》了。

诸事不顺啊。

连续一周的阴天，无法生煤炉，只好用电热水壶烧水。

儿子、儿媳妇好几天都没有剩菜打包回来。

下午的麻将，老是只约到一桌。有一天下午三缺一，自己替上去，不仅输钱，连台钱都没赚到。

晚上的演出，总有一个节目出纰漏，观众在下面喝倒彩。

以前睡觉从来不做梦，近来每晚都噩梦连连。

那天吃汤泡饭，看着小许的照片，忽然想起来，清明到了。

小许在的时候，都叫他小许，小自己一岁，也是老师，教数学，漂亮，帅气，就是不多话。结婚生了儿子以后，好像就隐灭了性趣。平时最喜欢的事情是买菜做饭，在家打扫卫生。喜欢穿名牌，喜欢做头发，喜欢洒香水。不抽烟，不喝酒，不打牌，文章写得很棒。退休第二年，忽然得了重症肺炎，在常州第三人民医院抢救。吭吭吭半天，像要从两肺的肺底，吸出那一口堵塞的浓痰，然后狠狠地吐出来，要那样的狠劲，其实就是做做样子，根本没法狠了。小许说："我是那个病，疾控中心早通知我了，一直没吃药，不要救我了，我宁愿去死！"

小许走了三年多了，出于内心难以言说的情绪，筱铁梅一直都没给小许上过坟。这一次，筱铁梅动了上坟的念头，虽然内心还是难以言说。

筱铁梅在抽屉里翻，找到了小许生前的一只黑色塑料袋。里面是他的身份证、钱包，还有一本笔记本。

筱铁梅翻看小许生前的日记，终于找到了，他最爱听的歌曲叫《生如夏花》，是一个叫朴树的歌手唱的。

年轻时热爱戏曲以后，筱铁梅从来不听流行歌曲。生前还嘲笑过小许："什么流行歌曲啊，无韵无律，鬼哭狼嚎。"

筱铁梅打开手机的QQ音乐，搜索到《生如夏花》，旋律响起：咿呀呀霍霍，咿呀呀霍霍……筱铁梅一下就搁住了。还有这么动听和拿人的歌曲啊！那歌词更加勃发心神：

  我是这耀眼的瞬间
  是划过天边的刹那火焰
  我为你来看我不顾一切
  我将熄灭永不能再回来
  我在这里啊
  就在这里啊
  惊鸿一般短暂

像夏花一样绚烂!

筱铁梅,买了一束白色的菊花,一瓶农夫山泉,两个苹果,一束香,在清明的前两天,天才微亮的五点半,就来到了茅山公墓,小许的墓前。

《生如夏花》的歌曲,伴随天色由灰白,到清白,由亮白,再到耀白。把墓碑擦拭清楚,墓前的水泥祭台清扫干净。摆正菊花,苹果放菊花两边,农夫山泉打开,放菊花前面,点上香。筱铁梅不是站,不是跪,是干脆盘腿坐在了墓前的泥地上,自言自语:

"小许啊,我还是叫你小许吧。记得我第一眼看到你的时候,我就觉得我要死了。这个世界上,还会有这么漂亮的男生啊!是的,那时,我们刚进师范,都是十八九岁的年纪,后来才知道,你比我小一岁。除了要死的感觉,我生出了特别特别的自卑,像你这么出色的男生,我哪里配得上呢?面对面,说句话,我都头重脚轻要跌倒。当时,整个学校追你的女生,加起来有好几十呢,你一直没谈恋爱。后来,好像是大三了,你居然给我写了情书,你说,我们是老乡,毕业了,可以一起回到故乡,为故乡的教育事业做出微薄的贡献。我当然选择了相信,相信你的一切,直到此刻,我还是相信你的一切,小许,你知道吗?结婚的时候,整个学校的女教师,真的是,怎么说的,羡慕嫉妒恨啊。生了筱天以后,你就不碰我了。开始我不敢问,觉得女人主动提起性爱,是非常羞耻的事情。等儿子大了,进幼儿园了,你还是每天准时呼呼大睡,视我如无物,我开始烦躁了,踢你摸你,你一个翻身,背对我,说上课太累。可是,暑假寒假不上课,你也说累,我开始怀疑了,但当时没有这方面的知识,根本没有往那个方面想你。你除了上课,每天在家,买菜,做饭,拖地,洗衣服,承包了全部的家务,我还有什么其他不良的想法呢?女人很奇怪的,一旦没有了性的欲念,可以一点不去想,我就慢慢断了性念。等儿子进了大学,你也成了名教师了,登门家教的学生多了,我才慢慢发现,你对男学生特别好,是那种优美细腻的好,那种好起来的点点滴滴,可以让旁观的人,全身骤起层层的鸡皮疙瘩,你却浑然不知。从那个时候开始,我偷偷地在网上搜索,知道了'男同'这个名词,一个一个细节和过程往你身上套,越套越像。我问过你,是我们都五十岁的时候,你一口否认。你反问我,'男同男同',见过我的'同志'吗?我还真没见过。儿子结婚了,自己独门独户了,家里就剩我们俩了。你每年的寒假暑假,都不在家,说出去听课学习,要么就是几个老师组团旅游,没有一次邀请过我。但是,有时旅游回来,你会勉为其难地跟我做一次,那样的过程,就像陈米做的夹生饭,又霉又硬,因为饿,还不得不咽下去。"

筱铁梅说到这里,眼泪哗哗哗地流了下来。

此时,天光大亮。扫墓的各色人等,各色着装,各色口音,各色哭号,各色倾诉,夹杂各色音乐,环绕整个茅山公墓,顿显俗世凡界的浅显无聊。

筱铁梅取过农夫山泉,起身仰头猛喝几口,剩下的洒在地上,嘴里念叨:"你也不喝酒,一辈子白开水,我就白水敬你啦,本来还有好多话说,人太多了,怕被旁人听到,我就不说了。你照顾好自己,我也没来得及给你烧钱,等筱天来扫墓,给你烧吧,我走了。"

不久以后,戏曲社的保留节目,又变成了十个。最后一个节目,是一帮穿着戏装的老头老太,一起演唱朴树的《生如夏花》!

初夏了,阳光更好了。

筱铁梅把煤炉从过道拎到楼前的空地上。煤炉一旁凳子上,录音机里缓缓流淌的是:

谁的爱人走了
请你告诉我如何遗忘
我们生来就是孤独
我们生来就是孤单
不管你拥有什么
我们生来就是孤独

煤炉生成，筱铁梅把水壶放煤炉上，等水烧开，回到自己的家，开始拨打电话，约麻将。约齐了两桌的人，筱铁梅开始热汤泡饭。

谁的爱人走了
请你告诉我如何遗忘
我们生来就是孤单
不管你拥有什么
我们生来就是孤独

汤泡饭将要吃完的时候，筱铁梅就着最后一口汤，把替诺福韦放进嘴里，就听门口有人问："老筱，老看到你吃，什么好东西啊？"

是来搓麻将的钱老师，提前到了。

应该是受惊了，仰着头，"嗝嗝嗝"，"嗝"了半天，一股气出来了，药咽下去了。脸上的表情，由痛苦而平静，由平静而微笑。筱铁梅说："维生素啊！"

老钱走近："维生素啊，我也来一颗。"

痒死了

开头身上痒的意思,好像剃头以后,头发屑掉进衣服里了,这里痒一下,那里痒一下,抖抖身体,抓抓,就好了。

隔了一个礼拜,痒就不对了。好像有洋毛虫从身上爬过,到处痒,看不到疹子,一抓,就是红杠杠。赶紧到医院去看,挂的是皮肤科,九月么,说是秋天,落叶啊,花粉啊,很多东西会过敏,吃点药吧,配的是开瑞坦,睡前一颗。

有用了三天,痒得更凶了。好像蜜蜂叮咬过,痒里夹着痛,四肢出现了散在的、内含白色浆液的疱疹。听说,中医院的皮肤科比人民医院的皮肤科好,就到了中医院的皮肤科。确定是湿疹,开了清热解毒的内服,开了一盒医院自制的药膏,外涂。

有用了七天,又痒了,不想吃饭,人还没劲了。好像有一只手,一直在挠脚心,身上每一寸都是脚心,痒到了骨髓里。这一回,不只是四肢了,躯干也有了,疱疹里是黄色的浓浆了,一抓就出血。听别人说,县城西郊有个神医,专治皮肤疹子,有个自产的药膏,一搭就好,就去了。

从秋天到初冬,来回四处求诊了三个月,痒还是痒,全身都是凹凸不平的风疹,红、紫、黑、灰杂交,抓痕如鞭策刑罚。

饭量还行,就是晚上没法安睡。劳动不行了,走路还打晃。好像是元旦了,有亲戚来家,忽然大喊:"阿保舅舅,你怎么又黄又瘦?"

天天在一起的老太婆粉伢,退后两步,上下一看,可不真是么!

李阿保到医院去查,还挂皮肤科。那医生仔细看了,告诉他,要到感染科去查肝功能,恐怕是肝炎。

感染科医生也仔细看了,不只查了肝功能,还查了腹部彩超,查了肿瘤指标。到了下午,结果出来了。医生给儿子荣海电话,让他赶紧去医院,背着阿保,悄悄告诉他,是肝癌,晚期了。

荣海心里想,就是身上痒,痒了几个月,怎么会出来肝癌呢?就问这个叫支道了的医生:"支医生,我父亲这个毛病,还有什么办法?"

支医生随手拿起桌上的烟,在手里来回搓,看看荣海,叹口长气:"要说办法,其实是没有。非要尽孝,无非三个办法,手术、放疗、化疗,还有就是……"

荣海问:"还有什么呢?"

支道了摇头:"你们不会同意的。"

荣海更加着急了:"支主任,你说。"

支道了答:"从现在开始,什么都不做,好吃好玩。"

荣海倒有疑问了:"为什么?"

支道了反问:"我想问,你是想你父亲能吃能喝活三个月,还是躺在床上不吃不喝活半年?"

支道了手上的烟,碎了一地。

荣海一时失了语,感觉这个支医生不错,就要了他的电话。

不让阿保晓得,家去一说,都哭,一个妈妈和两个妹妹。

哭完,都不死心,集体商量,一致下决心,到大医院再去看看。

分头打电话，找熟人。

小妹妹荣华的丈夫会春，他的哥哥的同学，在省人民医院肝胆外科，联系好了之后，随即上省会。阿保不识字，这是易处，说是肝硬化，要再看看。

肝胆外科专家姓柯，态度极好，建议先做一个帕特CT，看看全身的情况和转移的情况。一家人住在医院对面的旅馆，等结果。晚上带着阿保到市中心去逛逛，阿保手舞足蹈，自言自语：该早点出来玩玩的。第二天一早，去看柯专家，结果很不好，已经有腹腔和淋巴结转移了。问他怎么办，柯专家回答："手术啊。"

荣华问："开刀以后，病就好啦？"

柯专家的回答很有意思："你只问现在怎么办，我没说会好啊。"

荣海招呼家人出来，来到医院的广场，想起支道了的话，电话拨过去，支道了回答："你怎么去的外科？应该去肿瘤科啊。外科医生么，开刀匠，什么都可以开！是，是可以手术，我们常形容，手术很成功，人死了。你自己想想，是不是这样？"

阿保站在医院的广场上，好像又痒了，双手到处去挠，边挠边四处看风景，神情很是自然。荣海过去问道："阿爹，还痒啊？"

阿保憨憨一笑："这几天坐坐车，到处走走，好像倒不那么痒了。"

荣海心里一昂，回去。

荣海、荣丽、荣华跟粉伢，统一口径，跟阿保说是肝硬化，住进了感染科，支道了医生定了姑息治疗的方案：保肝、退黄、利胆、消炎、支持等。荣海只关心一个问题：痒怎么办？

支道了回答:"痒有办法,外涂、口服、静推,三管齐下,但是……"

荣海问:"但是什么?"

支道了拿过一支烟,拇指和食指来回轻捏,耐心回答:"据我对病的理解,中医认为,所有的皮疹,都是内火和湿毒外泻在皮肤的表现,过度止痒,也许啊,我说的是也许,毒素被封闭在血液里,对疾病的恢复不利。"

荣海问:"我相信你,你说怎么办?"

支道了回答:"适度止痒。"

支道了给出的方案是,外涂药物不用,每晚口服镇静药物鲁米那,保证睡眠,抗过敏药物依巴斯汀,安神止痒,每天静脉推注地塞米松,有轻微的欣快感。果然有效,皮疹在消退,睡眠能入惚。荣海等子女都要上班,白天就是粉伢陪着,甲鱼、泥鳅、河虾,想吃什么,都由两个女儿在家做好送来,阿保倒胖了。

这个下午,是腊月了,风还有点凉,人倒是适意的。粉伢帮科室的护工套被子,一歇歇工夫,阿保不见了,电话也没带。

护士长陈璜急了,去调监控,三个子女加粉伢,到街上到处寻。还是荣海有头脑,他想起附近有实验幼儿园,就过去了。果然,阿保站在幼儿园栏杆外面,看着里面的孩子们,眼里全是笑意。但是,他的右手,拿着一把锋利的钢刀,在栏杆上比啊画啊,嘴里还咕噜着话。

荣海悄悄过去,站在父亲背后,父亲的背像颓势的墙,全是破败和落魄。眼泪没闸门一样地滑,一甩头,狠力抹去眼泪,带笑跟父亲讲话:"阿爹,你出来医院,不跟医生讲一声的?"

过去把刀掰了过来。

阿保面带羞愧:"我晚上做梦,说家里的菜刀锈了,剁肉剁不动。我反正没事情么,就到小市场去买了一把,荣海,家里的菜刀是不是真锈啦?"

回到科室，荣海急急忙忙找支道了："怎么会的？家里的菜刀没锈啊，阿爹是不是不对啦？"

支道了翻翻台历，心里明白了："快过年了，他是想家了。"

这一提醒，荣海才有了春节的念头，都因为父亲的病害忙忘了。

荣海想，这是父亲的最后一个春节，该怎么过呢？

跟妈妈和两个妹妹商量，一致同意，出去旅游。

还是那个问题，痒怎么办呢？

支道了回答："我来跟李阿保沟通一下。"

其实，旅游就根本没能成行，农村人，正月里事情多呢，哪里有一家出去旅游的道理。还有，阿保自己也有想法，他说："我才不要出去呢，答应我两件事情，我就开心了。"

荣海心里有数，故意问："什么事情？"

阿保还不好意思了，鼓起勇气说的："正月里，我要吃酒，我要打麻将。"

先说麻将，荣海规定只许下午来，晚上要早睡。

正月里么，亲戚来来往往，午饭过后，总要麻将，不缺人。阿保开心啊，这一辈子也没这样老卵过，从正午十二点到下午六点，连续五将，老婆、儿子、女儿，谁也不敢来嗔怪、数落、埋怨，从二十多岁会来麻将，从来没这么爽气过。

阿保只要抓到好牌，就会兴奋，要是兴奋，身上就痒，要是痒了，就要去抓，要是一抓，手上就有屑屑，这些大大小小、花花绿绿的屑屑，就被阿保的双手，带到了麻将牌上。到了初七，就没人肯跟阿保打麻将了。

再说喝酒。

阿保天生就是酒鬼，从荣海记事开始，就是一天三餐，早起就是酒当粥,一碗下去不吃菜,直接下地干活。午饭半斤,晚饭半斤,菜随意,常人比喻好酒的,一个毛豆节节能喝一顿酒的,就是他,不吃饭。五十岁以后,早餐不喝酒了。改为一天两餐,仍然是半斤一顿,不吃菜。身上痒以后,遇到所有的医生,都医嘱戒酒,便断了喝酒念头。

正月里么,人来客往,都离不开酒,阿保人来疯,又是一天三餐酒了。改了度量,早餐二两,要搭稀饭、包子、团子,粉伢硬压着他吃,有支道了的令牌做后盾。住院的时候,支道了说了,酒可以适量,但一定要吃饭。午餐和晚餐都是三两,搭素菜和豆制品。酒也改了,白酒是不许的,红酒、黄酒加劲酒。

阿保喝酒啊,端起酒杯就兴奋,要是兴奋了,身上就痒,要是痒了,就要去抓,要是一抓,手上就有屑屑,这些大大小小、花花绿绿的屑屑,就被阿保的双手,吸到了酒杯上。到了初十,荣海、荣丽、荣华和粉伢,又把阿保送到了感染科,因为,阿保开始白天讲胡话了。

阿保住定之后,支道了过去问病史,第一个问题:"老李,我是谁啊?"

阿保笑得嘴都歪了:"不要开玩笑了,你不是支主任么。"

第二个问题:"老李,你今年多大年纪啦?"

阿宝这回不笑了:"七十三岁,属羊,生日二月初八。支主任,你当我脑筋真糊涂啊,我没事的。我不是讲的胡话,我是讲的梦话,老是梦到年轻的时候。"

粉伢在一边插嘴:"还犟嘴的。昨儿早上,眼睛一睁,你就在床四面寻东西,我问你寻什么,你说,咦!刚才一张'發財'呢,掉地上了,怎么寻不见的?"

阿保辩嘴:"四个人搓麻将么,我手上明明一张'發財',掉了一张,我不要寻么,"阿保自己也笑了,"后来才晓得是做梦搓麻将。"

家人，连带支道了，跟着都笑了。

支道了俯身，仔细地为阿保做体检。

阿保整个人，黄、灰、瘦。好像秋末冬初的老树，生机全凋，枝叶尽落。

阿保身上唯一触目的，是腹部，圆滚膨隆，静脉曲张。既有腹水，又伴胀气。

阿保的皮疹，汇集到下肢去了，脸上没有，上肢没有，躯干也没有。皮疹也变小了，变结实了，成了一个一个黑黑的小硬结。

支道了问："还痒得厉害吗？"

阿保随手抓了一抓："没以前结棍，好多了。"

来到走廊，荣海的第一个问题是："能挨到生日吗？"

支道了反问："从发病到现在，几个月啦？"

荣海嘴里数数："嗯，有五个月了。"

支道了又问："还记得我最初跟你讲的话吗？"

荣海回答："当然记得，是要能吃能喝活三个月，还是躺在床上不吃不喝活半年。"

支道了微微摇摇头："现在呢？你应该都懂了吧。"

荣海还有问题："我听人说，癌症最后会痛的，阿爹会吗？"

支道了有些无奈："还真的很难说，也有不痛的，从你父亲的情况分析，他应该不会痛。"

荣海奇怪："为什么呢？"

支道了抬起头，看看天："我也是预感，没有为什么。"

支道了这回的治疗方案，依然给阿保利尿、保肝、降酶、退黄、消炎、利胆、支持等综合治疗措施，唯独不再给他止痒，多了一条：醒脑。

虽如此，阿保还是梦话连篇。这天一早就说："又梦到开河工了，十来岁的辰光，饿啊，开河工好啊，饭紧吃。我一口气吃了十来个米粉团子，胀得我想吐，"他笑着摸摸肚子，"一醒啊，原来是这个胀。"

这一天早上又说："小辰光，跟阿爹、阿娘上山挖野菜，不在意，碰了胡蜂窠，跟着我追，叮得我全身都是红饼饼，跑得气都叹不过来，身上又痒死了，"他又笑了，"一醒啊，原来是这里的疹子痒。"

家里人，荣海、荣丽、荣华跟粉伢，还有舅家和伯家，一面盼着阿保挨到生日，一面准备了穿戴、宝盖、墓地，连班子都叫好了，就是等了。

就是不错，阿保瘪成人干了，到底是挨到了二月初八，办了出院手续。生日宴会就不细说了，支道了所在科室，全体医生护士都受邀参加了宴会。支道了被请到上座，一家人谢了又谢。阿保坚持着，还喝了一小盅黄酒，喝完就开始打呼了。

当晚下半夜，两点，支道了接到了荣海的电话，说："阿爹刚才把我叫醒了，他说了，明天就是忌日，要我们做好准备。要不要送医院啊？"

支道了迷迷糊糊之间，问了一句："你看看，他腿上的皮疹是不是都不见了？"

荣海惊讶地大声回答："哎！真的，一个疹子都不见了，支主任，怎么回事啊？"

支道了大声回答："痒死了。"

荣海问："什么？"

支道了全醒了，清朗、冷峻地回答："痒！他身上的那个痒，死了。"

戒·断

四十岁以后,支道了回忆往事,或者故人,总没有晴朗的印象,蒙尘的旧事,远去的故人,好像都是嚼裹在阴雨、阴霾和阴晦的天气中,不知道究竟是记忆错误呢,还是真实如此,支道了没有答案。

二十多年前,刚晋升主治医师的支道了,作为卫生系统青年培养计划中的积极分子,被派往县里最大的集镇龙溪,支农三个月。

报到当天,就被卫生院龙院长排了夜班。龙院长在全院大会上说了,支主任是上级医院的优秀医生,你们大家要虚心学习,不管支主任上什么班,你们年轻医生要跟着多看、多问、多学。所以,当晚的夜班,卫生院四个年轻医生就跟着支道了一起,在内科门诊等待病人。

当时的乡镇,农村合作医疗体系尚未瓦解,一般的小毛小病,百姓在村里的诊所就解决了,而大一点的疾病,就直接去县医院了。集镇的乡卫生院,成了夹在中间的尴尬地带,经济效益日渐下滑,医护人员都无心留恋。有本事的,不管有没有脾气的都离开了;没本事的,不管有没有脾气的都留下了。

等到九点多钟了,内科急诊还是人迹罕至,实在是没劲。几个年轻医生开始打盹了,支道了忽然想起刚看过的一部电影,是录像带,就问他们:"喜欢看电影吗?看过《刺激1995》吗?"

几个年轻医生懵懂的表情,表明他们没看过。支道了正好需要他们没看过,才有激情慢慢地讲述整个电影的情节。当支道了说到,男主人公安迪成功越狱的时候,几个年轻医生的眼睛已经放光了,瞌睡虫早就远远地飞走了。这时,医院的大门口,有人狂吼:"我要死了,我要死了。"

支道了吓了一跳,要出门去看看,几个年轻医生拦住了他:"支主任,别去,一个酒鬼,喝多了就来医院,输液催吐,还不给钱,院长说了,以后再来,随他去。"

支道了心里有一种微微的触动和预感,他觉得自己冥冥之中跟此人有千丝万缕的联系。他丢下几个年轻医生,来到医院大门口。

昏暗而无力的灯光下,一人弓腰,双手撑墙,一边狂吐,一边高叫。支道了没来由地心生怜悯,赶紧过去,拍拍他的肩膀:"难过的话,进去吧,给你用点药,会舒服点。"

那人一挥手:"不要你们可怜,可怜对我没有意义,对历史没有价值。"

支道了恍惚回到中学时代,一个充满激情的声音,在朗诵伏契克的文章:"人们,我是爱你们的,你们可要警惕呀!"

支道了赶紧用力翻转那人的肩膀,一看面孔,大喊一声:"真的是你啊,蒋一啸,我是支道了啊。"

蒋一啸,长发散乱,有几绺遮住了额头和脸,五官不显,酒气熏人,衣服扣子全散,裤脚管一脚高、一脚低,这是春天,他居然穿了一双雨鞋。听支道了喊他,他明显地不相信,醉眼不睁:"瞎说了,支道了怎么会来这个破地方?"

支道了看蒋一啸是真醉了,好像小便都撒在身上了,就向急诊内科的几位年轻医生招手,抬来了担架,把蒋一啸抬进了急诊室。

在急诊室的抢救床上,支道了细心一看,果然,裆部有隐隐的水印,赶紧吩咐纳洛酮一支静推,两支输液,再输制酸保胃的药物,还有电解质和能量。医嘱完毕,有年轻医生感到奇怪,问支道了:"支主任,你好像跟酒鬼很熟么。"

支道了没有回答他的问题,而是反问其他医生:"遇到醉酒的人,抢救最大的禁忌是什么?"

抢救床上的蒋一啸,开始烦躁和喊叫了,嘴里含糊不清,好像在高呼打倒腐败之类的口号。支道了指指抢救床上胡乱喊叫的蒋一啸,告诉年轻人:"最大的禁忌,就是不能使用镇静剂。"

看蒋一啸在床上大喊大叫,不断挣扎,不配合输液,支道了命令几个年轻医生,过去按住他,嘴里继续说:"因为醉酒的人呼吸已经抑制,一旦再使用镇静剂,会引起呼吸衰竭,从而导致死亡。"

年轻医生一面用力按住蒋一啸,一面吃力地问道:"难道就没办法了?"

支道了手一摊:"没办法。"

还是那个问题:"支主任,你好像跟酒鬼很熟悉么?"

支道了看着仍然在呼喊乱叫的蒋一啸,尴尬地跟年轻医生们解释道:"我的初中同学,语文课代表,大学考的北邮。"

大概有半个小时,看蒋一啸慢慢平静了,呼吸均匀,不再出声。支道了招呼几个年轻医生,回到内科急诊,想着继续说完《刺激1995》的故事。但是,那几个年轻医生,对蒋一啸产生了兴趣,问支道了:"支主任,北邮的大学生,怎么会分到龙溪的烈士陵园来看大门呢?"

"啊?"这回轮到支道了惊讶了,"他在龙溪?烈士陵园?我们高中就分班了,只知道他考上了北邮,后来一直没有联系。"

大概到下半夜的三点左右,值班护士来喊支道了,说蒋一啸醒了,想见见值班医生。春天的半夜,风凉心热,支道了内心其实非常迫切,他想知道很多的为什么。

蒋一啸已经完全清醒了,看到支道了,忽然来了一个大熊抱,一旁的值班护士看到了,捂嘴而笑。蒋一啸对支道了说:"支道了,你也被发配这个破地方来啦?"

支道了没有说话,邀请蒋一啸来到又脏又乱的医生值班室,抱歉地说:"你就坐床上吧,凳子也脏。"

蒋一啸一进门,看到桌上的几支散烟,一眼看中了一支"红塔山",拿过就往嘴里叼,从口袋里拿出火柴,嗞地点燃,猛抽数口,吐着烟圈,说了一句:"嗯嗯,还是红塔山好抽。"

蒋一啸一扔烟头,把桌上的散烟全部一撸,要往自己的口袋里放,又忽地停住,问支道了:"你抽烟吗?"

支道了摇摇手:"不抽,不抽。"

蒋一啸把散烟放进衣服口袋,用手按按,有点不好意思地笑笑:"支道了,我烟瘾重,以后有散烟,你帮我留着。"

支道了给他倒了杯水,蒋一啸坐在床上,又点上一支烟,跟支道了说:"支道了,那个医药费,我暂时拿不出来,你先垫着,等我发了工资就送过来。"

急诊室那面,有护士喊支道了,大概来了急诊,一看时间,已经凌晨四点了。蒋一啸到卫生间小便,"哗哗哗"热气蒸腾,可以闻见有酒味向外发散,支道了略微恶心了一下。蒋一啸用冷水胡乱抹了把脸,整整自己的衣裤,笑着,是童真一样的笑脸,鲜活烂漫,跟支道了说:"我走了,等天气好了,请你到我的地盘喝酒。"

说着迈开大步,发出"橐橐橐"的声响,踩着笨重的雨鞋离开了医生值班室。

大概两周以后，记得是三月末，天阴着，风还是清冽的感觉。支道了在内科门诊正接诊一位被蛇咬的农民，楼上的院长喊他，说有电话。支道了奇怪：谁会把电话打到医院呢？

电话那头，居然是蒋一啸："这个礼拜六晚上，到我地盘来喝酒。"

支道了说："我不会喝酒啊。"

蒋一啸少有的严肃："支道了，你不想知道我为什么来龙溪吗？"

支道了把近半个月收集的散烟，用几个庆大霉素的盒子装着，然后，在集镇的卤菜店买了半只盐水鹅。还有一张发票，是当晚蒋一啸的治疗费用，一并带上。阳历的四月初，阴历还是早春。支道了一路向西，看着橘红色的夕阳缓缓下落，被松山吞没。天地霎时就被松山的颜色所笼罩，青黑灰白相接，雾霭弥漫，道路维艰。支道了的身影，也渐渐被松山的影子所笼罩，青黑灰白难辨，没入雾霭之中。

龙溪烈士陵园就在松山脚下。支道了以为，天黑以后的烈士陵园，应该悄无声息了。没想到居然亮着灯，虽然光芒有限。支道了一直往里，按照小时候的记忆，往墓碑的方向走去，看见两个身影，打着手电，在墓碑上涂着什么。靠近了，支道了从背影认出是蒋一啸，还有一个背影，是一个女孩子。两个人忽远忽近，女孩低声说着名字，蒋一啸按照盼咐慢慢涂着，是在给墓碑上的名字涂红漆。支道了不忍打搅，就拎着盐水鹅远远站着。

大概过了一刻钟的时间，女孩好像有感觉，猛然回头，一看是支道了，回头跟蒋一啸说了，声音悦耳："我就感觉有人，一啸，支医生来了。"

蒋一啸倒不回头，一边涂着红漆，一边高声道："支道了，你先去我的宿舍，我还有几个碑，弄好就来。"

那女孩说："离清明还有四天呢，明天再弄吧，你的老同学这么晚赶来,你让他喝松山的北风啊。"

蒋一啸猛然起身,"啊呀"喊了一声,女孩连忙丢下手中的东西,扶住蒋一啸:"是不是腰扭啦?叫你让我来涂,就是犟。"

支道了见此场景,想起半个月前卫生院的蒋一啸,简直不敢相信是同一个人。蒋一啸的宿舍,其实就是门卫的里面一间平房。一张床,一张桌子,有煤气灶和简单的厨具,有瓶瓶罐罐的佐料。支道了把盐水鹅往桌上一放,把几个盒子的散烟一起放上。蒋一啸一看是烟,眼睛立刻放光,腰也不疼了,打开其中一盒,一眼就看中一支"红塔山",拿起灶上的火柴,"哗哧"一闪,点燃了香烟,美足地猛吸一口,不见白烟出来,全部下了肚,点点头:"嗯嗯,还是'红塔山'好抽。"

女孩不理蒋一啸,招呼支道了坐下,把支道了带来的盐水鹅放进盘里,桌上已经摆了几道菜,一条红烧鱼和几道素菜,还有一瓶"松山大曲"。

蒋一啸抽完一支"红塔山",直到烟头完全燃至海绵烟嘴了,才恋恋不舍地把烟嘴扔到门外,把桌上的几个盒子小心地放进抽屉,才转回身,给支道了介绍:"小兰,同事,我女朋友,年底结婚。"

小兰一边做事,一边笑嗔:"支医生,你坐,谁是你女朋友啊?"

蒋一啸落座,先打开酒,给支道了倒酒。支道了连忙挡住:"蒋一啸,你知道的,我从来不喝酒。"

蒋一啸继续要倒酒,一边手上用力,一边说:"你倒上酒,可以不喝。但是,你手上没酒,显得我不礼貌,我想说的话都说不出来。"

这个说法倒是新鲜,支道了只好把手拿开,蒋一啸"咕咚咕咚"倒满一碗,自己也是。好像是刚看到桌上的盐水鹅,居然喊出声来:"支道了,谢谢你啊。上次吃盐水鹅,好像三年前了。"说着,拿过半个鹅头,先自啃了起来。一边啃,一边跟支道了说:"你也吃啊。"

一边的小兰给支道了夹菜,一边嗔怪蒋一啸:"看看你的吃相,慢点。"

支道了心里一直在盘算着如何开口,问那个问题。蒋一啸好像看出了支道了的心思,拿起大碗,满口就是半碗下去,斜着碗给支道了一看:"你喝口酒,我马上告诉你,我为什么会来龙溪的。"

支道了无奈,端起酒碗,小心地碰了一碰嘴唇,立刻就放下了。蒋一啸还要强迫,小兰说话了:"支医生不喝,我喝好不好?"

蒋一啸起身,拦住小兰:"好,我不握支道了。"

支道了反倒内心惭愧了,端起酒碗:"那我再喝一口吧。"说着就张大了口,就着碗,一下进口多了,一下又全吐到了地上,三个人的脚背上都是。小兰一边打扫,一边嗔怪蒋一啸。这回轮到他不好意思了,从抽屉里拿出一支烟,点上,对支道了说:"毕业那年,得罪了校领导。分配的时候,分到了民政局,就来了龙溪。"

"就这么简单?"支道了问。

"就这么简单。"蒋一啸答。

后来的事情,在支道了的记忆里,似乎完全没有印象。支道了只记得那晚,他是醉了,为什么会醉呢? 蒋一啸没有握酒啊。难道是自己自愿喝醉的? 那晚,蒋一啸也醉了。两人一起背诵了诗歌《囚歌》:"为人进出的门紧锁着,为狗爬出的洞敞开着,一个声音高叫着:爬出来吧,给你自由……"

好像还一起唱了一首老歌,《年轻的朋友来相会》。这是很久以后,小兰告诉支道了的。那歌曲是这样唱的:"年轻的朋友们,今天来相会//荡起小船儿,暖风轻轻吹//花儿香,鸟儿鸣//春光惹人醉//欢歌笑语绕着彩云飞……但愿到那时,我们再相会//举杯赞英雄,光荣属于谁//为祖国,为四化,流过多少汗//回首往事心中可有愧……"

夏天来了,支道了的支农也结束了。这三个月,支道了一个月上城一次,看看儿子和父母,毕枝一永远在忙,永远不在家。每个周末,支道了都是在龙溪的烈士陵园度过的。蒋一啸再也没有捏酒,他自顾抽烟喝酒,烟也永远是支道了带来的散烟,支道了自顾喝茶吃饭,饭菜都是小兰准备。然后就是聊天,聊天的内容五花八门,从两人的幼儿园经历,一直到未来。支道了说,未来都能看得到,主治副高正高,看病人看到老。蒋一啸有时态度是低沉的,端着酒碗,搂着小兰说:"我反正完了,老婆孩子热炕头吧。"有时的态度是高亢的,他会带着醉意反问支道了:"你说的那个电影《刺激1995》,那个囚犯,用了几十年的时间,都跑出来了。那台词怎么说的——有些鸟儿是注定不会被关在牢笼里的,它们的每一片羽毛都闪耀着自由的光辉。是不是这样说的?我还是自由身呢,怎么不能翻身呢?"

人生的时间,可以是曲线和流动的,可以是封闭和环绕的。支道了上城以后,感觉时间是封闭和环绕的,被病人和病情封闭和环绕,被毕枝一和支援封闭和环绕,被无数的琐事和俗事封闭和环绕。有好多个周末,支道了想着,该给蒋一啸打个电话了,该给蒋一啸打个电话了。想着想着,电话却一直没有打过。蒋一啸也好像忘记了支道了,也没来过电话,更没见过本人。支道了后来一直存念的问题是,蒋一啸到底跟小兰结婚没有?为什么没有接到他们的电话呢?

到底是两年呢,还是三年呢?支道了也记不清楚了。好像是"非典"的那一年,也是初春的夜晚,支道了值班。当时的医院急诊室,还是一间不成规模的小平房,因为"非典"的缘故,还增加了发热急诊,和内科急诊挤在一起。大概九点左右,听到不远的医院大门口,有人在喊:"我要死了,我要死了。"

支道了正在给一位发热病人听心肺,开化验单。断续的声音传来,似曾相识。还没有任何反应,一团浓烈的香气先扑进了急诊室。四五个浓妆艳抹、香气袭人的女孩子,簇扶着一位青年男子,其实是拽着和拖着,嘴里还不停地喊着"啸哥,啸哥",七手八脚地把他按到急诊床上。床上的青年男子,不停地喊叫和翻身,还不停地打着酒嗝,酒气瞬间盖过了香气,又瞬间混搭在一起,闻之欲呕。

急诊内科的汪玉胜,不耐烦地起身,先戴上口罩,嘴里吩咐着用药,无非纳洛酮、奥美拉唑、维生素等。对几个一起来的女孩子,他恶狠狠地说道:"给我按紧了,别让他乱动,针头掉了,你们给他打。"

一直忙碌的支道了心里奇怪:这汪主任也是老医生了,一向态度和蔼,今晚是怎么啦?忙完起身,刚要近身,就喊了出来:"蒋一啸啊。"

汪主任定定神,看着支道了,好像很奇怪,又好像很不屑:"你认识他?"

支道了说:"我的初中同学。"

汪主任摇头:"就是一酒鬼,酒精成瘾了,每个月都要来一趟,有几个臭钱,不三不四的,你看看一起来的,什么人啊。"

支道了有很多话要问,有很多话要说。回忆在龙溪烈士陵园的日子,支道了就有了微微的愧疚,自己对蒋一啸的现状有一定的责任。如果从那以后一直保持联系,也许,也许蒋一啸不会如此呢?那么,蒋一啸目前,到底是个什么状况呢?看他的穿着打扮,看他的脸色身材,好像是鸟枪换炮了,这中间到底发生了什么事情呢?

也是下半夜三点,支道了还被一群发热的病人围着呢,忙得头昏眼沉、手抖脚软、屁股疼。忽然，一股酒气扑面，从人群外面挤进一人，过来一个熊抱，抱得支道了全身发紧，呼吸困难。嘴不利索，声音却高昂："支道了，讲起来算我哥哥呢，把我忘记了吧。"

支道了对围绕的病人面带歉意，嘴里说着："不好意思啊，我老同学，酒多了。"说着把蒋一啸拽到了急诊室外面。

外面风很凉，支道了立刻神清智明。蒋一啸紧紧衣服，借助急诊室里的灯光，支道了看清了，蒋一啸穿的是黑色的皮草，脸色虚白，嘴唇紫绀，额头静脉青露，头发摩丝板板，眼神散忽而轻飘。两人刚要说什么，陪同的几个姑娘从急诊室出来了，"啸哥，啸哥"喊个不停。蒋一啸被她们簇扶着往医院门口走了，转身再回头："支道了，等几天到我地盘喝酒。"

过了几天，支道了清楚记得是一个周六，因为这一天，传染科的排班，都是一个人顶四个班：门诊、急诊、会诊和病区，可谓四班一体。查房的时候，电话响了，尾号是9999，支道了对号码没有印象，就掐了继续查房。电话继续顽固地重新响起，支道了只好来到病房门外，接通了电话，对方声音嚷嚷到震耳："支道了，你他妈做个医生，有什么了不起的，我的电话也不接啦！今晚到我的地盘喝酒。听到没有？"

是蒋一啸。

支道了看看手表，是4月1号，是愚人节。支道了随口说："今天愚人节，你跟我开玩笑吧。"

蒋一啸不耐烦了，声音依然高昂："我还有事，晚上五点钟车到医院门口。"挂了。

支道了这一天忙得四脚朝天。因为发热门诊的开设，支道了负担着首诊分诊的重任。病人发热、咳嗽、咽痛、胸闷、气急，是普通感冒，是细菌性肺炎，还是病毒性肺炎，是万万不能误诊的。普通感冒就在门诊治疗，细菌性肺炎要住呼吸内科，而病毒性肺炎，要收发热病房的。一直到五点，病人还是一个接一个。来接班的是许向前，支道了把几个还在拍胸部CT的病历交给他，细心地嘱咐了几点，这才洗手脱衣服，蒋一啸的电话已经响了好几通了。

医院门口，一辆牌照999的日本凌志车，在等待着支道了。支道了落座，陪伴的蒋一啸面无表情，好像从未谋面的陌生人，吩咐司机开车，直接向南边的长湖驶去，最终停在一家农家乐的门口，令人奇怪和不安。刚一下车，长湖的水气扑面而来，夜色下波光摇动，令人心旌摇荡。支道了看门面狭小，还略有破败之相，心想这是什么地方。谁知道一进小门，里面开间很大，廊房皆建在水面上，装饰是金气加俗气。

最大的包厢叫"水上人间"，将要进门的瞬间，蒋一啸忽然低声说了一句："今天我太太在，有些话，嗯。"

偌大的包厢，顶大的圆桌，就坐了三个人。蒋一啸、蒋太太和支道了。落座后的蒋一啸，忽然变了脸，热情、活力、话痨。他的第一句话是对太太说的："小英，我要好好感谢支道了。那一年，幸亏他推荐我看了《肖申克的救赎》，里面的一句台词，鼓励了我，"转身对着支道了，"有些鸟儿是注定不会被关在牢笼里的，它们的每一片羽毛都闪耀着自由的光辉。支道了，是不是这句？"

蒋一啸晃晃手上的酒："这是十年的五粮液。"要给支道了倒酒，支道了手一拦："我又不会喝酒，你说过的，不揠酒的。"

蒋一啸忽然压低声音，像背台词一样："你倒上酒，可以不喝。但是，你手上没有酒，显得我不礼貌，我想说的话都说不出来。"

说完两人哈哈大笑，得体而优雅的蒋太太站起来，对蒋一啸说："既然支主任不喝酒，就别勉强了。"

支道了忽然有片刻的感动,然后是尴尬,然后是不知所以,想了半天,也不知道该说什么,最后对蒋太太说了一句:"谢谢。"

蒋一啸敬支道了,一口干了,神情有点恍惚,对支道了说:"我还没介绍呢,这是我太太周小英,我也是幸亏太太,才有今天。"

周小英过来敬支道了:"支主任,我就以茶代酒了,一直听小蒋说你的好,也一直想当面感谢,今天终于有机会了。谢谢你啊,支主任。"

支道了也以茶回敬,一旁的蒋一啸连忙起身:"我赞助,我赞助。"

一饮而尽。

周小英喝完茶,跟支道了和蒋一啸打招呼:"舅舅有事找我了,我先走,小蒋,你好好陪陪支主任。"

说完袅袅婷婷地走出大门,支道了发现,蒋一啸的目光中,有一种莫名的快意和自得,等大门一关,听着周小英"噔噔噔"走远,蒋一啸叼起一支"软中华",要给支道了递烟,支道了摆摆手。蒋一啸点燃香烟,先感慨:"支道了,说起香烟,还得谢谢你,当年在龙溪,抽了你不少散烟啊,帮我熬过那段艰苦的日子啊。"

支道了摆摆手,想问又止。蒋一啸猜到了:"说给你听也没事,就你离开龙溪的年底,上面来了政策,专业对口,我回到了邮政系统。小英的舅舅,现在的一把手。我呢,移动公司的老大。没了。"

一支烟抽完,蒋一啸立刻续上一支,大笑着拍拍手,不知道从哪里忽然跑出四五个女孩子,浓妆艳抹、香气扑鼻,一路奔过来,"啸哥,啸哥"喊个不停。支道了一个一个姑娘看过来,就像聊斋里形容的狐狸精,又好像在哪里看见过。蒋一啸指指支道了:"姑娘们,这是我哥哥,一起鞠躬。"

胡闹了一阵之后,圆桌坐满了七个人,蒋一啸、支道了和五个女孩。

蒋一啸举起满杯的五粮液,对大家说了:"姑娘们,我介绍一下啊,我哥哥,支道了,人民医院的主任,我的恩人。好多年以前,哥哥推荐我看过一部电影,叫《肖申克的救赎》,里面有一句台词,是这样说的,生命可以归结为一种简单的选择:要么忙于生存,要么赶着去死。今晚,我哥哥在场,大家为这句台词,干杯!"

几个女孩居然都是白酒,几轮下来,倒了几个,能动的衣服也脱得差不多了。蒋一啸喝多了,拉过支道了,脸靠脸,口齿含混了:"支道了,你还记得小兰吗?那个,脸蛋圆圆的,永远不会朝我生气的小兰,记得吗?"

当然记得。

蒋一啸趴在桌上,呜呜咽咽地哭了起来,哭完,倒满一杯酒,咕嘟一口,兜进了嘴里,一扔杯子,跺脚拍胸:"我对不起小兰啊,我对不起小兰啊,啊啊啊啊,呜呜呜呜,嗯嗯嗯嗯……"

支道了有点茫然和无措。有个相对清醒的女孩,对支道了说:"别理他,每次酒多了就这样'小兰,小兰'的。马上要唱歌了。"

话还没说完,蒋一啸跟跟跄跄地起身,拉着支道了,在偌大的包厢里沿边走圈子,一边走,一边唱:"喝了咱的酒,上下通气不咳嗽,喝了咱的酒,滋阴壮阳嘴不臭。喝了咱的酒,一人敢走青刹口。喝了咱的酒,见了皇帝不磕头。一四七三六九,九九归一跟我走。好酒好酒好酒……"

歌曲唱完,蒋一啸忽然高呼口号:"打倒腐败……"

大概走了有十几圈,蒋一啸累了,重新回到酒桌边上。支道了看了一圈，几个姑娘都醉了，白花花的肉体你追我赶，不忍直视。蒋一啸还想倒酒，被支道了拦住了，蒋一啸一甩手，跟支道了说："支道了，你别管我。你看看我现在，我是什么？我就是腐败。想起来真可笑，当年吃尽了苦头，谁能料到现在，要打倒的人，就是我自己，就是我自己啊！"

蒋一啸倒满酒，忽然起身，高声朗诵起来："为人进出的门紧锁着，为狗爬出的洞敞开着，一个声音高叫着：爬出来吧，给你自由……"

一饮而尽！

作为医生的支道了，明白了眼前的蒋一啸，是酒精成瘾了，需要送到某个与世隔绝的地方戒酒，和目前的生活彻底断开。

不然呢？

被遗忘的母亲

好像是一个深秋的下午,阳光无比热烈。道路两旁的树,像立正欢迎的士兵。支道了骑着自行车,后座是一位面相模糊的女孩,只知道是女孩,不知道什么身份,在空无一人的大道上飞驰。女孩忽然伸出手,摸到了自己的私处,支道了大喊"不要,不要",随即车就撞上了路边的大树……

支道了醒了。

不管是查房还是休息,大约因为生物钟的养成,支道了总是在六点醒来。再赖床到六点半,起!今天休息,支道了还是起了,洗漱完毕,到不远处的父母亲那里走一趟。父母亲永远比他早,已经在吃早饭了。支道了随口问东问西,主要是看看他们的身体。古话讲,晨省昏定。昏定做不到,晨省还是可以努力的。父亲吃着自己的早餐,最后都要一句话总结:早点寻个人。而支道了总是在这句话之后,飞快地离开父母的家。

支道了吃完喜欢的干拌面,回到自己的家,想着看一部老电影吧。选的是今村昌平的《楢山节考》。支道了知道是悲剧,一直放着不愿去看。整个电影的音乐和摄影都很震撼,电影中反复出现的老鼠、蛇、猫头鹰和乌鸦,提示着你,这是一个尊重动物生活法则，弱肉强食的世界。看到辰平背着阿玲婆上山了，支道了眼睛酸酸的。这时，手机响了，是个陌生的号码。

"是支主任吧。"

"是啊，你是哪位？"

"还哪位，我蒋一平，真是贵人多忘事，连老同学都不记得啦。"

支道了虽贵为平民，还真不记得他，只好含混地说："哦，老同学啊，什么事情啊？"

"你们医院报案，说有子女把生病的母亲遗弃在医院，玩失踪，有这事情吧？"

支道了眼前立刻浮现出一张脸，干瘪，黑瘦，戴着墨镜，脸颊堆着笑，笑声像金铃的肖芫蓿。

"对啊，那个，老同学，这事情怎么跟你有关系呢？"

"我的支大主任，我就知道你贵人不管事。你们医院，就在我分管的派出所辖区里，我来调查具体情况，你们办公室的曹主任说了，你是最了解情况的，我就找到你啦。"

时间快到十一点了，也算饭点了，两个人就约在附近的饭店见面，去饭店的路上，支道了还在想，这蒋一平到底长得什么模样啊？

到了名字叫"宜食"的小饭店，蒋一平已经在门口恭迎了，一见面，支道了就喊："冬瓜啊。"

蒋一平初中的时候，横长竖不长，走路像一只球在滚，给他起的外号叫"冬瓜"，渐渐地把他的本名忘记了。

两人落座，简单的三菜一汤，因为工作时间，都不能喝酒，就喝茶了。

支道了问："从头说起？"

蒋一平答："从头说起。"

"有两个月了,九月初的时候,大概九点多,我在医生办公室写病历,闯进一位中年妇女,你一眼就难忘。脖子上是金项链,加粗的,两侧耳朵是金耳环,拉长的,左手三只戒指,右手三只戒指,加宽的,整个人走进来,就是金妆妇人啊!她大声嚷嚷:'哪个姓支啊?怎么姓这么个倒霉的姓啊?'我抬起头:'我就是那个倒霉的姓支的。'金妆妇人脸一红:'啊也,你就是支主任啊,不好意思,不好意思!'我问:'什么事情?'金妆妇人低声恳求:'支医生,可以出来说话吗?'我大致明白了,带着她来到AIDS的办公室,落座以后,我问她:'是疾控的汪医生让你来的吧?'金妆夫人急急摆手:'对对对,不是我,不是我啊。'说完急忙出门,大概等了有一刻钟,带着一位老年妇女进来了,就是肖芫蓿。

"黑瘦小是第一印象,戴着墨镜,脸颊堆笑是其次的印象。穿的粗布的格子衣服,讲话声音尖细但不难听,笑起来像金铃,不管是讲话还是笑,都爱两手配合着,整个人给你一个少女的印象。金妆妇人进来,只管自己坐下,肖芫蓿摸索着,才找到凳子。我说:'什么情况?'金妆妇人开始唠叨,我听了半天,大致懂了。五月份的时候,肖芫蓿说眼睛看不见了。家人以为是白内障,准备手术,术前常规体检,查出了HIV抗体阳性。家人当然不相信,尤其三个儿子。带着肖芫蓿去了南京第二人民医院,确诊了眼睛的疾病,是HIV合并巨细胞病毒视网膜脉络炎。家人都傻了,尤其三个儿子。从南京回来后,就一直扔她在一边。大儿子是工头,外地有工地,走了。二儿子和小儿子,本身就在外地工作,也走了。金妆妇人是大媳妇,实在看不过去了,带着肖芫蓿来了医院。

"这一来,我倒是立刻对这金妆妇人刮目相看了。我开好住院通知单,告知她,按照农村合作医疗的新条例,在规定的数目范围内,可以报销百分之七十。新农合通常的报销比例是百分之三十五。"

蒋一平插嘴问道:"还有这等好事?"

支道了说:"从2013年开始的,有正式的文件。别的省区不知道,江苏都是这样的。"

蒋一平喝口茶:"你继续。"

"小焦,对了,金妆妇人姓焦,叫焦玉娇,去办住院手续了,我看看转诊的单子,CD4-T淋巴细胞数目很低,在200个/μL以内,应该感染五六年了,就问肖芫蓿:'你是做什么工作的?'肖芫蓿慢慢地把头转过来,转到我发问的方向,说:'我不识字,没有工作,就是种田。'我心里奇怪,也没多问。倒是肖芫蓿主动说了:老早家里穷,上面两个哥哥都读书了,轮到我,我老子说了,丫头读什么书啊,费钱,不读。"

"小焦手续办好了,我安排好肖芫蓿的病床,问病史,开医嘱,顺口问小焦:'你婆老太一直没工作吗?'小焦随口回答:'前几年在我老公的工地上帮忙,给瓦匠木匠洗洗衣服,打打饭。'我把答案放在心里,然后问小焦:'肖芫蓿住院,谁帮着看护啊?'小焦说:'我们都忙,想请个护工。'我知道忙是借口,介意这个病是内情,我说:'护工不好请啊,比其他科室的工资贵,每天180元,还要供三餐。'小焦说:'贵不怕,我们实在没时间。'"

蒋一平听入迷了,菜也不吃,茶也不喝,忽然插嘴:"介意这个病?什么意思?"

支道了吃惊地反问:"你不知道肖芫蓿是什么疾病吗?"

蒋一平不好意思地笑了:"我只听你说什么HIV合并什么的,确实没懂。"

支道了笑了:"冬瓜,就是艾滋病啊。"

这一回轮到蒋一平大吃一惊了:"艾滋病?你说肖芫蕾是艾滋病?"

支道了反问:"你以为是什么病?"

蒋一平还是吃惊的样子:"我们县里有艾滋病?"

支道了平静地回答:"当然有啊。"

蒋一平压低声音,神秘地问道:"我们县里有多少?"

支道了严肃地回答:"这是隐私,不能说的。"

蒋一平吃了两口菜,自言自语:"一直听说艾滋病,艾滋病,没想到自己身边就有,以后要当心。哎!老同学,这个病怎么预防啊?"

支道了微微一笑:"不吸毒,不乱搞,有固定性伴侣。"

蒋一平瞪大眼睛,确实像冬瓜:"这么简单?"

支道了点头。

蒋一平一边吃菜,一边嘴里叽叽歪歪,听不清说的什么。然后,忽然直起身体,说:"你继续说。"

"我请的护工,叫邱锁贵,农民,五十五岁,曾经是我的病人,已经入组三年了,各项辅助检查的指标都很正常。他出院之后,农忙就种田,农闲就来做护工。因为他自己是病人,所以,护理病人能够周详到位。我一个电话飙过去,他下午就到了。

"肖芫蕾的病,全称叫艾滋病合并巨细胞病毒视网膜脉络炎,需要用一种特殊的药物,叫膦甲酸钠,这个药物静脉滴注要慢,强化的疗程是每隔8小时滴注一次。连续两周。加上其他的药物,每天输液的时间,长达几个小时。所幸邱锁贵是一个话痨,陪着肖芫蕾说个不歇,对肖芫蕾的恢复有极大的帮助。也是因为邱锁贵的转告,我得知了肖芫蕾患病的真正原因,心里一直没法平静。在一个夜班,我电话叫来了金妆妇人焦玉娇,我必须把患病的真实原因告诉她。

"我不抽烟,但是有一个习惯,拿一支烟在手里来回轻轻揉搓,既可以帮助思考,也可以缓解对话时的紧张,还可以表示我不抽烟。但是,这一晚,在我的办公室里,面对焦玉娇,我有了想抽烟的冲动,可惜,没有烟,也没有火。只有一支破烟被我反复搓揉,都快要碎了,还是不知道如何开口。

"反倒是焦玉娇先开口了:支医生,我问你,家里的孩子想来看老太婆,不会传染吧?我说不会。她继续嚷嚷:'老太婆一查出这个病,家里大大小小都到医院查过了,都没有。吓死人了。支医生啊,老太婆这个病到底怎么过来的?'我已经从邱锁贵的口中,得知了肖芫蓿得病的详情,这一问,我倒可以借机说话了。我先说:'你婆老太,这一生不容易吧?'焦玉娇神情激动地嚷嚷:'啊呀,还是支医生懂人心,能说出这样体贴人的话来。你想,三个儿子,又不识字,老头子就是个瓦匠,四十几岁就翘了。老太婆么,硬是苦出来的。种田、养鱼、养猪、帮人打工,样样都做。老大,就是我家那位,学了手艺,现在么,还算混得过去。最不要面孔的就是老二、老三,老太婆辛辛苦苦把他们培养成大学生,飞出去了,家也不顾了。这次看病,我打的电话,钱要三家均摊吧,嘴上都答应了,还没到账,支医生,你想想,是不是良心被狗吃掉了?'

"我不理睬她,直接发问:'你婆老太几年前是不是在你家老公的工地上做过?'焦玉娇说:'是啊。那时,我家那位在山东潍坊有个工地,做得不大么,钱难赚的哎。老太婆歇在家里又没事,就带到工地上,帮着给匠人洗洗衣服,打打饭。老太婆自己要去啊,说歇在家里浑身难受,老头子早死了,没有什么乐趣。'我反问她:'你当时在哪里?在工地上吗?'焦玉娇稍微红了红脸:'我没空啊,儿子要考大学,丫头要上高中,我要做饭给他们吃啊。'我伸伸腰,耐耐性子,问焦玉娇:'你老公没跟你说过，你婆老太在工地上发生的事情？'焦玉娇先说没有，忽然高声：'难怪！我想想，大大大前年，是2012年吧，没到年底，就把老太婆带回来了，我还说呢，工地上不是需要人么，怎么又把老太婆带回来了呢？我老公一句话都没说，第二天就走了。我问老太婆，也没说清楚。我当时忙两个孩子，也就没再问。支医生，难道老太婆有什么事情？跟这次生病有关系？'我脑筋里全是邱锁贵跟我讲的话，本来一心想说的，看现在的情况，既然焦玉娇不知道内情，我也就不打算说了，反正也不影响治疗。就找了个借口，把焦玉娇敷衍过去了。"

蒋一平吃饱了，饭碗一丢，点起一支烟，问道："那老太婆，到底怎么得的毛病呢？"

支道了也饱了，要了一杯茶，缓缓地吹着热气，慢慢地品了一口说："别着急，你听我说。"

"肖芫蓿住院期间，除了焦玉娇来过几次，三个儿子都没来过。因为我知道了内情，所以，对于三个儿子的态度，我也无法计较，有焦玉娇联系也行。住院十天左右，肖芫蓿的辅助检查，全部符合抗病毒治疗的标准，因为她的CD4-T淋巴细胞偏低，为她制定的是拉米夫定联合替诺福韦和奈韦拉平的抗病毒方案。抗病毒治疗一周以后，复查了血常规和肝肾功能，均无异常，表明这个抗病毒方案对她是有效的。肖芫蓿的艾滋病合并巨细胞病毒视网膜脉络炎，使用膦甲酸钠治疗的疗程是21天，后续的治疗，是回家继续口服更昔洛韦巩固疗效。所以，当治疗进入20天的时候，我告诉肖芫蓿，很快可以出院了。肖芫蓿戴着墨镜的脸，全部堆起了笑，墨镜的下缘，全是笑纹。我还跟邱锁贵开玩笑，又要失业啦。邱锁贵说：'支医生啊，我的钱还没到手，到了给你回扣啊。'我呸了他一口，在我专门的办公室里，给焦玉娇打电话,告诉她明天可以出院了,居然停机了。我想,大概欠费了,晚上再说吧。想不到的是,从晚上到第二天,手机一直停机。我这下慌了,赶紧跟疾控的汪长荣联系,看看他那边是否还有别的联系方式。他也没有,但他那里有肖芫蓓的家庭地址。他随即跟当地的派出所联系,得到的答复是,一周前,家里人都搬走了。"

蒋一平合上笔记本,打了一个长长的哈欠,招呼服务员结账。支道了问:"啊?你就这样调查啊,肖芫蓓还在医院呢,你不赶紧想办法,找到她的家人么?"

蒋一平笑了:"老同学,你真是个书呆子,局里和派出所派我来调查,我的工作就是听你汇报情况,再回去汇报给他们,至于最终什么结果,是我们这些小喽啰能决定的吗?再说了,人在你医院,去还是留,由医院决定,跟你有什么关系呢?你是医生,只管看病就行啦!"

支道了也知道是这个道理,但是,就这样结束,好像还缺点什么。看蒋一平要起身了,才想起老同学见面,连起码的寒暄都没有,太不礼貌了。就开口问:"你现在怎么样?"

蒋一平重新坐稳,这回笑得放肆:"老同学,你别假客气啦。读书的时候,你就是个直筒子,根本就不是会装的人。我啊,蛮好,什么叫蛮好呢?就是混混呗,人就几十年,眼睛一闭脚一蹬,没有了。对了,我倒想起一个问题了,那个,肖芫蓓究竟是怎样得的毛病?"

支道了摇摇头,长叹一口气:"你真的想知道?"

蒋一平说:"那当然,我都问出口了。说吧!"

支道了好像在回忆:"那一年,肖芫蓓在大儿子的工地上,帮着农民工洗衣服做饭。工地上全是壮劳力,白天劳动么,没什么想头,到了晚上,还不是个个像种猪?有个晚上,肖芫蓓被一个四十多岁的电焊工强奸了。"

蒋一平这回瞪大了眼睛:"真的?报案了吗?"

支道了低下头:"大儿子当然想报案,又怕自己的名誉受损。哪知道,肖芜蓿跟儿子说,她是自愿的,两个人在一起不少时间了,不是强奸。"

"后来呢?"

"后来,那个电焊工被打断了腿,赶走了。肖芜蓿么,被儿子带回了家。"

蒋一平迟疑了会儿,终于问出了口:"那一年,肖芜蓿多大年纪?"

支道了正色地告诉他:"六十岁吧。"

蒋一平问:"六十岁,也需要……"

支道了若有所思:"是啊,我们更多的时候只想到她是个母亲,忘记她还是一个女人!"

蒋一平起身:"我懂了,这一家人为什么会把肖芜蓿遗弃在医院。行了,我知道怎样汇报了。"

支道了回到家,碟机上的《栖山节考》还没结束呢。支道了坐稳沙发,摁了播放键。屏幕上,大雪覆山,阿玲婆端坐山头,合十微笑。支道了听不懂日语,但听到辰平说:"娘,下雪啦。"又问:"娘,你冷吗?"支道了想起自己年迈的母亲,想起肖芜蓿的面容和墨镜,以及墨镜边缘的笑纹,眼泪再也忍不住了,哗哗哗地流了下来……

爱情祭

下雪了。

时过正午，天先阴了一阴，好像微微有怒，没想到是预兆。片刻时间，风成了北风，雪像细盐粒一样毫无规律地东游西飘。细心的话，会听到近处停放的汽车有轻微的叮吱声。再一转身，雪像饭粒一样往下砸了。没有穿严实的脚脖子，先感觉到温凉，接着是绒花般飘洒了，戏弄着人间。人急车忙，都想着赶紧回到安乐窝去，生恐被阻在途中，与怒雪共嬉戏。

支道了在门诊，一直忙。因为新的口服药物索菲布韦的出现，慢性丙肝的治疗，有了更加有效安全的方法。虽然要从国外带，价格也不菲，但因为本地是慢性丙肝的高发地区，所以，每天来咨询的病人以及家属很多。

一直忙到五点半，才发现天黑地白，呈现出两极世界。既没有雨伞，脚上也还是棉鞋，正踌躇之间，电话响了："怎么还没到的？"

支道了一时愣了："什么没到？"

高耀辉在电话里高声吵喊："拽死了，做了个医生，就甩得不得了么，靳头从北京回来了，不是定好了今晚聚聚么？忘性太大了吧！"

真是忙忘了。于是说："雪太大了，我还穿的棉鞋，你来接我吧！"

近一两年，支道了越来越畏惧人多的活动，包括同学聚会和单位聚会。最爱的休闲方式是回家，简单吃点，看一部电影。本来今晚的观影计划是重温科恩兄弟的《醉乡民谣》。支道了自己也想不通，从第一次看《醉乡民谣》之后，就好像爱上了它一样，每年都要重温一遍。尤其是电影中的插曲《离家五百里》，支道了有事无事，都会不自觉地哼唱，英文歌词都记得很清楚。所以，他这样说，是想推脱。其实不可能推掉，靳尚志、高耀辉和支道了，从初中开始就是同班同学，一直到考上大学，友谊深厚。而且很快，高耀辉的车就到了医院门口。支道了上了车，汽车飞快地向"金碧辉煌"大酒店奔去。

"滚滚红尘"包厢里，除了靳尚志、高耀辉和支道了，还有干公安的蒋一平，公共服务中心的王志安和工商局的程扬，唯一的女同学，就是她在支道了的毕业纪念册上写的柳青的话。大家落座，开始毫无顾忌地喝酒，包括程扬。知道支道了只喝红酒，高耀辉特意带了一瓶意大利的红酒。话题五花八门，先谈各自的近况。靳尚志大学毕业就留在北京，在某个权力部门执掌实权，可谓春风得意。高耀辉做建筑生意，近十几年做大做强，赚得盆满钵满。蒋一平虽然是个派出所的副所长，但他的舅子是常务副市长，不容小觑。公共服务中心虽然听着不怎样，但王志安是老大。程扬，工商局一个普通工作人员，但她丈夫是某个局的一把手，高枕无忧。唯独支道了就是个医生，还是单身的，无职无权，顶多是个副高，这个时代，根本说不上嘴。所以，大家谈兴浓烈的时候，支道了低头，细品杯中的红葡萄酒。忽然，大家又谈起了中学时代的既往情史，和已经离世的几位同学。气氛一直浓烈着，但心情忽高忽低，被话题引领着。蒋一平说起已经离世的曾经暗恋的女同学，大发感慨："早知道她会早走么，我无论如何也要约一约啊，了一了多年的相思之情，也算不枉此生。牛扣在桩上，浪费了。"

程扬调笑道："你个流氓，那么多活着的女同学呢，你一个都看不上？"

蒋一平乘机揩油，捏了她一把："好啊，今晚我们就约。"

高耀辉笑了："不怕刘局打断你的腿。"

王志安插嘴了："都五十岁的人了，成点样。"

正嬉笑间，忽然，靳尚志问出一个奇怪的问题："支道了，你做医生这么多年，有没有和女病人发生过关系？"

"胡说了！"支道了想骂，"这是违反医疗原则的。"

"那有没有印象最深的女病人呢？"高耀辉也发问了。

"好像没有。"支道了回答得很干脆。

大家都不信，连女同学程扬都开始调侃了："紧要处就那么几步，我们不会说的。"

支道了看着窗外仍在肆意飘洒的雪花，忽然想起曾经的她，在病床前。回忆第一次去北京，在北京遇到大雪，被冻僵的情形。她已经离开这个世界了，该不该说呢？就犹豫着问道："你们真的想听我印象最深的女病人？"

几个同学都高兴起来了，好像从支道了的嘴里可以听到书生和女鬼的聊斋故事一样。支道了反而犹豫了："说印象深，其实跟我没有关系，是她的一生有点不同。"

高耀辉他们开始着急了，也许酒喝多了："反正雪下大了，暂时走不了，你慢慢说。"

"她第一次来住院，大概是十年前的冬天，下半夜，阴冷得很。正好我夜班。她是丙肝肝硬化并发胃底食管破裂出血来的。因为是第一次发病，对药物很敏感，病情很快就稳定了。她是个

健谈的女人，我看她的名字叫杨红女，就问了：'为什么叫红女呢？'

"她笑着说：'我爸爸喜爱主席诗词，不爱红装爱武装。我原来叫武女，后来跟爸爸说，我爱红装的，就改成红女。'

"她住院当晚，送她来的，是一位年纪比她大十多岁的男人，整夜没合眼，呕血时拿盆，冲厕，擦脸。黑便时帮着接，倒，洗。输液时一直盯着她的脸，整个治疗过程中，紧紧陪护。我只顾抢救病人，根本无心管闲事。第二天一早，她病情稳定了，早晨查房的时候，又来了一位和她年纪相仿的男人，是来缴费的。就有好奇的护士去侧面打听，但是，没有得到结果。护士们就猜测，年纪大的男人，是她哥哥，年纪相仿的，该是她男人。也仅仅是猜测。等她病情真正平稳以后，有一天晚上，两个男人买了酒和卤菜，就在她的病房里一起喝起来了。夜班护士说，两个男人以兄弟相称。早会时，就有护士八卦说，难道兄弟俩共娶一女？说说也就过去了，谁也没放在心里，更没人去探究。大概住了十几天就出院了。出院时，需要医患沟通记录，是年长的男人来签字的，自我介绍是杨红女的丈夫，叫焦年华。"

蒋一平明显地表现出不屑的表情："你有什么意思啊？什么也没说么。"

支道了看看窗外，雪已经堆垒了。仍然有为生计奔走的行人，不避风雪，一脚深，一脚浅地奔向目的地。支道了的脑海里，无端想起《醉乡民谣》中，男主人公在大雪天的半途搁浅，背着吉他，抱着猫，脚上的鞋是露着脚趾的。他回神说："本来就没什么，那就不说了吧。"

靳尚志开口了："急什么啊？急性子都生女儿。支道了你们还不了解吗？永远慢一拍，好东西在后面呢。支道了，你继续说。来，大家再干一杯。"

"第二次来住院,是隔年的端午节以后。还是我夜班,还是出血。等一切治疗措施落实以后,我就不客气了:'你是不是吃什么不易消化的东西的?'

　　"杨红女面露难色:'没熬得住,吃了半个粽子。'

　　"我深知病人长期清淡饮食的残忍,但作为医生,我还是要给予残忍的医嘱:'上次出院时,我跟你说了。你的饮食,三烂一温,烂面烂粥烂饭,温温地吃,我说了没有?'

　　"一边陪护的焦年华接话了,表情羞惭:'支主任,你说的,说了好几遍。我回去一直看着,没让她碰硬的东西。这不是过端午节么,闻到粽子香了,没看得住。'

　　"这次的治疗过程,明显比上次困难。整个晚上,又是呕血,又是黑便,开始昏迷了,将要出血性休克了。我立刻给予抢救性输血,加强止血和降压的治疗。最后给焦年华交代病情,一旦病情加重,可能需要转到ICU。焦年华一口应允,幸亏他的精心伺候,到早晨,杨红女渐渐苏醒了。杨红女昏迷的时候,我听她问:'高俊杰来了没有?'

　　"早会时,那个年纪相仿的男人赶来了,仍然是他去缴费。但他缴完费之后,立刻就走了,事情全部托付给了焦年华,到了晚上才赶来。仍然是买了酒和卤菜,在杨红女的病房里,和焦年华一起喝了起来。"

　　这一回,连高耀辉都忍不住了:"支道了,你这说的什么东西啊?又重复一遍啊。"

　　支道了想了想,自己也笑了,好像确实重复了一遍故事,没有新意。支道了自己也不清楚,为什么会重复说了一遍。好像《醉乡民谣》的男主人公戴维斯,在巷子里被击倒两次,为什么会这样呢?支道了进入了另外的思维通道,忘记了身处的环境和

爱情祭　｜　067

谈话。

连性子最耐的靳尚志都催促了:"支道了,怎么发呆啦?继续说啊。"

"一周以后的一个下午,阳光很好。杨红女的病情已经完全平稳了,她请护士带话,说想跟我聊天。我来到她的病房,她说:'支医生,跟你接触两次了,我能感觉到你为人的好,我想跟你讲讲我的经历,也许,也许下次,我就没有机会讲话了。'

"我忙打断她:'别胡说,以现在的治疗条件,只要你保养得好,没有大问题。'

"杨红女轻飘飘地一笑:'支医生,你别安慰我,我自己的病,自己的身体,我很清楚。'

"我正好借机问她:'对啊,你这病,你应该早就知道了,为什么拖到肝硬化有了并发症才来呢?'

"杨红女并不理睬我,而是小声地问我:'是不是很奇怪,每次都有两个男人来陪我?'

"我并非十分好奇之人,但杨红女问起了,我当然愿意听。

"杨红女说:'支医生,你坐下,听我慢慢说。'

"我坐在她床边的凳子上,看着热情的阳光,照在她贫血的脸上,四十多岁的杨红女,还是温柔动人的,想象她年轻的时候,一定更加美丽诱人。她说:'支医生,你肯定知道,我这个病是卖血得来的,你知道,我为什么会去卖血吗?'

"我明白是因为穷,但我不想说。反倒是杨红女很直接:'我跟高俊杰高中就谈恋爱了,谈了三年,都没考上大学,那是一九八五年,他跟着村里的建筑大队去了北京,做苦力,我在家种田,我们约定了,三年后他回来,结婚成家。没想到去了北京,我就听说他父亲帮他在那边订亲了,我写了三封信给他,都没回信,我心里着急啊,就想到北京去,当面问问他,到底怎么

回事。'

"我看她讲话有点激动,微微吃力,就劝她:'你慢慢讲,别着急。'

'我家五个女姊妹,我老大,下面的都在读书,我当时在乡办的服装厂做裁缝,平时帮父母种田,家里的钱根本不够用,哪里有坐车的钱呢?我就想到了去卖血。

"她急急忙忙地说着,好像怕一口气说不完,就没机会说一样。我沉默着,没有接话,只是示意她慢点慢点。

'一共卖了两次血,第一次是全血,第二次是刮的血浆,后来才知道,回输的血液里,带着病毒,那时不懂啊。两次拿到一百五十块钱,还得了!

'到了腊月初,我请了假,去北京。先坐汽车到南京,四个多小时啊。再坐火车去北京,记得火车票钱是21块,等于我一个月的工资。

'下午四点多钟的火车,到第二天下午的四点多钟,将近24小时,才到北京。支医生,你是不知道啊,那时的火车,像什么呢?像乡下的集场,集场你知道吧?到处都是人,人挤着人,走不动路。那时的火车,就是那样的。想小便要挤半天,才能挤到厕所边上,所以,一路上,我都不敢喝水。

'到了北京,大雪封路。出了火车站,根本不知道往哪里去。说个笑话,那时的我,以为北京顶多比常州大一点,坐个半个小时公交车么,就可以到了。后来我问人,石景山区在哪里?回答我说,坐地铁要一个多小时呢。我也不知道什么是地铁。还是好心人领着我,来到地铁站。就那么一点点路,我又冷又饿。来到地铁站,不会买票。还是好心人帮的我,一直站到了石景山站,好像是终点站,我已经不大记得了。出了站,快晚上十点了,被冷风一吹,我就什么都不知道了。

靳尚志插话了:"那时的北京啊,真他妈糟糕。语言、气候、食物、习惯,都不方便。要不是谈了对象,早他妈溜了。好么,几十年了,慢慢适应了,交通跟空气又他妈的坏了。说句真话,待在北京,真没意思。"

王志安嘲讽他:"行了,知道北京人牛逼了。别打岔,支道了,你继续说。"

支道了不接话,转头问高耀辉:"你这红酒不错啊,哪里有卖?"

高耀辉说:"这酒市面没有,你要喜欢,我送你两箱。"

支道了摇头:"我也是一说,真的放在家里,估计几年也喝不完。"

蒋一平催促了:"支道了,继续说故事啊。"

支道了的脑子里,不知道为什么,忽然回旋起《醉乡民谣》的主题曲《离家五百里》的旋律,以至于他很想大声地唱出来,以至于他不想再继续杨红女的故事。但是,这个故事不说完,又好像旋律也无法流畅,真是一个奇怪的逻辑。

支道了回过神来,接着说。

"那天,杨红女在地铁口晕倒,其实是低血糖,因为一直没吃东西,加上冷。幸亏是那个时代,好心人多啊,把她抬到地铁站里,给她喂水喂食,从她身上找到了纸条,有了具体的联系地址,有人自告奋勇骑车去找高俊杰。"

支道了想起了那个下午的太阳,以及太阳给予的温暖,想起了杨红女说到高俊杰三个字时的幸福。那个瞬间,杨红女说:"支医生啊,不瞒你说,当我睁开眼,看到高俊杰的面孔,我心里酸啊,是幸福的酸,所有的奔波和遭罪都是值得的。"

"支医生啊,他们,谁也没想到一个刚十九岁的女孩,居然敢独自一个人,跑到了北京,还找到了他们的工地。他们,都知道我去的用意，高俊杰的父亲，找我谈了一次，意思很简单，嫌我家穷，因为，他家也穷，非常坚决地告诉我，高俊杰不会娶我，让我早点回家，死了心。那个春节之前，我回家过年，到家发现，怀孕了，是高俊杰的。"

支道了想起，当时听到这话，一点都没有吃惊，似乎事情的发展，就该有这个事件，整个故事才有复述和回忆的意义。现在重复杨红女的话，反倒想起了《醉乡民谣》中，戴维斯没有地方过夜，兴冲冲跑到前女友杰恩家里，杰恩家里有另外一个男人，杰恩在一张纸条上，写了一句话：我怀孕了。杰恩找不到其他男人为此负责，非赖是戴维斯的，要戴维斯筹钱打胎。

"杨红女回到家，发现怀孕了。她也不说，过完春节，肚子现形了，父母亲急了，这事情丑得。逼着杨红女去打胎。杨红女这个犟啊，就躲开家乡，躲到了安徽一个同学的家里，当年十月，生了一个女儿，起的名字叫高杨。"

唯一的女同学程扬插话了："唉！这个日子怎么过啊。"

是啊，当时的支道了听完杨红女的话，心里是同样的钦佩和感慨。

"后来呢？"蒋一平问道。

后来？后来的事情，杨红女说了个大概，支道了也听了个大概。

到女儿十岁，要读书了，杨红女没办法，带着女儿，嫁给了比她大十几岁的焦年华。到第一次丙肝发病了，杨红女实在没办法了，才请人通知了一直在外地打工的高俊杰。告诉他有一个亲生的女儿，告诉他因为筹钱去北京看他，才献血得的丙肝，那是第一次住院前的五年。

高耀辉问："这个焦年华，怎么会愿意娶她呢？"

支道了回答："我听杨红女说，这个焦年华是苏北人，

爱情祭

八十年代初,就来本地打工了,原来在乡办企业做工人,出了事故,伤了腰,又穷,一直没成家。企业倒闭后,就在浴室帮人搓背。"

程扬叹息:"也是苦命人。"

蒋一平问:"那个高俊杰,没有结婚吗?为什么每次都是他来缴费呢?"

王志安略带嘲讽:"你用脚趾想想么,也结婚啦。来缴费么,还不是看在亲生女儿的面上。"

支道了微微摇头:"不仅仅是女儿,还是有感情的,看得出来的。"

靳尚志问:"后来呢?"

后来?

后来的事情,支道了理智上不愿继续,但心里有一个声音在劝诱他,说吧,说吧,不然她的一生不完整啊,不然,你心里的旋律无法流畅啊。支道了压制住心里的奔腾,继续叙说杨红女的故事。

杨红女第三次住院,是一年以后了。这一次,她不是出血了,是肝性脑病了,所有的治疗都用上了,还是不起效。关键是,她的女儿高杨,这年的五一节结婚。这一回,是支道了第一次见到高杨,是高俊杰陪着一起来的。她一直在外地读书,刚刚研究生毕业。前两次生病,支道了也问起她,杨红女都是非常骄傲地回答,读研究生呢,不要告诉她,会分心。

4月30日,支道了夜班,焦年华在陪护,杨红女仍然昏迷。

医生办公室,支道了把其他病人敬的散烟,一起送给焦年华,焦年华万分感谢。焦年华在散烟中,找了一支"软中华",点上,美美地狠吸了几口,才慢慢开口,告诉了他这次杨红女发病的真正原因。

"支医生,上次出院家去,本来养得蛮好的。碰到这个丫头结婚的事情,惹出的麻烦。唉,现在的婚礼也是够肉麻,非要这个那个形式,要双方娘老子上台么。她亲老子的意思,这个丫头,等于他们高家培养长大的,应该是他们夫妻两个,代表女方上台。我家女人一听,就不开心了,跟姓高的吵架,她问姓高的,要不是她硬犟住了,经受了一直以来的白眼和难言,哪里来的这个丫头?那个姓高的有个儿子的,就缺一个丫头。姓高的家去跟他老婆商量,他老婆不答应,我家女人心里一气,就喝了农药。送到急诊洗了胃,才来住院的。"

"女儿结婚,亲生妈妈却不能登台,确实是……"沉默很久以后,程扬先说话了。

"是啊,女儿明天要结婚了,亲生妈妈却昏迷在医院,这……"蒋一平接着发了一句感慨。

靳尚志问:"支道了,这就结束啦?"

支道了回答:"是啊。"

高耀辉喝了一口酒,大声说:"这算什么印象最深的女病人啊。"

王志安也跟着附和。

支道了把杯中最后一口葡萄酒喝掉,一蹾杯子,想说什么的,没有出声。只是在心里感慨:无论你的一生如何地惊心动魄,在他人口中,都是轻烟。

雪停了。支道了坚辞了他们的送行,坚持步行回家。这是一条小路,行人不见,两旁树丫耀眼。白雪虽然厚,被风一吹,已经硬实了,一步一步踩上去,发出"咔嚓咔嚓"的声音,支道了心里,十分受用。路灯朦胧,雪雾弥散,好像《醉乡民谣》中"The Gas light Cafe"的汽灯映照,支道了想唱了,一直在奔腾的旋律再也无法抑制了,也管不住音调和嗓子,脱口而出:

If you miss the train I'mon

You will know that I am gone

You can hear the whistle blow a hundred miles
A hundred miles, a hundred miles
A hundred miles, a hundred miles
You can hear the whistle blow a hundred miles
……

楚岚君

支道了明白是在梦里,所有的背景和人,都是蓝色的,是大海的水亮蓝。有人像在高声喊叫,能领会对方的意思,但没有声音。支道了想这是梦啊,赶紧醒来,赶紧醒来。因为他做了一件十分羞愧的事情,被人发现了。支道了想醒来就好了,醒来就好了。

醒了,果然是梦。支道了内心有一点庆幸,幸好是梦啊,不然,多么丢人啊!难道是因为自己长久缺少女人,所以才……刚才梦里的情景,那种大海的蓝色和覆盖一切的蓝色,支道了忽然联想起一部很久的电影,《楚门的世界》。楚门,就一直生活在那样一种蓝色里,被蓝色覆盖了一生中的时时刻刻。他的分分秒秒都被身边五千台摄影机跟踪着,拍摄着,直播着,无处可逃。我们呢?支道了联想身处的环境,虽然没到楚门的程度,但是信息汹涌无忌的网络时代,大有人人成为楚门的可能,show么,有人无知和被动,有人自愿和主动,就有人迎合和引导,资本是show的主导力量。

支道了正随性联想呢,手机响了,支道了心里自嘲:我算是被动地show吗?一看是许向前,原来许向前家里有事,要请休息的支道了代班门诊。这在医生之间是常事，支道了就答应了，看看时间，2016年11月6日，周日，早晨6点45分，起！

从早晨七点半来到门诊开始，肠道感染、病毒性肝炎、活动性肺结核、酒精性肝损害、药物性肝损害、AIDS的并发症等等，陆陆续续挂号而来。门诊的意义，是鉴别诊断之后的对症处理，是在门诊口服药物、门诊输液，还是留院观察、住院治疗，抑或转院治疗，都需要支道了在最短的时间内，拿出方案。一直到十一点，支道了才得空，累得手指都抽搐了。手机又响了。

"请问，您是支道了主任吗？"声音很细。

"我是支道了，不是主任，叫我支医生就行了。你是哪位？"

"嗯。"长久的无声。

"请讲话啊。"

"支主任，我是你的病人，你明天上班吗？"声音像蚊子一样细弱。

"我此刻就在门诊，你有什么事情？"支道了想不起是谁。

"我有事情咨询，明天去找你。"细弱的声音消失了。

下午的门诊依然冗忙，到四点了，稍微空了那么会儿，又来了一位老年男性，拿着几张化验单，请支道了给予解释和说明。

支道了拿起生化全套和腹部彩超，仔细地看了一遍，再抬起头看看患者，化验单上写着：潘明庚，男，五十九岁。于是就问老潘："以前献过血吗？或者说，采过血吗？"

潘明庚摇头说没有。那就基本排除了丙肝。

支道了继续："家里有人生过肝炎吗？"

潘明庚继续摇头，忽然又说："我弟弟好像生过肝炎，但是，有二十多年了，他不在本地，在东北呢。"

支道了又问："平时喝酒吗？"

"不。"

"有什么慢性病吗？譬如关节炎之类的，有没有在吃什么偏方？"

潘明庚忽然不高兴了："你这医生奇怪吧，哪里这么多话啊，就是看一张化验单的事情，要问这么多问题，你烦不烦啊？"

支道了心里"咯噔"一下，从来都是患者嫌医生话少，从医至今，还是第一次遇到嫌医生话多的患者。支道了微微一笑："老潘，你这检查有问题，我才问得这么仔细的。你这个腹部彩超，已经显示你是早期肝硬化了，既然是肝硬化，总有最原始的病因啊，作为医生，当然需要帮你找到病因。老潘，你说呢？"

此时，已经有几个患者围在支道了四周，看支道了如此耐心地解释，一致附和。潘明庚不好意思了，解释说，因为有事回本地，顺便做的检查，还要赶回常州，所以言辞冒犯了。支道了说："好，这样，你回到常州，一定要到常州三院去查乙肝的两对半，乙肝的病毒指数和丙肝抗体，最好再做一个腹部的CT，还有，你说你的农保在本地，喏，这是我的电话，需要回来住院的话，打我电话。"

潘明庚走了，连感谢都没有。继续就诊的患者，都在背后指责他。支道了笑了："不怪他，也许心情不好吧。来，我们继续。"

一直到五点，夜班医生来接班了，支道了才真正地长舒了一口气。想着晚上回去找一找《楚门的世界》，重温一遍。正收拾东西呢，手机响了，似曾相识，想着接还是不接呢，还是按了接听键："你好，我是支道了，请问？"

"嗯。"像针尖一样细弱的声音。

"喂！你讲话，我在医院，你有事的话，来医院的感染科医生办公室。对了，你到底是谁啊？我怎么想不起来啊？"

"支主任，我不能去医院。支主任，我能约您到私密的地方咨询吗？"细弱的蚊子声音。

"不好吧。"

"支主任，我知道您是单身，今晚有空，我想请您吃个简餐，顺便咨询一些问题，支主任，您就答应了吧。"

按照对方的约定，来到这家叫"玉水欢"的茶楼。在包厢刚刚坐定，就进来了一位女性，装扮吓人一跳：宽大的墨镜遮掉了大半的脸，头有头巾，颈有纱巾，长袖长裤。见到支道了，她主动伸出手："我是楚岚君，劳您大驾了，实在抱歉。"手像她的声音一样细弱，却多些温暖。

面对面坐稳之后，她依然不卸妆，从包里拿出一叠化验单，递送过来。支道了接过来一看，B超正常，肝功正常，两对半小三阳，病毒指数正常，说通俗点，就是一个乙肝病毒携带者。

"你有什么问题呢？"支道了不解了。

"支主任，您是这方面的权威，我想知道，像我这样的情况，能够痊愈吗？"

"这个……"

支道了从乙肝的传播途径、免疫特性、发病机理，以及目前世界上的抗病毒药物，治疗的时机及道理，细细讲解了一遍，最后的结论是："你目前的情况，不需要做任何治疗，定期复查就行了，一不疲劳，二不喝酒，三不用药。一旦遇上合适的治疗时机，立刻进行正规的抗病毒治疗。"

楚岚君的回答出乎意料："支主任，我在网上查过很多资料，这些我都知道，但是……"

"什么？"支道了感觉自己被戏弄了。

楚岚君忽然拿掉头巾、围巾跟墨镜，大声地叹着气，从包厢的窗户向外望去，细弱地说："我都半个月没出门了。"说着眼泪流了下来。

支道了最怕看人哭，尤其是女人哭，尤其是陌生女人的哭，手足无措，心神慌张。

"我男朋友不要我了。"楚岚君终于说出了口，"他怕我将来传给孩子。"

支道了还是不知道说什么。

"单位领导让我先在家休息一段时间，什么时候上班，等通知。"

"扣你工资？没有奖金？"支道了机械地问答。

"都给的，就是不要我上班。"又闻哭声了。

支道了大舒一口气，心说，怎么我没遇上这样的好事："那你就开开心心地休息啊，反正不少你钱。"

"不！绝不！我宁愿上班少拿钱，也不要这样的待遇。"楚岚君第一次高声说话，带出了对支道了强烈的不满。

电话适时地响了起来，是林大宇："有空的话来医院吧，明天医院检查，来帮忙做做台账吧。"

支道了歉意地笑笑："我要去医院了，我们走吧，我送你。"

"我还有一个问题，我的病一定会传染给我的孩子吗？"

"常规只有百分之五的概率。如果措施得当，阻断率是百分之九十五以上，还可以更高。"

送她回家的路上，支道了得知，楚岚君的父亲是本地人，母亲是南京人，一家都在外地，她大学毕业后回到了家乡，在一家国企做文秘工作。

楚门在海边，回忆父亲掉入海中的过程，是因为自己的坚持。

楚门不敢到海岛去，晕船，是因为心理有了阴影。

楚门似乎识破了什么，带着太太冲过了栈桥，遇到了核泄漏，被抓了回家。

一切都是导演，生活本身是最大的导演。

支道了正看着激动呢，手机又响了，是林大宇的："明天啊，我看了排班表，你休息，我的一个远房舅舅的女儿，今年三十五岁了，一直未嫁，舅舅找到我了，我就想到你了，明天中午，明德大酒店，888包厢，十一点，准时到啊。"

"啊？林主任，我都四十八了，有儿子，有父母，经济条件也一般，我哪里配得上啊？"

"支道了，你这是什么话？你是医生，还是一个不抽烟，不喝酒，除了工作，闲下来就是看看电影的人。儿子怎么啦？父母怎么啦？你是一个优秀的男人啊，支道了，你就是太保守，还想着毕枝一吗？"

毕枝一。

支道了回忆了半天，居然想不起毕枝一的模样。是自己曾经的恋人吗？是自己曾经的爱侣吗？是支援的母亲吗？有过山盟海誓吗？说过甜言蜜语吗？想起一句老话：无仇不做夫妻。那么，还要结婚做什么呢？

11月19日，支道了满心不愿地来到明德大酒店，又是相亲。对方三人，从年龄上看，大概是林主任的远房舅舅、舅妈和女儿。女儿三十五岁，却像五十五岁，全身暮气笼罩。支道了像背书一样，把自己的工作、家庭、经济状况，毫无隐瞒地都说了，然后就开始沉默，等待选择，好像从前非洲的奴隶市场上，站在台上剥得精光，等待下面开价的奴隶。

好像老天故意安排的，还没等对方开口，手机响了，完全陌生的号码，但此刻对于支道了就如救命稻草一般，连忙跟对方打招呼，走到角落去接电话了："我是支道了，请问你哪位？"

"你就是那个姓支的屌医生吧？你算什么医生啊？你瞎说什么啊，说我家老潘得了肝硬化，还说再不吃药就要得肝癌了，你晓得吧，老潘回来一说，他八十多岁的老妈妈，立刻就哭晕过去了。我也急得心脏病发作了,你个屌医生,你说,你怎么赔偿我们?"

支道了被对方说得莫名其妙,张口结舌:"喂喂喂,你打错电话了吧?你是谁啊?你找谁啊?"

"没得打错,找的就是你。我是老潘的老婆,我就问你,你凭什么说我家老潘是肝硬化啊?你凭什么啊?"

支道了好像想起了什么,对,前几天,嫌弃自己话多的一个患者,好像姓潘。对了,第二天,自己还亲自打老潘的电话,老潘说到常州一院去检查了,自己还强调了,最好到常州三院,后来就没有了音讯,难道,自己误诊了?

这一想,一身冷汗从每个毛孔喷射出来,浸透了全身的衣裤。赶紧跟坐在桌边等待的三人打招呼:"不好意思,一个病人的电话,"然后捂住手机,更加小声,"你叫老潘接电话,我有话问他。"

"你别耍花样,有话你跟我说。老潘不想跟你这个屌医生说话。你就说吧,怎么样赔偿我们的损失?告诉你啊,我女婿很厉害的,混黑社会的,你要没有一个满意的答案,别怪我们不客气啊。"

吃饭肯定是没心情了,但支道了还是硬撑着,陪着对方吃完简餐,并亲自结账。等对方一离开,立刻给林大宇打电话,林大宇接通电话的第一句是:"好像很满意么?"

支道了先一愣,后解释:"林主任,你弄错了。我哪里还有心思谈这个事情啊。"

把事情的本末一一说给林大宇听了。

林大宇听完,反而笑了:"老支,你怎么啦?这明显是讹诈么。你让他去常州三院做检查,等结果来了,不就清楚了吗?"

支道了想了半天,说的是:"我倒不是担心我自己,而是奇怪老潘一直不肯跟我说话,非让他老婆说话。他老婆呢,又不肯谈具体的病，只是一味地谩骂。明明是他自己的病，他应该清楚自己的病情啊，为什么会这样呢？"

林大宇笑了："这个时代，什么样的人、什么样的事，都可以发生，这是最好的时代，这是最坏的时代。这好像是台词吧，哈哈哈。"

支道了还是不放心，没有回家，直接来到医院，来到彩超检查室。根据记忆，找到了潘明庚的腹部彩超。跟值班的卢主任认真地重读了片，没错啊，是肝硬化的图像啊。支道了还不放心，直接来到化验室，想从化验室的电脑上，找找是否有潘明庚的资料。一查，嚯！潘明庚每年都来医院体检，有两对半的化验，是明确的乙肝病毒携带者，一直没查乙肝病毒，猜测应该是没有抗病毒治疗，所以才进展到了肝硬化的程度。有了以上结果，支道了放心了，跟林大宇电话说了一声，林大宇不理睬此事，反问支道了："我那个表妹还满意吗？"

支道了怔怔地，不知道该如何回答，脑筋还是在想着上一次，潘明庚在门诊的表现：他很嫌弃自己的话多，连病史都含糊带过，不肯细说，难道，他一直隐瞒着家人，所以才会……还有，幸亏有网络，能够查到潘明庚的记录，如果没有网络的记忆，那就真是有话说不清楚了。这网络，就像楚门身边的五千台摄影机，到底是好事，还是坏事呢？

楚门战胜了人造的狂风暴雨，走出了围困他一生的桃源岛（一个巨大的摄影棚），支道了忽然感觉到失落和失望。跟第一次观影相比，那种强烈代入的庆幸和狂喜，这次都没有。支道了这次的反应是，楚门的出走，在电影中的理由太牵强了。仅仅是为了一个女人，还是为了自由？情节的交代上缺乏逻辑。但是，这次观影，支道了更加强烈的感受是：我们是不是也活在桃源岛中呢？生活里谁不是楚门呢？支道了关闭电视，预备睡觉了。想起了还有一件事情必须去完成，就拨打了潘明庚的电话，居然关机了。又在手机上找到了潘明庚老婆的手机号码,打过去,也是关机,支道了想,好吧,明天再说。

寒冷降临的方式是:像无形的细线爬满每个空间,在无知觉间缓缓地绷紧每一个人的皮肤,让人在天地自然之间的一切行为活动,包括呼吸心跳在内都无法自然舒展。细线越来越密布,人就越来越困窘,天地的空间越来越收缩,但是澄明干净,吸入心肺的空气使人澄明干净。只要一周,甚至只要三天,人们就会不断地想,老天啊,怎么冷了这么长的时间啊,还要冷多久啊?

冬季的感染科,因为肺部感染患者增多,而且重症患者较多,走廊都加了床位。感染科全体医生加班又加班。支道了因为单身,干脆就吃住在医院,吃饭食堂,睡觉值班室。除了每天一个电话问候父母,几乎都扑在患者的诊治上。

支道了明白是在梦里,所有的背景和人,都是蓝色的,是大海的水亮蓝。《楚门的世界》里,楚门就被这样的蓝色包围,支道了想:这是梦啊,赶紧醒来,赶紧醒来。因为他又做了一件十分羞愧的事情,被人发现了。支道了在梦里居然还记得,自己曾经做过这样的梦啊,怎么会重复做呢?难道是老天故意来羞辱自己的吗?

醒了,是中午,在医院的值班室。

那样羞愧的事情,居然在梦里又出现了一次,难道真的是自己久缺女人的原因吗?如果不是,那为什么呢?支道了满身热烘烘的,略觉烦躁,起身,电话响了,似曾相识:"我是支道了,请问你是哪位?"

"我是潘明庚。"对方声音压得很低,像地下党接头。

潘明庚?

支道了先是一愣,后是一颤,心头的无名火忽然爆发了:"潘明庚!你还算男人吗?你一直有乙肝是不是?你一直没跟老婆说,也没跟女儿说,是不是?你对他们说了谎,老婆和女儿相信了你,你任凭她们骂我,你不吭声,也不辩解,你还算男人吗?"

对方没有声音,但也没有挂机。

支道了平复了心情,放低了声音:"到底什么事情?"

"支主任,实在不好意思,是我的错。年轻的时候怕,怕说了真话找不到对象,一直瞒着她们,又怕传染给她们,每年都是偷偷到县里检查,你,都知道了,真的难为情的。这次说了真话了,老婆狠狠地骂了我一顿,恨不得要跟我离婚,女儿也要跟我断绝关系,实在是不好意思,连累了你,对不起了。支主任,我想去你那里住院,我的农保,在你们医院。"

支道了看看走廊里的加床:"老潘,真不巧,最近流感病人多,肺部感染多,没有空床啊。"

"那么,我们等几天,等有了空床,请支主任通知我们,可以吗?"

支道了再看看走廊的加床,厌恶和反感并没有马上消除:"老潘,这个不太好定,估计要过了元旦了。"说完直接挂了。

微信又响了,像小鞭一样是连响。

支道了低头翻阅:支主任,我是楚岚君,想约你有事面谈。打搅了。

连发了四个。

支道了拨通号码:"你好,什么事情?你说吧,啊?真的,那是好事啊,要我去再解释解释?行,这个忙我愿意帮,今晚?今晚不行,已经有安排了,这个周末?那好,时间确定,地点等你们通知,好的,再见。没事的,不要不好意思,再见再见。"

周末已经是12月18号了,支道了坐在原先见面的"玉水欢"茶楼,等待着楚岚君的到来。电话里,楚岚君的意思很明确,她原来的男友又重新接纳她了,但对她的疾病有所畏惧,所以,楚岚君希望支道了出面,做一个全面而权威的解释,玉成好事。

他们来了，踏着时间而来，整六点。落座之后，楚岚君招呼服务员点菜、斟茶、送点心，热情至极。她的男友一言不发，外表非常帅气，神情像个没长大的男孩，落寞而害羞。支道了跟楚岚君喝茶吃点心，他也不动手，非得楚岚君把茶杯端到他的手上。

茶楼的窗外，似有似无地飘着小雪，那雪又不像雪，倒像白色的落叶，因为来自高远，飘落的姿势是那么地有形且舒缓，落地却不显。又似严寒降临的送信使者，完成它的使命之后，含有必须自动消失的义务。

片刻的应酬交谈之后，楚岚君对她的男友说道："明道啊，这是肝病权威支主任，你有什么问题，随便提问。"

叫明道的男孩眼睛朝天："我身体没有问题，是你自己有问题，我提什么问。"

楚岚君有点惊慌："啊，明道，我……你，还是不想……"

支道了只得开口了："这样吧，楚岚君，我根据以往的经验，说说乙肝的大致情况吧。我知道，很多人关心的不是乙肝本身，而是它的传播途径跟并发症。乙肝的传播，一向只有三条途径——血液传播、母婴传播跟性传播。"

这话似乎触及了明道潜意识里的思考，他斟酌着开口了："支主任，你的意思，吃饭啊，生活中的接触不会传染上乙肝？"

支道了微微一笑："这是有科学依据的，乙肝的传播要依赖乙肝病毒表面覆盖的蛋白包膜，而人的胃里有胃酸，酸性的胃酸能溶解这层膜，从而使病毒失去传染性。就好像我们看的美国大片《超人》，他穿上特制的外衣才能有异常功能，脱去外衣就失去了异常功能。你明白了吗？"

明道再次有所触动，再问："那么，为什么生活中的接触不传播呢？譬如，她的手破了，我的手也正好破了，她的血进入我的血液中，这样也不传播吗？"

支道了知道，他是真的动心了，于是说："病毒传播的前提是，一定的病毒载量及新鲜的破口。一定载量的意思是，病人要正在发病期，这里的发病期，说的是病人的乙肝病毒在高倍数的复制中。其二，新鲜的破口。30秒以内，血管会自动收缩闭合、血液凝固，病毒根本无法进入血管。再极端一点，譬如两个口腔破溃的人，一起吃饭，一个是乙肝病毒携带者，另外一个健康者，要想成功传播，就要让乙肝病毒携带者用沾上血的筷子直接放在另一个人口腔中伤口处，同时要求健康者的破口30秒内不自动闭合。明道啊，你想想，会有这样的巧合吗？"

支道了说着话，端起茶壶，给他们续水，再给自己倒满，畅快地喝了一大口："楚岚君是乙肝携带者，我是健康人，我们已经一起共进晚餐两次了。再说，我做传染病临床近三十年了，每年体检，依然阴性，你明白了吗？"

明道沉默，低声嘀咕了一句："我是怕将来，孩子。"

支道了依然微笑："你说的是个问题，但现在已经不是问题了。一、我们现在有乙肝疫苗，有高效价的丙种球蛋白，在孩子出生二十四小时之内使用，就能产生阻断的作用。二、生产之后，我们可以不用母乳喂养，再次从源头阻断传播的途径。这样两点，可以保证百分之九十五以上的孩子，是指母亲为乙肝携带者的孩子，不会成为乙肝携带者。"

明道有点表情了，他也饿了，拿起点心大口往嘴里塞，一下就呛了，楚岚君马上端起杯子，送到他嘴边，喂他喝水，嘴里念叨着："慢点慢点。"顺带帮他抚背。支道了看在眼里，心有所动，嘴里是笑语："楚岚君啊，什么时候结婚啊，我要坐上座的啊。"

楚岚君笑语盈盈："支主任，我们决定元旦过后，春节之前，选个好日子结婚，届时一定请您坐上座，一定的，明道，你说是不是?"

明道点点头,终于露出一丝笑容。

支道了看看窗外,感叹:"冬天又来了,一年又过去了,你们看看,我的白发,我的皱纹,时光催人老啊。看看你们,还是年轻好啊,要珍惜啊。"

落叶一样的白雪,落叶一样无声。

新年刚过,一场大雪不告而来,一夜之间白染天地。孩子们兴得不行,大人们摔得不行,医院里忙得不行,医生们苦得不行。这个时候,潘明庚来了。肝硬化并发食管胃底静脉曲张破裂出血。他本可以在常州三院住院治疗,但为了农保可以多报销,打车回到县城了。科室没床,支道了只好跟护士长陈璜商量,加床在走廊。

等一切治疗都安排妥当以后,一个五十多岁的老太太跟着支道了进了办公室,一进门就要跪下,被支道了一把扶住:"这个不可以,有话直接说吧。"

老太太起身,非得要给支道了鞠个躬,然后才开口:"支主任,实在是对不起啊,上次在电话里骂了很多难听的话,都是我不好,请支主任原谅啊。"

是老潘的老婆。

支道了扶她起身的时候,感觉这老太太怎么如此熟悉啊,想了又想,现实生活里没有这样的亲戚或者朋友啊。再仔细回忆,忽然,心里的尴尬和羞愧如浪涛涌起,是的,两次在梦里,和自己亲近的,正是这样年纪和面庞的老太太。这个梦真是糟糕,完全击毁了支道了的自尊。支道了自觉脸面红了,立地不稳,连忙坐定,顺手拿过桌上的散烟,在手上来回搓揉了很久,才平复了内心的汹涌,回答说:"没什么,都过去了。"

科室的其他医生问起缘由,支道了让他们问林大宇。林大宇把事情经过一说,大家都笑了。

正笑呢,电话响了,一阵嘈杂,似乎很多人在讲话:"喂喂喂,是支主任吗?快救救我女儿啊。"

支道了耳朵里一团噪音,根本没听出说话的人是谁,正要问询,对方又哭开了:"支主任啊,你在哪里啊?你能来滨江新村5栋909吗?楚岚君快死了,求求你,快救救她啊。"

支道了心猛地一坠,碎成了无数片,讲话也跟着抖抖索索:"什么情况啊?你快打120送医院啊。"

电话那头忽然换了男声:"支主任啊,真对不起,我是岚君的父亲,岚君已经……她有东西是给你的,所以,请你来家里一趟,真是对不起啊。"

支道了飞快剥下身上的白大褂,飞速地往医院大门跑去,拦车打的时,话都说不完整。车速很快心很紧,似有泪水欲流。

5栋909,支道了一摁门铃,对讲中有哭泣声。来到九楼,一进门,有两位老人已站在客厅迎接。被引导着进入房间,支道了心里紧缩得难受。特别干净的房间中间,有一张特别干净的大床,大床中间,平躺着特别干净的楚岚君,一身整洁的衣裤,白袜黑鞋,脸色平静温和,闭着双眼,双手合拢放在胸前,一边有干净的被褥,上面放着一个空的安定药瓶。一边的桌上,有三封信,均已拆封,一封给父母,一封给明道,一封给支道了。

信是这样写的:

敬爱的支主任:

我还是决定,去死。因为,明道离开我了。我知道,在常人看来,我这样的举动很傻,会感觉很不值,可是,对于一个女人来说,对于一个身患"乙肝"的女人来说,如果不能留住心爱的人在身边,活着有什么意义呢?记得您对我说过,忍受是人生成长的必然经历,忍受到最疼痛,就是人生最大的幸福。可是现在，最大的幸福已经从我身边溜走了，因此，我决定不再忍受这样的人生。在死之前，我想到了父母，还有，就是您。谢谢您一直以来的理解和关心，谢谢您如此长久的解释跟开导，对我的身体疾病跟心理疾病。我在地下有知，定会保佑您身体健康，全家幸福。我去了。再一次谢谢您。

楚岚君
2017年1月15日

从一个临床医生的角度出发，他无法理解楚岚君的做法。那么，必须回归到纯粹的人，是我们这个时代背景之下的纯粹的人，还要将心比心，才能有些许的理解。温饱以后，物质对于有心灵追求的人来说，并不稀罕，他们需要的是，精神的十全十美。爱也是如此。尤其是年轻人，恋爱中的年轻人，爱就是全部。这是从哪里得来的观念呢？起码在支道了的年轻时代，时代给予的教育，爱仅仅是一部分，另外有父母、工作、爱好、朋友、孝、敬、信，跟爱一起，成为一个人生活的全部，爱，只是其中的一部分。没有人有异议。现在的境况，只能说明一点，人的自主性跟主体性得到了更大的发扬，个性成为我们这个时代的一种鲜明的标志。个性，说到底，就是自我为中心，得不到一点，就意味着得不到全部。生活的意义，往往就是爱，或者其中的一点。而对于年轻人来说，爱的意义更加凸显，因此，悲剧的意义也容易扩大。楚岚君的自杀，就有这样的因素。

还有，科学发展到今天，具体的技术手段，能够治疗身体的疾病，而心理的疾病，很大程度上，依然束手无策。歧视、误解、迷信、短视、舆论等等的交织，让身在其中的人，或多或少地在心理上留下自卑的阴影。自卑，要么用极度的自傲来摆脱，要么被自卑压迫到无法喘息。有时，爱也许是依靠，能解开心灵的孤独。一旦不能，爱就是心灵最终的毒药。

支道了拿着楚岚君的遗书，出了新村，地虽白染，天却湛蓝。支道了耳鸣、眩晕、恶心欲呕，头将触地，立刻紧闭双眼。脑子里闪出一幅熟悉的场景：每天早晨，楚门在阳台上给大家打招呼：早安！如果不能再遇见你，那么祝你午安，晚安。

抢　救

严冬一来，老天像豁了口，北风自北而南喷灌着，呼啸着，旋转着，来来回回地劫掠人间，毫不留情。

下午五点，支道了夜班接诊，先问何小宝："还有空床吗？"

何小宝回答："一张都没有。"

支道了心里暗暗松口气。时间是阴历的腊月二十八了，往年这个时候，病人都慢慢出院，回家过年了，至多余几个重病人，陪着医护人员一起过年。今年相反，不仅不出院，反而每天都有住院的病人，各个病区都爆满。支道了看看天，好像一池不干净的水塘，瞬间被冷冻了，阴沉而肮脏。他在心里骂了一句：都是这天搞的鬼。

支道了按照惯例，从头至尾把本病区的病人巡视一遍，心里可以有个判断：孰轻孰重。然后，回到医生办公室，打开电脑，写病历，或者修改病历；再或者，看最新的肝病治疗期刊。他还是那个习惯，一边看书，一边拿起桌上的散烟，用右手的拇指和食指，轻轻来回搓揉。

十点左右，急诊室电话响了。

支道了知道没好事,不紧不慢地往急诊走去。急诊内科的王雨生,见人一脸的笑:"支主任,老慢支,呼吸内科没床。"

"拍CT了吗?有肺结核吗?"支道了问。

"从南京回来的,没拍。反正要住院的,住了再拍啊。"王雨生还是一脸笑。

支道了看床上的病人:光头,面无表情,五官皱缩着,看不出年纪。整个人处在半昏迷状态,窝在被子里,好像比正常人要小一圈。

"家属呢?"支道了问。

后面闪出一个中年女性,穿得挂挂拉拉,浮肿一般:"我是。"

"你是他爱人?"

"妹妹。"

"他爱人呢?"

"他没老婆。"全程冷漠。

支道了没在意,跟王雨生说:"这个要向总值班汇报,我那里是感染科啊,有传染病在。要病人和家属同意,我才能收。"

电话里,总值班强调,要收。支道了说了一句:"我们是传染科啊,可是有传染病防治法的。"

总值班笑了:"支主任,按照传染病那个什么法来,你们科室连工资都拿不到,别说奖金了,你说是不是?"

无奈,支道了回头跟病人的妹妹讲:"我是感染科医生,病区也没床位,住院的话,要先住走廊,明天有病人出院了,再搬进去,你愿意吗?"

那妹妹继续冷漠道:"只要不住露天,只要不死在家里。"

等病人到了病区,在走廊的加床上安顿好了,支道了回到医生办公室,拿起南京某医院的出院小结,吃了一惊。病人叫尤承志,五十五岁,出院诊断上写着:1.陈旧性肺结核。2.肺部感染。3. 左肺毁损。4. 两侧胸腔积液。5. 肺源性心脏病。6. 肝硬化。7. 腹腔积液。8. 原发性腹膜炎。9. 糖尿病。10. 高血压。11. 前列腺增生。12. 睾丸肿瘤切除术后。13. 双眼白内障。

上当了。尽是病了，还是人吗？

支道了耐着性子，一个疾病一个疾病地思考，理顺轻重缓急，分别对症下药。等开完医嘱，已经将近十二点了。叫来尤承志的妹妹，先告知病情危重："这个人很危险啊，我没有把握。"

那妹妹回答："从南京回来，就是预备放弃了，死活不怪你。"

有这话，支道了心里略微轻松一点，轻声问道："医保还是农保呢？看病的事情谁负责？怎么会没有老婆的？"

那妹妹瞥着眼，似笑非笑："他不是没老婆，是老婆太多，都不管他了，都离婚了。至于什么保的，一样都没有。"

支道了奇怪了："那他看病的钱，谁出呢？"

那妹妹还是一样的表情："钱的事情你别管，反正有人出钱，没钱就回家。"

等那妹妹走远了，支道了有了睡意，心里感觉这家人怪怪的。

隔天早会，护士先发牢骚：还有一天就过年了，这么多病人还不出院，春节要忙死人啊。

支道了关心尤承志："加床怎么样了？"

夜班护士一撇嘴："醒了，在吃早饭呢。这家人家不知道怎么想的，明明知道他糖尿病，还给他吃油条鸡蛋，还有一大碗粥。"

支道了也心里一惊。早会结束，第一个去查他，还没到床前呢，就听尤承志喊："你是83届的吧。"

尤承志，半坐在床上，窝着背部，吸着氧气，光头淌汗，点头样呼吸，喝着粥，啃着油条。支道了走近，尤承志居然笑了，眼窝深陷："真的是你啊，支道了。"

支道了认真分辨尤承志，还是没有印象，于是道："尤承志，你这样吃法，不想活啦？"

尤承志继续得气，继续往嘴里塞鸡蛋，一下呛了，哗啦哗啦全部吐在了被子上，那妹妹一脸嫌弃，也不帮忙，嘴里喊："护士，护士，来换被子。"

尤承志拿过纸巾擦嘴，对发生的一切都不管，跟支道了说："我是复习班的，82届，留了一级，你是正常班的。"

还是没印象，但不好意思再说实话。也许，他如此攀熟，心里有痊愈的希望，不能打击他的信心。于是，他问道："你怎么会把身体糟蹋成这样？"

他开始呼吸困难了，支道了连忙吩咐护士把他推到抢救室，给予面罩吸氧，再去查其他的病人。走出几步了，才听到他回答："等我身体好了，说故事给你听。"

那妹妹在一旁鄙视地说："不要现眼了。"

年初一，鞭炮声绵绵不绝。

病人虽然多，但最危重的依然是尤承志，支道了去查房，尤承志戴着吸氧面罩，处于半昏迷状态。

回到办公室，支道了叫家属，一下来了三位女性，都说是他的妹妹。大年初一，就要提及病人的生死大事，似乎有些残忍："尤承志的病，没有希望，你们都知道吗？"

三个人都回答是。

支道了要讲到重点了："如果遇到病情变化，你们的态度要先一致起来，要不要抢救？"

大妹妹说："有希望吗？"

二妹妹说："医生不是说了么，没有希望。"

一直在旁服侍的是老三妹妹："从南京回来，不就是没有希望么？你还指望这个害人精活啊？"

支道了看三个妹妹还有分歧，就打算下次再说，被三妹妹拦住了："支主任，我看你人不错，说的都是实话。你别听她们的，你继续说。"

支道了重新落座："我也可以先谈我的看法，从医生的角度讲，一旦病情变化，就是呼吸衰竭导致全身衰竭，没有抢救的意义。从人道的角度说呢，病人到了濒死状态，然后抢救，其实是增加和延长病人的痛苦时间，很不人道。你们可以想一想，我讲得对不对？"

三个人都点头。

支道了打开电脑，找到医患沟通同意书，慢慢写下：尤承志，男，五十五岁，因为如下诊断：1. 陈旧性肺结核。2. 肺部感染。3. 左肺毁损。4. 两侧胸腔积液。5. 肺源性心脏病。6. 肝硬化。7. 腹腔积液。8. 原发性腹膜炎。9. 糖尿病。10. 高血压。11. 前列腺增生。12. 睾丸肿瘤切除术后。13. 双眼白内障。收住入院。入院后已经采取1、2、3、4、5等各项对症措施。由于患者病情危重，一旦再有病情变化，有呼吸衰竭导致全身衰竭从而死亡的可能。与患者家属沟通之后，一致同意，一旦病情变化和加重，随即放弃抢救，作自动出院处理，一切后果自负。

沟通地点：感染科医生办公室。

沟通医生：支道了。

家属签名：尤××。

沟通时间：2016年2月8日9：39。

签字的是三妹妹，其他两个妹妹摁了手印。

等一切都忙完了，支道了再到抢救室看看尤承志，仍然昏迷着。支道了心想：人啊，真他妈假。

也不知道是老天怜悯，还是命不该绝，初二一早，支道了来到科室，来到抢救室，尤承志居然脱开面罩，靠着床半坐着，在吃肉包子了。

更有意思的是，他居然还开着手机音乐，播放着支道了非常熟悉的旋律，细细一听，是姜育恒的《梅花三弄》。

当晚，支道了代何小宝值班。巡视病区一趟，刚到医生办公室落座，尤承志居然来了。

这一回，闪亮的灯光下，支道了终于看清了尤承志。

头发长短不齐，黑白掺杂，皮肤松垮，眼眶深凹，看人的时候，好像要把眼眶撑破了。鼻翼翕动，嘴唇发绀，一边呼吸，一边点头。脖子细到撑不住头了，居然还挂着粗粗的金项链。不只脖子这个，两手臂细得像麻秆，戴着粗粗的手链。左右手上，每只手都戴着三个戒指。这么冷的天，虽然办公室有暖气，但他的脸上全是汗，随着他的讲话，汗流不止。

"……我后来没考上大学，高中毕业，最早做钢材生意，结头一次婚，养了个女儿，离了。钢材不好做了，后来做烟草生意，再结婚，养了个女儿，又离了。烟草不好做了，后来做农药生意，再结一次婚，还是养的屄丫头……"

"做钢材生意的时候，跟东北人拼酒，把肝脏弄坏了；做烟草生意的时候，跟'红塔'的人拼烟，把肺弄毁了；到了做农药的时候，一帮屄人就喜欢日屄，恨不得每天陪，弄得屄子还生了癌，叫什么睾丸癌，都搞完（睾丸）了，还生癌？加上后来的糖尿病，医生都吩咐要管住嘴。我日他娘！酒戒了，烟断了，屄也不日了，还要管住嘴，人活着还有屄的意思啊？"

"支道了啊，人真没什么意思，做了几十年生意，妹妹、妹夫、外甥，个个沾光。我生病了，让他们还钱，当初说好是借的，一个个都没声音，连面都不照。"

"支道了啊，骂人的话都说，你不得好死。我也知道，我作孽多，现在就生不如死了。支道了，我求求你啊，等快到的时候，千万别救我，让我有个好死，算是老同学求你了。"

支道了终于有机会开口了："尤承志啊，你放心，你三个妹妹都签字了，一旦病情危重，放弃抢救。"

尤承志走了，这一回，远远传来的手机音乐是《跟往事干杯》，还是姜育恒的。

老话说，拜年拜到大麦黄。现在不同了，除了除夕和年初一，到了初三，年味就很淡了。这一天，支道了惯例要到自己的舅舅家拜年，喝酒，吃饭。

舅舅已经八十七岁了，属于老一代的知识分子。虽然搞的是电力工程，但平时兴趣爱好广泛，尤其趋新，对任何新潮的东西都不陌生，跟支道了尤其有得谈。今天谈的第一件事情就是病。

舅舅说，从去年下半年开始，从来不感冒的人，开始感冒了。眼睛也花了，还偶尔冒黑瞢，鼻子么，老塞，要用嘴呼气，牙齿呢，全假的。吃多了胀肚子，吃少了饿肚子，吃什么都不香。坐久了腰疼，走长了腿疼。手不能提篮，肩不能挑担。晚上起床喝水几次，再加上小便几次，整个晚上几乎睡不成觉。但是呢，到医院去查查，又查不出有什么毛病。舅舅讲了一句经典的话：别人都说病人病人，我是只有病，没有人。

支道了心里明白其中的道理，他就是不解释。午饭的时候，尽陪舅舅喝酒，吃饭。酒到一半了，支道了问舅舅："你喝酒的时候，还有哪里不舒服吗？"

舅舅一愣，想了一下："好像没有。"

支道了笑了："对啊，就说明你没有真正的病。"

舅舅问："为什么呢？"

支道了开始解释了："我们人体的疾病，分两大类。一类叫功能性疾病，一类叫器质性疾病。你老了，年纪大了，身体哪里哪里不舒服，叫功能性疾病，功能退化了么。这个病有个特点，你一打岔，就好像不存在了，医院的仪器也查不出来。器质性疾病就不同了，它一直存在。不管你做什么，始终不改善，医院的仪器、化验啊，能够捕捉到。舅舅，我的意思你懂啦？"

舅舅的脸红彤彤的，像个天真的孩子，一边笑一边说："懂了懂了，你的意思，就是我老了，不是我病多了。"

支道了故意追问一句："舅舅，你回忆回忆，你六十岁的时候，有这些疾病吗？"

舅舅若有所思，端着酒杯晃晃脑袋："嗯，没有。"

没等支道了说话，舅舅自己开心地笑了："我懂了，我懂了。要想没病，重新回到六十岁。"说完一干而尽。

一桌的人都笑了。

支道了的电话响了，电话那头吵成一团糟，最后是护士长讲话了："支医生，在哪里啊？快来科室吧，尤承志出事了。"

支道了心里不大愿意："不是都签字了么，一旦病情危重，放弃抢救么？"

护士长说："不行，家属又要求积极抢救了。唉，电话里说不清楚，你来一趟科室吧，家属之间也在吵架呢。"

支道了急急忙忙赶到医院，来到医生办公室，何小宝被数位女性围在中间，正面红耳赤地争论着。一见支道了，那三个妹妹就围了过来，然后，又围过来三位年轻的女性，都在二十到三十岁之间，从来没有见过的。

支道了穿好工作服，不管家属，先到抢救室看尤承志。面罩吸氧、心电监护，两路输液：一路呼吸兴奋剂，一路醒脑药物。支道了瞄了几眼心电监护的数据，没有说话，返回办公室，坐定之后，打开签字的医患沟通记录，问三个妹妹："你们签过字的,怎么反悔啦?"

未曾露面的三个年轻女性,一起拥到了面前,支道了被一股朝气逼身,酒醒了。为首的年纪稍长,二十七八,口气不妙:"你是支主任?"

支道了面无表情:"我不是主任,就是普通医生。"

"尤承志病情加重了,怎么不抢救啦?"

支道了耐心地回答:"我不知道你们是谁,之前,他的三个妹妹已经签字了,同意了,一旦病情危重,放弃抢救。喏,你自己看看。"

"她们?她们最想他马上死掉,好把借的钱都赖掉。她们又不是直系亲属,我们才是。"

支道了这才问:"你们?你们是谁?"

"他女儿啊。他看病的钱,都是我们出的,啊?签字倒抢在前面了。"

支道了这才发现,一直围在外面的三个妹妹,除了老大妹妹,其他两个妹妹都悄悄溜走了。

"那,你们什么意思?"支道了好像稍微明白了一点。

"继续抢救啊。"

支道了说:"如果你们真的想救你们父亲的命,那就转到ICU去啊,我这里,没有抢救的设备。"

"不,我们就在这里抢救。不去ICU。"

支道了疑惑了:"你这是什么道理?"

"没道理。"

支道了是真糊涂了:"你们又要抢救,又不肯去ICU,到底是想救他呢,还是不救他呢?"

"这个,你别问,她们签字的东西,我查过了,没有法律依据,可以更改的,是不是?"

支道了先是一愣,又想了一想,慢慢地问道:"你的意思,尤承志不管什么变化,都不放弃,尽量用药,直到他死,也不去ICU,直到他死。是这个意思吗?"

"对了,就是这个意思。"

支道了坐坐正:"那么,你们也要签个字,作为不转ICU的依据。"

"可以!"

一直在一旁的何小宝,早就准备好了新的医患沟通。支道了接过来,一字一句地读给她们听:尤承志,男,五十五岁,因为如下诊断:1. 陈旧性肺结核。2. 肺部感染。3. 左肺毁损。4. 两侧胸腔积液。5. 肺源性心脏病。6. 肝硬化。7. 腹腔积液。8. 原发性腹膜炎。9. 糖尿病。10. 高血压。11. 前列腺增生。12. 睾丸肿瘤切除术后。13. 双眼白内障。收住入院。入院后已经采取各项对症措施。由于患者病情危重,一旦再有病情变化,有呼吸衰竭导致全身衰竭从而死亡的可能。与患者直系家属沟通之后,一致同意,一旦病情变化和加重,坚决不放弃抢救,但不转ICU,在本科室积极抢救,直至病人死亡。

沟通地点:感染科医生办公室。

沟通医生:支道了。

沟通时间:2016年2月10日15时21分。

下面,三个年轻的女性分别签名:林钢花、尹烟花、秦农花。

支道了本来想忍住不问的,到底还是没忍住,终于开口了:"你们都是尤承志的女儿?怎么三个人,三个姓?"

"我们都跟妈妈姓。"一直讲话的是老大林钢花。

支道了想起昨晚的谈话:"你们,都跟着妈妈?"

"是啊。"

"刚才你说,看病的钱都是你们出的?"

"是啊,他到处浪荡,哪里有钱?"

支道了的疑问更深了，明知没有希望，还积极抢救。明明他没钱，还往水里扔钱，这其中究竟是什么原因呢？签字完毕，支道了把医嘱看了一遍，并无需要增加的治疗，就径直来到抢救室，想再看看尤承志。

尤承志，头发散乱，双目紧闭，呼吸急促，呈现明显的恶液质，像一支受潮后又自然收干的烟卷。心电监护的心率、氧分压和血压，都在正常的范围内。也就意味着，家属坚持抢救的尤承志，思维是清晰的。支道了忽然想起前天晚上，尤承志的话："等快到的时候，千万别救我，让我有个好死，算是老同学求你了。"

三天过去了，抢救室的尤承志依然如故。

支道了实在不忍心了，找到林钢花的电话，直接飙过去："林钢花，你和你的妹妹们，坚持抢救你父亲，到底什么意思？"

"没意思啊。"

"林钢花，你们是不是故意的，要让他不得好死啊。"

"支医生，既然你说出来了，我也不瞒你。他年轻的时候风流、浪荡，让我们和妈妈遭了好多罪。那时，我们就商量好了，死的时候，一定不能让他好好地去死。"

这个瞬间，一股寒意从手机那头传来，支道了感觉自己握着一块冰，冷意森森。

"饥饿"疗法

小学四年级的时候,石精诚是支道了的班主任。

当时的学校,大门朝东,两扇铁门关起来,合成红太阳光芒万丈的图案。南侧有个小门,是门卫的所在。进门一条道路,两边有树,通往办公区和教室。往左看去,是两百米的土跑道和操场;再往前,五排朝南的教室,四排齐齐在西,靠近厕所和围墙;围墙外是县里最气派的灯光球场。隔着一条乱砖铺就的路,余一排孤零零在东,斜向操场,背后是大路,东面是学校半人高的水泥舞台,两侧有圆石的台阶。舞台是学校露天会议的发言席,也是早操的领操台,还是学校宣传队的表演地。舞台后面是旗杆,平常光溜溜的,特殊的日子会飘扬红旗。当时,一个年级才三个班,恰好是一排教室的数目。青砖黑瓦,木门木窗,高大敞亮,砌在离地三阶的地基上,支道了的教室,就在东面这排最东面。

当时,石精诚三十多岁,偏瘦的身材,偏矮的身高,蒋委员长的面相,有一件事情,支道了记忆极深。当时,他是班上的值日生,每天放学最后一个走,扫地锁门关窗。每天早晨第一个到,开门敞窗,布置教室。同班的张立新和他是邻居,常常结伴进学放学。有一天突发奇想,不知道谁的主意,他们比往常到得更早，支道了打开教室，把张立新放进去，再锁上门，跑到校外，躲到大门北侧，那里有个贴烧饼、炸油条的店铺。闻了很多油香和芝麻香在肺里，咽了一口又一口的口水在胃里。当时的油条五分一根，烧饼三分一块，平时是吃不起的，除非考试阶段，才有这样的美味早餐得以享受。直到石精诚矮矮的身影从远处走来了，支道了才离开铺子，不紧不慢地跟在他身后。快到教室的时候，支道了加快几步，和他平行，一起上台阶。在一帮同学的包围中，在石精诚的眼光下，打开门锁。门一打开，张立新正扮演出饥寒交迫的模样，缩成一团睡在讲台上。石精诚大吃一惊："怎，怎么回事啊。张立新？"

张立新这狗日的演技真好，赵丹都要拜他为师。他可怜巴巴到了极点："我昨天晚上没回家，被锁在教室里了。"

石精诚立刻一把抱住张立新："我的乖乖，你冻坏了吧，饿了吧，快，到我办公室去坐坐，那里热乎，快，这里是钱，去门口买两副烧饼油条来，快去，送到我办公室啊。"

那一天，支道了赚了一副烧饼油条，开心了好几天。

这是他们的第一层关系。

第二次相见，是在二十多年以后的九十年代初，支道了去参加妹妹的婚礼。那时的婚礼，形式简单，没有现在的大操大办。新人在最前面，简单而腼腆地说几句谁也听不清楚的话，就害羞地跑下来，一桌一桌敬酒了。走到第一桌，支道了就看见了熟悉的面孔，石精诚。石精诚此时有五十左右，中山装换成了西装，个子没长，面相尚在，头发全没了。支道了在第二桌，忍不住过去招呼他："石老师，还记得我吗？"

石精诚看了支道了半天，摇摇头。此时，新人已经敬酒到了石精诚的面前，妹夫喊他舅舅，支道了这才明白，石精诚居然是妹夫的亲舅舅，那么，支道了也该喊他舅舅了，等新人敬完酒，支道了干脆坐到了石精诚的身边，一边喊他舅舅，一边回忆小学时的事情，并一再表达了对石精诚老师的钦佩和感激。换成现在的学校和老师，估计早被老师骂死了。石精诚也表达了对目前学校教育的担忧和不满，两个人一边感慨，一边喝酒，最后都醉了。

这是他们的第二层关系。

此后，支道了跟石精诚常常会在一些场合相遇，一旦遇到，总是要回忆过往，总是要喝醉。

匆匆数年，转眼就到了二十一世纪。这个世纪给人最大的印象，就是每个人被有形或者无形的鞭子猛抽着，在金钱和财富、成名和成家的道路上，奋勇当先，不甘落后。支道了也无例外，抄论文，考英语，考计算机；编造病历和获奖的荣誉，编造下乡支农的经历；先升主治，后升副高。工资多了，津贴多了，奖金多了，和家人在一起的时间少了，思考的时间少了，和曾经的亲人们相聚的机会也少了。直到有一天，妹夫打电话给支道了，告诉他说，他的舅舅七十岁了，家里人预备给他祝寿，石精诚老师第一个就点的是支道了，请他一定到场。支道了好像在一场漫长的梦中煎熬，恐惧和无奈、历经挣扎、跳跃和飞升，终于醒来了，电话里立刻就答应了。妹夫告诉他，生日晚宴的时间是下周六，准确时间，2009年4月11日，阴历三月十六。

石精诚的瘦出乎支道了的意料，一问才知道，石精诚患糖尿病已经数年了，吃药的同时，饮食被控制得十分严格，有太太和女儿共同严格管理。太太和女儿倒是很胖，一边一个，簇拥着石精诚坐在餐桌的正中，猛然看去，好像两块发酵过头的面团，中间夹了一点点馅那样滑稽。生日宴会就两桌人，全是至亲，没有外人。石精诚想喝酒，被太太和女儿拒绝了，只能白开水，回应每一个来敬酒的人。支道了最后去敬酒，被石精诚拉住，坐在了一边，胖太太和胖女儿就坐到另外一桌去了。

石精诚一开口把支道了吓一跳："小支啊，我听说你欢喜看电影,我退了休以后,也慢慢喜欢看电影了,有一部电影,不晓得你看过没有,叫《朗读者》,美国人拍的。"

支道了显然没料到石精诚居然如此前卫。《朗读者》是去年刚拍的电影,石精诚居然就看过了。支道了问:"舅舅啊,你从哪里看到的这部电影?"

石精诚微笑说:"我的一个学生,喜欢看电影,他到处淘碟,有好看的就推荐给我看。"

支道了说:"那么,舅舅啊,你为什么对这部电影有感想呢?"

石精诚的回答,再次出乎支道了的意外:"我是看中电影的主题,那个女人,宁愿认罪,接受巨大的惩罚,也不愿意承认自己不认识字,没有文化。我当时看的时候就想,这才是教育的最大的意义。我们的教育中,最缺乏的就是这样的对文化的认同感和文化缺失的羞耻感。尤其是这么多年的教育,把没有文化当作炫耀和荣耀的人和事,太多了。这是教育的失败啊。"

关于电影《朗读者》的对话,因为生日蛋糕的出现,和生日宴会的高潮而中断了。支道了附和着集体唱着《生日快乐》,在心里祝贺这位长者,在有限的岁月里,身心愉悦,灵肉交融。

隔了一周,支道了正在查房呢,手机响了,是妹夫打来的,说石精诚想来医院复查糖尿病的一些数据,如果支道了在医院,他们就马上过来。支道了说,来吧。

石精诚,由胖太太陪着,来到支道了的医生办公室。胖太太去挂号,支道了随口问道:"舅舅啊,有什么症状吗?"

石精诚也是随口说的:"就是咽东西的时候,总会打嗝,要稍微用点力才咽得下去。"

支道了心里紧张,脸上不露:"有多长时间啦?"

石精诚想想说:"有个把月了。"

支道了立刻跟妹夫联系,让他赶紧来医院。一边开医嘱,给石精诚查食管和胃的钡剂造影。妹夫很奇怪,明明是查糖尿病的,怎么要查胃呢?但他没有问,胖太太是不懂,以为食管和胃的钡剂造影也是检查的一种,也没问。等结果一出来,果然符合支道了的临床判断:食道占位。

有了结果,胖太太和胖女儿都紧张了,石精诚反而很坦然。因为发现得早,属于早期的病灶,家里人经过商量以后,一致决定到南京去手术和放化疗。

因为支道了的临床经验起了作用,石精诚的食管占位体积不大,且没有任何淋巴结转移,手术很顺利,清扫得很干净。手术以后到底要不要做化疗,做几个疗程,胖太太和胖女儿都一直请教支道了。她们母女俩,把支道了当作救星一样,到处宣扬。

这是他们的第三层关系。

从南京回来后,为了感谢支道了,石精诚一家和妹妹妹夫一家,专门设宴答谢支道了。石精诚更瘦了,但精神状态不错。看见支道了,一把拉住,坐到自己一边,开口就说:"小支啊,我在南京住院的时候,在电脑上看了一部电影,叫《遗愿清单》,你看过没有?"

当然看过,在看过《肖申克的救赎》之后,只要是摩根·弗里曼主要的电影,支道了是必看的。《为黛西小姐开车》《七宗罪》和《百万英镑宝贝》,都给支道了留下深刻的印象。听石精诚问,支道了说:"我懂了,舅舅也有一份遗愿清单。"

石精诚精瘦的脸上露出难看的笑容:"小支啊,人年轻的时候,谁也不会去想老了以后的事情,更不会想到会有一天,会有什么遗愿。我年轻的时候,你晓得的,生不逢时,唯一的愿望,就是每天都能吃得饱饱的,油油的。好,到了有得吃的时候,生了糖尿病,每天看着年轻时做梦才看到的大鱼大肉,不能吃还不敢吃,一夜回到解放前啊。哎,这次开刀,医生说了,要加强营养,吃了不少好东西,喏,回来了,又被管起来了。我现在最大的遗愿啊，就是想吃什么吃什么，顿顿吃得饱饱的。"

石精诚说着摸摸干瘪的肚子，大家都笑了。

胖太太说："是我们不让你吃吗？是你的身体不争气啊，要怪也是怪你自己，年轻的时候，饥一顿，饱一顿的，还拼命干，不都是死干活干弄出来的病么？"

石精诚摇摇头，叹气道："是啊。那时穷，都不吃早饭，起来肚子饿了，咕噜咕噜灌一肚子的水，算是饱了，就去上课。那时还要劳动，不知道不吃早饭会得糖尿病啊。现在有得吃，不敢吃。还是我的那句老话，一夜回到解放前啊。"

支道了若有所思，想起自己成长过程中，因为食物的拮据而发生的很多故事和细节。中秋节吃月饼，一分四块，每人一块。把一颗糖当冰棍一样，打开半边纸，捏着另外半边纸，舔一口，歇半天，一颗糖可以舔两天。到外婆家过年，水泡蛋，大人都是喝口汤就放下了，只有自己把三颗蛋全部吃完，还跟大人说，你们这样剩下来，很脏的，不卫生。还有就是，为了一副烧饼油条，跟张立新合伙，骗石精诚老师。都是饥饿害得啊！想起往事，支道了又一次跟石精诚说起。石老师摇摇手："我是早忘记了，亏你还记得。小支啊，懂得感恩的人，才愿意对别人施恩，你能做一个好医生，跟你的天性是有关的。"

支道了感觉话题被石精诚带偏了，想起一直想问的问题，终于拦住了外延的话题："舅舅啊，你还在关工委帮忙啊？"

石精诚说："是啊，退了休我也是老师，为孩子们做一些力所能及的事情，对自己也有帮助。总是在家，吃吃玩玩，跑跑步，打打牌，偶尔可以，长此以往，我不习惯。"

胖太太又插话了："你忙，我不反对。有些特别危险的地方，我劝过你，让你别去，你不听啊。上次去一个矿区，路又不好，吃的也差，去了一个礼拜，回来瘦了好几斤。那么多年轻人不去，就你肯去，你'作'，把身体'作'坏了，家里人跟着倒霉。小支,你说是不是啊?"

石精诚明显有些愠火,但神情一闪而过:"小支啊,不是她说的那样,上次去矿区,是去帮着培训矿区的年轻教师,其他人去没用啊。"

胖太太反驳:"是啊,就你能,知道自己有糖尿病,要说出来啊。到了那边,一看,人家也客气,做的都是山珍,主食是山芋,怎么敢吃呢?就一直熬住了,会不瘦吗?"

支道了一看情形,有点批斗会的味道啦,立刻起身,端起酒杯,说了一段祝福的话,号召大家先干一杯,祝石精诚身体健康,万寿无疆。话一出口,大家都笑了。

是年八月,甲流第一次来袭,全球恐慌。世界卫生组织8月底的汇总,截至2009年8月31日,全球确诊的甲流人数为358440人,死亡3059人。内地确诊甲流人数为3419人,暂无死亡。

支道了忙得前心贴后背,有瘦成石精诚的趋势。忘记了家庭,忘记了休息,忘记了朋友,唯余疾病和病人前呼后拥,纷至沓来。2010年元旦,支道了门诊、急诊、会诊、白班四班一体,从七点半落座,便再没机会起身,甚至不敢喝水,怕上厕所耽误了看病的时间。一直到十点半,终于可以直腰喘口气了,再咕噜咕噜喝完一大杯水,刚放下杯子,来了一位新病人,石精诚。

石精诚不仅仅是瘦了,好像更加矮了,行动间还带着虚和晃。陪同前来的胖太太和胖女儿,好像更胖了。石精诚一落座,支道了刚问了一句怎么回事,胖太太开始发飙了:"南京大屠杀跟你有什么关系?非要组织一帮老师和学生到茅山脚下搞什么纪念仪式。那么冷的天,就在风中站了两个小时,回来就咳嗽发热,吃药也没用,挂水也没用,一直拖到今天才肯来看你。小支,你跟我说说,这个老鬼的身体,可以这样活糟发?"

支道了不管胖太太的语气和态度,连忙安排石精诚做检查,胸部CT一查,两侧肺炎,大片大片的病灶,于是赶紧安排住院治疗。所有对症的治疗都给用上了。三天以后，石精诚终于不发热了，精神也恢复了，食欲也开始好转了。支道了在查房的时候，就问他们一家三口："舅舅的血验了，其他都好，肿瘤指标也都正常。有一点很奇怪，血红蛋白、白蛋白、胆碱酯酶和胆固醇都偏低，明显的营养不良，难道舅舅偏食，不吃荤菜吗？"

石精诚看看胖太太，看看胖女儿，对支道了说："小支，你不晓得啊，他们要饿死我啊。"

胖女儿说了："还不是为你好吗？百度上说，肿瘤病人不能增加营养，不然，营养会被肿瘤细胞吸收，长得更快，会加快病人的死亡。"

支道了本能地脱口而出："胡说八道。百度是医生吗？临床上是说，晚期肿瘤病人不能太多地增加营养。你父亲的肿瘤已经切除，且没有转移，应该增加营养，加强锻炼，增强免疫力才是啊。"

胖太太和胖女儿明显不服气，但面对支道了，不敢反驳。支道了一边通过输液给石精诚增加白蛋白和维生素，一边要求胖太太每天给石精诚做不同的荤菜，总量控制。一周以后，石精诚的精神和体力明显恢复了。一个夜班，支道了忙完病人，坐到石精诚的床边，石精诚先开口了："小支，我要跟你谈谈电影，前段时间刚看完的，我晓得你肯定看过，《死亡诗社》，那个姓罗的瘪嘴演的。"

支道了笑了："那是罗宾·威廉斯，不姓罗。"

石精诚笑了："我老了，老是记不住演员的名字，连看过的电影中的名字也记不住。这部电影好，拍老师的，所以我记住了。"

支道了故意问："这部电影，舅舅有什么感想？"

石精诚望着病房的白炽灯，轻轻叹了一口气："我毕生的理想，就是做一个瘪嘴那样的老师。"

支道了补充:"约翰·基汀。"

石精诚说:"不管叫什么,老师就该像他那样,传道,授业,解惑么。我工作那么多年,解惑是有了,授业有过一点,传道根本没有,这是一个做老师的耻辱啊。"

支道了顿时联想,一个医生的理想境界,应该是什么呢?难道就是特鲁多医生的那句话:有时去治愈,常常去帮助,总是去安慰。支道了想想自己的从医生涯,日常总是被两个字充满:治病治病治病。没有帮助,更没有安慰。这么说来,也是一个做医生的耻辱啊!

石精诚没有发现支道了的走神,继续他的思维:"其实,我们这一代人,自身就没有道可言,如何传呢?道丢了,道断了,道没有了。"

说到这里,石精诚不禁老泪纵横。支道了连忙过去安慰他,等他平静,躺下,入睡。支道了关掉病房的白炽灯,感觉病房的灯都要坏了,想着明天无论如何要请水电组来维修,这才悄悄地离开石精诚。

半个月以后,石精诚痊愈出院了。出院之前,支道了特意把胖太太和胖女儿喊到办公室,当着石精诚的面,吩咐了两点:一、三不受:不受凉,不受气,不受累;二、在控制血糖的前提下,营养均衡。母女俩飞快地点点头,表示同意。

甲流,没有因为新年春节的到来而停止肆掠。卫生部数据统计,截至2010年2月28日,全国甲流确诊病例12.7万例,死亡病例793例。2010年的农历春节是2月14日,恰逢西方所谓的情人节,满街喧闹,人心浮动。支道了忧心忡忡地想,这人世间可真有意思,令人恐惧的疾病,像达摩克利斯之剑一样,悬在每个人的头上,人们一面人心惶惶,一面又借助人造的节日,毫无节制地狂欢和放纵,人们借助节日的狂欢和放纵,到底是借此故意躲避疾病呢,还是借此消极抵御疾病呢?

正月初二,按照本地风俗,支道了给石精诚打了电话,问了血糖,问了体重,问了食欲、体力和睡眠情况。石精诚都一律说好,但说话声音很虚弱。支道了追问到底怎么回事,石精诚说没事,大概感冒了。支道了说,一旦病情加重,赶紧来医院。石精诚答应了。

到了正月十五,支道了休息。晚饭以后,电影频道正在播放一部老电影,叫《罗斯夫妇的战争》。支道了以前看过,那时毕枝一还在。今天重温,看到主演迈克尔·道格拉斯被老鼠夹夹住了脚趾,凯瑟琳·特纳被吊在吊灯上,想起了在门框上上吊自杀的毕枝一,心里隐痛,眼眶发酸。手机响了,是妹夫:"舅舅找不到了。"

支道了立刻关了电视机,大声追问:"什么叫舅舅找不到了?"

妹夫也不自觉地大声起来:"昨天中午,舅舅说出去找几个老同事聚会,到了晚上也没回来,舅妈和表姐就到处打电话,都说不知道。到派出所报警,派出所说,不到24小时,无法立案。到今天中午,已经找遍所有的熟人了,该找的地方也找了,都没有舅舅的踪影。"

支道了心里有隐隐的不快和愤怒,好像猜到了石精诚离家出走的原因:"到底怎么回事?你告诉我。"

妹夫长叹一声:"唉,还不是吃上面的事情么?舅舅么每顿想多吃点,舅妈和表姐么,不晓得哪里来的道理,就是不肯,说吃多了肿瘤会长,为这个吃的事情,恨不得天天吵架。我猜么,大概舅舅实在是忍不住了,干脆一个字,走。"

支道了好像是面对胖太太和胖女儿,用尽力气吼了出来,手机都发出了回音,震得自己的耳朵嗡嗡作响:"你们什么道理啊?病没死人,被你们饿死了。"

恐艾症

"还在发热？体温多少？"

"38.9℃。"

"复查的胸部CT呢？"

"病灶比原来多，本来右肺，现在左肺下叶也有了。"

"自觉症状呢？"

"还是胸闷，痰咳不出来。晚上还有点呼吸困难。"

"病程呢？"

"两周了。"

林大宇和何小宝一问一答，一个急促而持重，一个缓慢而严肃，查房的气氛，好像严冬，虽然时令是早春了。科室所有的医生，都面色凝重，一言不发。

反倒是躺在床上的陈璜，一边咳嗽，一边嬉笑："林主任，给我带的肉丝面呢？"

老主治许向前打趣："护士长，你这么胖，不能再吃肉丝面啦。"

陈璜立刻反驳："滚！我这叫丰满。"说完，一阵连续的咳嗽，中间还夹杂着小鸡的叫声。

林大宇闻听此声，紧皱眉头，去口袋摸烟，想起这是在病房呢，这才罢手，对何小宝说："你把具体过程写个书面的文件，包括所有的辅助检查，我去跟院领导汇报，要转上级院的。"

病床上的陈璜，听说要转院，居然哭了出来："我不想转，负压病房难过的。"

林大宇笑了："咦喂，平时都叫你小老虎，没想到小老虎生病也会哭啊。"

陈璜哭得更响亮了。一直没有说话的支道了开口了："老虎有泪不轻弹，只因未到伤心时啊。"

一起查房的医生都笑了。何小宝说："支老师，看不出啊，还会念诗的。"

支道了自己也笑了："歪诗，歪诗。"

林大宇问何小宝："你还发热吗？"

何小宝说："好了。"

林大宇说："你再倒了，科室要转不过来了。"

许向前跟林大宇小声说："医院都在传，说感染科医生都得了禽流感，说何医生已经呼吸衰竭了。"

林大宇边走边骂："都是卵怂。"

林大宇跟分管副院长汇报了陈璜的病情进展，副院长汇报区卫计委的医政科，医政科再向常州卫计委汇报，常州卫计委再跟常州第三人民医院下命令，打开负压病房，接受病情危重的病毒性肺炎患者陈璜。等这一切程序完成，已经到了上午十点了，林大宇皱眉，支道了明白他的苦处，主动说："我来送吧。"

科室就那么几个人，一个进夜班，一个出夜班，一个门诊，一个白班，一个萝卜一个坑，只能是休息的支道了，自告奋勇去送陈璜。

虽然每个人都知道时节已经是春天，但每个人的心里都不肯承认这是春天。虽然车窗外的绿色纷涌而至，但车上的几个人眼里只见灰色，不见绿色。负压救护车驶出城外，上了金武快速大道，越来越多的绿色霸占了视线，风和景物一起变得温柔了，几个人的心情才略显安缓。

躺在担架上的陈璜，对坐在一旁的支道了说："老支，上次给你介绍的同学，后来还见过面吗？"

支道了来送陈璜，正好也有这层意思在里面。

从2000年支道了独身以后，给他介绍对象的人可说是前赴后继，络绎不绝。因为毕枝一的原因，支道了内心对于男女感情，早就绝望了，根本没有那个心思。但架不住父母亲，以及熟人的脸面，人家介绍了，总要见一面。见面之后，不管对方是什么人，支道了有自己的拒绝的招数。第一招，介绍自己是感染科医生，会加一句，专看肝炎、肺结核，还有艾滋病。绝大部分生活女性，闻听艾滋病医生，就不再见第二次了。如果还坚持，支道了会介绍自己的经济状况，最老的小区，最小的户型，下有儿子，上有父母。没有汽车，也不会开车，上下班都是自行车。不抽烟，不喝酒，最大的爱好是看电影。这一下，又走掉了一部分有幻想的女性。如果对方还坚持，支道了会带她回家，一起看电影。前年认识的一位女教师，就到了跟着支道了回家看电影的程度了。支道了选了一部电影，小津安二郎的《东京物语》，两人隔着远远的，分坐沙发的两端，支道了是看得心潮涌动，女教师看得莫名其妙。看完这部电影之后，女教师就主动消失了。这回不同了，陈璜介绍的她的同学周映红，在中医院肿瘤科做护士，第一次跟支道了见面，就表达了万分的诚意，她有她的理由。她说，她丈夫是生病死的，她希望找一个不是离过婚的男人，支道了满足条件。其次，她自己是女孩，希望对方最好是男孩，支道了满足条件，第三，最好有一点共同话题，别太现实和世俗，支道了也满足条件。正月里，儿子回来，她带着女儿来串门，一起吃的晚饭，在支道了的客厅里，支道了播放的是杨德昌的电影

《一一》，她看哭了。说她以前年轻的时候，也很折腾，像电影里的邻居丽丽，长大了才明白，其实生活就是电影中敏敏说的话：我怎么没有新鲜的话题要告诉婆婆呢？即使上山修行，结果也一样，生活就是不断重复的过程和时间，能够不断翻新的是自己的内心和向上的面对。这话让支道了很吃惊，感觉她确实懂得了真正的生活，有天降知音之感。大概久疏战阵，上上个周末，在家看电影《奸臣》，干柴烈火欲焚之时，支道了一触而泄，大煞风景。之后支道了满心愧对，想干脆拒绝，却又不知道如何开口。这前因后果，怎么对陈璜说呢？今天，既然陈璜问起了，支道了想了想："你跟你同学说一声，我配不上她，让她另寻高枝吧。"

陈璜大概想发火，着急说几句的，开口却是一阵咳嗽，像胸腔回响的闷雷，震得鼓膜嗡嗡嗡回响，好久才平息："老支，你总这样消极不行啊，我那个女同学对你掏心掏肺地好了，怎么会说得出配得上配不上的话啊？"

支道了心里明白，却有苦说不出，没有再接陈璜的话，因为，常州第三人民医院到了。

负压病房设在医院最西面的一栋独楼的五楼，救护车转了半天才来到楼下，支道了要搀扶陈璜，被她一甩手，径自往电梯走去。支道了拿着病历、CT片和科室买的营养品，无奈地跟在陈璜的后面。

回程的路上，支道了向周敏要了一支烟，一面搓揉，一面在想周映红的事情，竟然慢慢地睡过去了。

送完陈璜到医院，已经下午两点，回到科室，想脱了工作服回家。许向前向他招手，同时对面前的一位病人说："喏，专家来了，你去问他吧。"

来人有一米八，偏瘦，白净的脸，戴眼镜，留着络腮胡子，着装还算整洁，开口嗓音发沙："你是支主任？"

支道了很累，却需要强打精神："你有什么事情？"

来人好像有点尴尬："支主任，我有些事情，想单独请教你。"

在病人身后的许向前向支道了挤挤眼，支道了明白了："跟我来吧。"

在病区最西面的专用办公室里，支道了请对方落座，嘴里说的是："有什么事情赶紧说，我今天休息，还没吃饭呢。"

来人自称姓黄，叫黄加亮，在某机关工作，两个多月前，一位同事车祸，他前去帮忙，抬了担架，弄破了手，后来才知道，那个同事有艾滋病。当时立刻就验了血，抗体是阴性。黄加亮说，这两个多月，不是人过的日子，人瘦、心慌、脚软、失眠、盗汗、食欲不振，一定是得了艾滋病了。黄加亮问，能不能吃药啊？

支道了懂了，这是一个恐艾症。

恐艾症全名叫艾滋病恐惧症，因为患者怀疑自己感染了艾滋病病毒，或者非常害怕感染艾滋病，由此并发了强迫症的症状，表现出精神抑郁、情绪变化多端、严重失眠、对周围事物淡漠、体重下降和周身不适等反应。

支道了从事艾滋病的诊治工作以来，已经治愈了好几个恐艾症的人，他们不是病人，但比病人可怕。开始的时候，支道了没有经验，搞得自己进退两难。现在，支道了很有经验了，他问黄加亮："你说的同事叫什么名字？"

黄加亮一愣："我不能说，我要替他保密。"

支道了严肃地说："你大概不知道，只要是本地确诊的病人，都在我这里随访和治疗，你不说，我就当你说谎了。"

黄加亮马上说："他是外地人，不是本地人。"

支道了问道："你从哪里知道他是艾滋病人的？他亲自告诉你的？"

黄加亮有些慌张了:"我来咨询问题,你哪里来的这么多问题。我就是想知道,我是不是得了艾滋病,要不要治疗。"

支道了心里有数了,不想点破他:"那我也直接问你,距离感染三个月的时间,还有几天?"

黄加亮说:"还有一周吧。"

支道了起身,往门外走去:"那好,等一周以后再验血,如果阴性,就排除了,这是世界卫生组织定义窗口期的最后期限;如果阳性,我保证帮你入组治疗。"

黄加亮并不动身:"艾滋病能治得好吗?"

支道了说:"老黄,对不起,我今天休息,还没吃饭呢,艾滋病能否治疗,等你确诊了,我再回答你;如果排除了,你也不需要知道,是不是?"

黄加亮还是不起身:"支主任,你说得不对,我是有病了,我有症状啊,一夜一夜不睡觉,梦做得不停,老是发热,人直往下瘦,不想吃饭,走路走不动,对了,我还拉肚子,一天三四次,都是稀便,我查了百度,就是艾滋病的症状啊。"

支道了走到办公室门口了,对黄加亮说:"我问你的问题,你没有全部回答。我说你不是,你肯定不信。还是那句话,等一周后化验了再说。请你离开我的办公室,不然,我只好叫保安了。"

黄加亮听说要叫保安了,这才很不情愿地离开办公室,嘴里嘀咕了一句:"什么破专家!"

支道了早习惯了病人的态度,等黄加亮走远了,脱了工作服,回家睡觉,太累了。

自己被担架抬着,往高高的楼上去,心里明白,那是常州三院的负压病房,嘴里拼命喊着,我不是禽流感!我不是禽流感!一扭头,周映红居然还躺在自己身边,好像赤裸着,妩媚地笑着。支道了更加着急了,用力推她,嘴里说着"有碍观瞻,有碍观瞻"。"砰"一声，电梯停了，"负压病房"四个红艳艳的大字，迎面压来。支道了用力一挣，飞起又掉落，心脏"怦怦怦"跳得要冲出胸腔了，心里说要死了，要死了……

醒了，一身臭汗。支道了懒洋洋地躺着，心还在"怦怦怦"跳着，心里发问：真有日有所思，夜有所梦的事情？

支道了起身，还是感觉累。想着看书也不能集中精神，就看一部电影吧。选了是枝裕和的新电影《比海更深》，看到男主人公篠田良多的脸面和表情、动作和语气、穿着和神态，好像在哪里见过。想起来了，是《醉乡民谣》中男主角勒维恩·戴维斯，又好像，还在哪里见过这样的人。拿起手机，照照自己，对，就是自己。不禁想笑，是苦笑。难道，失败的中年人，呈现给外人的感觉，都那么惊人地相似吗？

应该被人类感知的理想的春天，应该是春阳浓烈，春意洋溢，春色诱人。但现实的春天是，春阳温吞，春意逼仄，春色委顿，每个生活于其中的人，内心都无法感知这春天，怀疑这到底是不是春天。

今天支道了坐门诊，依然是肺结核、肝病、发热，忙得支道了抬头的时间都没有，到十一点，才有了第一次小便的机会。下午继续忙，一直到三点，才稍微闲了一刻，电话却响了，是林大宇的声音："你到护理部去一下。"

支道了说："门诊怎么办？"

"我马上来顶你。"

因为陈璜生病，护理部从其他科室派一个护士长，过来暂时主持工作，今天是第一天。上午参观了科室，下午跟护理部表示，不想去感染科，原因很简单，感染科有住院的艾滋病人。她不理解，而且怕。

这里面确实有渊源。

2011年3月，支道了到上海公共卫生中心进修艾滋病的临床诊治，为期半年。2012年9月，省卫生厅发文，人民医院感染科从市疾控中心接手了全市的艾滋病的入组、登记、随访、发放药物、并发症的诊治等工作，这都是支道了一个人的事情。2013年，随着病人人数的越来越多，出现并发症的病人也相应增多，林大宇来做支道了的工作，想在病区开设病床，专门治疗艾滋病的并发症和抗病毒药物的副作用。理由有几条：一、方便病人。如果能在本地治疗的疾病，病人都是不希望到外地治疗。二、可以报销。尤其是农村合作医疗的病人，省里有专门的文件和规定，艾滋病的常规并发症，在限定的费用以内可以报销百分之八十，相对于一般疾病的百分之三十五，对具体的病人来说，是一笔相当大的节省。三、为了隐私。这样的病人，在本地治疗，隐私可以得到保护，到外地治疗，容易暴露隐私。四、增加个人的临床工作经验。按照林大宇的话，这个疾病，迟早要在县级市开设病房，晚开不如早开，早临床、早实践、早得益。五、增加科室效益。不管一年收治多少病人，毕竟也是科室收入的一部分。就这样，支道了被林大宇说动了，原来科室的储藏室改造成病房，设两张正式床位，一张加床。迄今为止，在县级市人民医院感染科开设艾滋病病房的，只有支道了所在的医院。附近其他县级市，遇到需要住院治疗的病人，要么转上级医院，要么转南京第二人民医院，要么干脆转上海公共卫生中心。

　　支道了把来龙去脉娓娓道来，护理部所有的人都听入迷了，因为，虽然在一个医院，谁都不知道这其中还有这么多的故事。但是，那位护士长仍然表态，不想去感染科，理由是，自己要生二胎，怕万一感染了传染病，没法交代。她还特意添了一句：我不是歧视。

　　支道了忽然立起身，一拍桌子："不是歧视？当你说出不想去感染科的时候，你就已经是歧视了。你是女人，你要生二胎，你怕感染，那么，那些几十年以来，一直坚持在感染科工作的医生和护士呢，他们怎么办？也离开感染科？医生和护士都以各种理由离开感染科，那些病人怎么办？是，你确实没有明确地歧视病人，但你歧视了为病人服务的医生和护士，其实是变相歧视了生病的人。记得当年，我刚进医院的时候，流行的选科口头禅，金眼科，银外科，不好不坏是内科，累死累活妇产科，吃力不讨好是儿科。当年的传染科，连排名都没有。当医院的医护人员，还存在相互歧视的情况，一个看不起一个，这样的歧视才是真正的歧视。好，你别去感染科，我们也不欢迎你去。"

支道了说完，大步走出护理部，留下一帮人，尴尬地目瞪口呆。

回到门诊，林大宇看支道了一脸愤怒，不觉奇怪。支道了说了原委，林大宇抽着烟，美美吸了一口，慢慢地说："这科室啊，也跟人一样，没本事的时候，人人想踩，等你有了本事了，人人想拽。我们科室目前的境遇，属于有本事和没本事之间，所以呢，有想踩的人。有想拽的人，老支，你别生气，也别着急，你慢慢看着，好戏多着呢。这帮卵怂！"

林大宇走了，支道了坐在办公桌前生闷气，不是气具体的事情，而是生自己的气，今天怎么会拍桌子骂人，骂的还是同事，这样的情况，还是刚工作的时候发生过。家庭发生那么大巨变的时候，自己都没有骂人，更别说拍桌子了。到底怎么了？支道了拿起桌上的散烟，捏在右手，拼命揉搓，好像在揉搓坚硬的内心，烟很快就四分五裂，烟丝散落一地，心还硬着。

微信响了，是周映红，约他晚上一起吃晚饭，看电影，然后……

支道了心里忽然慌了：心悸、虚汗、头晕、厌食、乏力，这是什么病的症状啊？赶紧定心静气，发散思维，想着今晚该看什么电影呢？这么一想，哎，所有的不适都消失了。

晚饭是叫的外卖，四菜一汤。周映红说，一直不做，手艺生疏了，不敢献丑。晚饭很快结束了。看什么电影呢，支道了倒是很费思量。支道了在电脑里，忽然看到了《赤桥下的暖流》，觉得也许会有那样的感觉，就连上电视机播放了。和支道了的预期很符合，看到一半的时候，周映红已经坐到了支道了身上，就在沙发上，居然成了。

但是，性的和谐，并不能保证生活的和谐。也许是单身久了，支道了养成了事事懒散的习惯，只要无关医疗原则和生死大事，生活中一切随缘和从简，这跟周映红的生活理念，处处冲突。譬如穿衣，除了内衣内裤，外面的衣服和裤子，基本是一月一换。周映红说不行，要每天换。譬如吃饭，除了吃食堂，支道了一个人的时候，在家就是下面吃，再加一个煎鸡蛋。周映红说不行，每顿要换花样，或者叫外卖。支道了没有节假日的概念，但遇见周映红之后，什么情人节、护士节、医生节，她都要买花回来，插在花瓶里。还要拉支道了逛街。而支道了最大的爱好，就是看电影，其他一律无感。总之，都是些小是小非的事情，支道了很苦恼。慢慢地，支道了下班不愿意回家，也不再主动给周映红打电话和发微信。一想到两个人的今后，支道了就心慌、盗汗、乏力和厌食了。

四月初，一个大雨的早晨。陈璜到上级医院已经有半月了，回馈的消息并不令人放心，据说，复查的胸部CT和感染性指标，依然明显异常，病程处于僵持阶段。早会的时候，林大宇眉头紧皱，凶猛地抽烟，给大家汇报了陈璜的病情，一时，晨会的气氛就冷凝了。因为没有人愿意来感染科做护士长，护理部无奈，请了本科原来的老护士刘爱英暂代。她提出一起去探望陈璜，被林大宇拒绝了，因为，去了也看不到人，还在负压病房里呢。

晨会结束，支道了刚要去门诊，门口站一人，雨衣未脱，仅露面孔。支道了一看身形，就知道是黄加亮。

在专门的办公室，黄加亮站着，也不脱雨衣，也不落座，支道了以为，难道还真的是阳性了？就问："三个月的化验出来了吗？"

黄加亮回答："出来了，还是阴性。"

支道了笑了："那我恭喜你了，你被彻底排除了。"

黄加亮忽然高声："谁说排除啦？我还是有症状啊，这个怎么解释呢？头晕、失眠、没劲、不想吃饭，人还一直在瘦，这不是艾滋病的症状，又是什么病呢？"

支道了摇摇头，请黄加亮落座，黄加亮不肯，支道了说："临床上有一类疾病，叫恐艾症，就是你现在的症状。如果你实在不相信我的判断，你可以到上级医院去进一步诊断，在我这里，我只有这样的诊断。"

黄加亮勒着嗓子高声喊："我去过了。去过常州，查了没有；去过南京，查了没有。这都是什么破医院啊。还要去哪里？"

支道了赶紧追问："上级的专家怎么说的？"

黄加亮忽然脱去雨衣，细心地叠好，放在一边的凳子上，一边换了表情，非常认真地对支道了说："支医生，我们打赌。"

"打赌？"支道了不解。

"我在网上查了，现在的窗口期，最长应该是六个月。如果六个月以后，我查出阳性，你输一万块钱给我，如果查出阴性，我输一万块钱给你。你要不相信，我们写在纸上。"

支道了心里乐了，还有这好事？可惜。支道了说："黄加亮啊，我还真想跟你打赌，我是包赢不输啊，赢你这一万块钱。可惜，我是医生，你是患者，医院有规定，医患之间，不允许有金钱来往，赢了也算你贿赂。"

黄加亮明显生气了："支医生，你这就不讲诚信了，上次三个月，你说保证的，这次六个月，你就不敢保证了？"

支道了被惹火了，一直放在心里的话脱口而出："黄加亮，我一直不好意思讲你。你说我不诚信，你就诚信了吗？你说是因为抬同事划破手，感染了，你对我讲真话了吗？你到底做了什么事情才如此害怕，要我说出来吗？"

黄加亮忽然气短了："啊，支医生，你别乱说啊，我做什么啦，你说！"

支道了不能再客气了："黄加亮，你非要我说，我现在就可以告诉你，三个多月前，你一定是一时兴起，找小姐了，没戴套子。找完以后，马上就后悔了，网上看看，怕生病，就编了谎言来骗我。我一直没说，是因为你已经阴性了，安全了，就别再揭开盖子了，给彼此留点面子，以后在大街上看到，就当不认识。可是你呢，反复纠缠，说什么都不听，还要跟我打赌，还说我不诚信，黄加亮，你先回答我，你诚信了吗？"

外面的雨忽然变大了，雨声落地，像在打夯。黄加亮面色阴沉，带着惨绿，静静坐下，开始是无声地流泪，然后是埋头抽泣，最后是仰面号啕大哭。一个一米八的大个子，长着络腮胡子的大男人，当着支道了的面，如此发泄，在支道了这么多年的从医生涯里，还是第一次见到。

支道了心里略略有些懊悔，感觉刚才的话语和语气，都超越了正常的医患关系了。即使要说出事实，也可以委婉和温和的。支道了不说话，只是不断给黄加亮递纸巾，半包纸巾快要完了，黄加亮才停住哭声，默默地穿起雨衣，点了点头，拉开大门，径直往暴雨里走去，一句话都没留下。

五一劳动节，天气温和着，不冷不热。关系温和着，不好不坏。儿子和女儿的回来，打破了僵局。前一天，支道了夜班，五一早晨回到家，已经九点多了。周映红早起，买、洗、烧，做了一桌菜。午饭的时候，为了庆祝节日，四个人都喝了一点酒。孩子们喝的啤酒，支道了喝的红酒，周映红是白酒。看到周映红喝白酒，支道了立刻联想起毕枝一，心里略略不悦。午饭以后，两个孩子出去找同学聚会了，周映红邀请支道了陪她逛街。支道了本来的打算，是预备看一部新电影，《海边的曼彻斯特》，已经下载到电脑里。但看到周映红殷切的目光，支道了心软了，答应了周映红的请求。

街上人挤人，各种声音互不相让，争抢着撞击支道了的鼓膜。支道了喝了点红酒，头有点晕，眼睛半闭半开，好似梦中。周映红逛得起劲，开始没有发现，后来一看支道了的脸，心里有些后悔了。正好走到电影院，周映红建议一起看电影吧，顺便可以休息。电影名字叫《喜欢你》，周映红从头到尾聚精会神，支道了是从序幕开始就睡着了，直到电影结束。电影结束，已经是下午四点了。周映红看支道了脸色恢复了，建议一起去喝喝咖啡。

这一次，支道了没有答应，也没有说话，径直往家的方向走去。

时间到了五月十一号，明天是护士节了。终于有了好消息，陈璜可以痊愈出院了。依然是医院的救护车去接，依然是支道了自告奋勇，司机，还是周敏。

救护车刚出医院大门，支道了忽然看到一个熟悉的身影，开始想不起是谁，救护车一个弧线转弯，绕过那个人的身体，支道了心里喊了一声：黄加亮。救护车已经飞速地离开了黄加亮，看不到黄加亮的脸色和表情，只是可以猜测到。不知道他还记得那个打赌吗？再有机会碰到黄加亮，要向他要那一万块钱。又一想，不对，没写在纸上，没有凭证，黄加亮可以赖账的。不知道他的那一哭，是否把心里的结全部解开了。他的人生，重新回到正常的轨道了吗？支道了心里七想八想，把自己逗笑了。一旁的周敏奇怪了，这支主任平时从来不笑，更别说笑出声来，就问是什么喜事。支道了把黄加亮打赌的事情说了一遍，周敏也笑了。

就这样，救护车很快就到了常州三院。

乘电梯来到负压病房。支道了冲在前面，看到陈璜，立刻说笑："哎呀，护士长苗条的么，回医院可以选美了。"

陈璜一边作打人样，侧过身，嘴里说着："老支，人家等你半天了。"

支道了一看是周映红，脸色立刻涨红了，嘴里的那一句"你好"，努努了半天，也没出声。

躲　开

　　夏天的门诊，有一种焦躁情绪在医患之间作祟，一天门诊下来，神疲心劳。

　　简单的晚餐之后，支道了瘫坐在沙发上，打开新买的天猫魔盒，找电影看。从哪一年开始的？好像是从升任主治医师那一年开始，支道了忽然成为影迷，也是他行医之余唯一的消遣。因为，看书太累了。开始是淘碟，后来是电脑，现在是网络电视。

　　支道了翻弄遥控器，心里联想，既然是夏天，就看一部跟夏天有关的电影吧。他想到了它，《炎热的夏夜》。支道了对它产生兴趣，完全因为它诞生于他的出生年份。他想知道，他出生的那一年，好莱坞电影已经达到怎样的水准。还有，他也知道，电影中的黑人演员，西德尼·伯蒂埃，是好莱坞历史上最早的黑人明星，远远早于摩根·福尔曼。窗外，夜色刚刚降临，好像电影上的黑人侦探刚刚降临斯帕特，就被白人警察怀疑为凶手。那么，到底谁才是凶手呢？正入神之间，手机忽然响了。考上大学的学生，在小城某家餐馆，宴请老师和亲属，集体腹泻，已经有上百人到了医院，林大宇让支道了过去加班。

　　又要马儿跑，又要马儿不吃草？

命苦不要怪政府!

支道了在电话里跟林大宇啰唆了几句,穿衣出门。

门外,气热、身热、心热,甫出新村,就有人叫他:"支道了,去哪里?"

支道了回头去看,因为夜色敷面,看不真切。背心、短裤、跑鞋、健步疾行,近了,是吴有魂。看他有聊天的意思,支道了抢先说:"科室叫我去加班,下次聊吧。"

在持续的吵闹、哭诉、痛喊、争抢和肠道遗溺物的混杂中,三个医生,忙到十一点,等所有的喧嚣声浪消失,支道了休克一般瘫坐椅子上,忽然感觉沉溺于荒野,成为沼泽中沉底的泥乳,所有的触觉、视觉、听觉、嗅觉和味觉全部密闭,好像是一个失觉人。

支道了本能地步出医院,完全没入夜色,不理睬幸灾乐祸的路灯。他去摸口袋,摸到了香烟,触觉开始恢复;他揿亮打火机,看见红红的光亮,视觉开始恢复;他猛吸一口,香辣刺喉,味觉开始恢复;他吸吸鼻翼,闻见了"苏烟"的绵柔,嗅觉开始恢复;他又听到熟悉的声音,听觉也回来了:"支道了,你忙完啦?"

吴有魂,还是刚才的模样和步伐。支道了心里一惊:这么长时间,不知跑了几万步?

支道了刚要问,吴有魂抬起左臂,看看缠在左臂上的计步器:"嗯,快五万步了,陪我走走吧。"

支道了品着烟,心里忍了半天,还是没忍住:"上次的事情怎么样了?"

吴有魂接过他的烟,点起:"还能怎么样?道歉,赔钱,停我处方权半年。"

支道了不算吃惊:"你当时伤的哪里?"

吴有魂抬起左臂,指指外侧:"好了,就是留下疤难看。"

支道了想了想:"有什么想法呢?"

吴有魂摇头:"这么大年纪了,能有什么想法。辞职?除了做医生,还能做什么?毕竟,我还是副高,熬吧。"

支道了又有忍不住的问题了:"那天,你没跑?我听人家说,你还给死人磕了头?"

吴有魂苦笑着回答:"不是没跑,是不会跑,平时从来不锻炼,哪里会跑?磕头?你也听说了,是。我当时心里想得简单,既然说我误诊了,我想,死者为大,就老老实实地磕了三个头,想着,这样,走法律程序吧,别闹了。哪里想到后来会拿刀捅我呢?"

支道了知道他冤。

那个患者其实早死了,在家跌的。家属故意送到急诊外科,说是车祸。事情后来是真相大白了,但是,左臂的伤和心里的伤,恐怕这一生,都难以清除干净。

支道了忽然忆起,也是这样的夏夜,他们似乎发生过一次争吵。他问道:"你还记得为分科的事情吵架吗?有二十几年了吧。"

吴有魂好像羞愧了:"二十五年了,唉!现在想起来,真对不起你。明明是你分在外科,我找了局里的人,把你挤到传染科去的。"

支道了想再抽支烟,烟盒空了:"当时,我还是很生气的,我们有好几年不讲话的吧。做了几年医生以后,也就慢慢懂了,什么白衣天使啊,什么病人是上帝啊,什么一切以病人为中心啊,把医生摆到哪里去了呢?地位、知识、尊重、酬劳、人心,有吗?医生,跟饭店端盘子的服务员有什么区别呢?想一想,做哪个科都他妈一样的,也就淡了。"

吴有魂严肃地问:"支道了,你相信不相信命啊。你看,如果你做外科,我做了传染科,也许,事情就发生在你身上了。"

支道了理解但不接受，反问他："对了，你出了这个事情，家人什么态度？"

吴有魂一直没回答。很久了，忽然用开心的语气："支道了，你知道我为什么跑步吗？"

支道了有点猜到了："为了下次再有事情，赶紧跑，跑得快。"

吴有魂像个孩子一样，嘎嘎大笑："对对对，就是这个意思。支道了，你也要每天跑步，万一，我说万一啊，也能跑掉，起码能躲开当时的那一刀。"

他继续说："还有啊，你刚才问我想法，是的，通过每天的跑步，我确实产生了一些以前从未有过的想法，起码，当一个人遇到我现在这样的事情，该怎么办？或者说，一个人怎样跟现实中的恶相处呢？"

支道了心里一直等他的答案，他却一直没有回答。支道了的知觉慢慢充满全身的每一个细胞了。但是，这并不美好。所有的知觉都提醒我，身边走着的，是一个失魂落魄、悲凉透彻的中年人。

走到新村了，吴有魂打开左臂的计步器："还差一千多步，我再跑起来，再见。"

夜色深浓，炎热如炙。看着他跳跃的背影，看着他矫健的身姿和步伐，支道了忽然觉得，他也是荒野沼泽中沉底的泥乳。

　　人生，聚散似平常，谁能预料。但我却难忘往昔分秒，与你曾留下的欢笑。
　　……
　　人生，似变化无常，谁能预料，望再次寻回我心所爱，可惜那秋天已别去了。

人生确实奇妙，刚刚工作那年，在音响店偶然听到的一首歌曲，不知曲名，旋律却长久留在心里。去年的某一天，路过某个大型电器商店，再次偶然地听见，终于得知了曲名，从此再没遗忘。支道了的车上循环播放的这首歌曲，正是这样的来历——吕方的《别了秋天》——电影《秋天的童话》主题曲。又因为歌曲，他特别喜欢《秋天的童话》，每年都会重看一次。他以为，周润发最好的电影，理当就是《秋天的童话》。

此刻，循环播放《别了秋天》的车上，载着支道了和父亲。

记得刚工作的头几年，因为父亲喜欢钓鱼，常常在休息日陪他下乡。那时，都是自行车。最远的一次，他们骑车两个小时，到某个偏远的集镇去钓鱼，因为病人的邀请。二十余年过去了，这中间的时光，他都奉献给我的"上帝"了，好像一次也没有陪伴过老人家，心里十分愧疚。

这个美好的秋天，他想，无论如何，也要陪父亲钓一回鱼，就有了今天的秋行，也是病人的邀请。

车出县城，刚出西郊，远远看见一座桥，崭新耀眼。慢慢来到桥中央，写着三个红红的大字"梦之桥"。桥下是新开掘的绕城漕河，衔接运河和长江的。原先老城的老河道，不再行船，两岸装扮绿化，成为老城的景观河。

钓鱼的地方，就在"梦之桥"的西下侧，这里原来是渔业大队，现在都被私人承包了。邀请他们来钓鱼的，是这里的大队长。

父亲钓鱼，支道了的陪同是只有象征意义。因为，虽然是周六，依然有数个电话打进来，都是病人的，咨询、检查、复查、开药等等。他怕扰了父亲的专注，只能远远走开，来到靠桥的大路。

林大宇来电话了，征求支道了的意见，问他是否愿意到北京地坛医院待三个月，提高艾滋病的诊断和治疗水平。科室几个人，除了主任，他年纪最大。但是，林大宇的意思很明确，因为，他是小城唯一的艾滋病主治医师，三年前在上海进修过。他问主任，难道不需要培养一个年轻人接班吗？主任沉默半天，回答他一句，他们都不愿意。

接完这个电话，心里烦乱。他伸手摸出烟，点起，香香地吸上一口。此时是上午九点，阳光温暖，秋风舒缓的"梦之桥"下，河道宽阔，两岸麦田嫩黄。河面波纹清冽，船只来往有序。支道了正沉醉呢，听见了熟悉的声音："支道了，你在这里做什么？"

吴有魂，逆着阳光，一身大红的"乔丹"运动服，红色"新百伦"，白色袜子，白到耀眼。近了，人精干，眼有神，依然是健步疾行的姿态，气息匀平。

支道了弹弹烟灰："我陪父亲钓鱼，你呢？"吴有魂："我跑步啊。"

支道了有些不安的奇怪："跑步？白天也跑步？"

吴有魂笑笑说："我现在呢，五点起床，先慢跑五千米，然后早餐。早餐后呢，静坐一个小时。出门，绕城跑大概三个小时，十一点半左右到家，午餐。午睡一个小时，再出门，绕城跑。六点左右到家，晚餐。出门散步，十点到家，睡觉。"

支道了心里忍了半天，还是没忍住："听说你辞职了？"

吴有魂："不是辞职，是停薪留职。"

支道了犹豫之后，还是发问了："你，也离婚了？"

吴有魂的回答含有高兴的色彩："对啊，几十年了，什么都要唱反调，我要东，她偏要西，累赘。"

支道了有些不忍，又出于关心："听说，儿子在上海工作，你把房子卖了，替他付了首付，然后，你就单过。你，现在做什么呢？住在哪里呢？怎么养活自己？今后怎么办？"

吴有魂洒脱地笑了："支道了，你还记得上次的问题吗？"

支道了哪里还记得呢："什么问题？"

吴有魂还是笑："我就知道你忘记了。那天晚上，你加班的。路上，你问我有什么想法。"

支道了想了想："好像问了吧。"

吴有魂忽然靠近，面露羞涩："给我也来一支，几个月没抽了。"

我帮他点起香烟，他美美地吸了一口："嗯，没有以前那么香了。"

我等他过瘾，没有讲话。

有船上响起鸣笛声，我抬眼望去，那船上依稀站着送别十三妹的船头尺。吴有魂丢掉抽了小半的烟："还是不坚定。对了，你常常思考人生吗？"

我一愣："好像也思考过吧？"

吴有魂来劲了："那我问你，你感觉你自己的生活美满吗？你问过你自己，为什么活着吗？"

我倒是真犹豫了。像这样的大问题，好像不是一两句话能讲清楚的，我试着说："人到中年了，上有老，下有小，工作要努力，一方面么要靠它养家糊口，另一方面么，要无愧于职业，对得起病人。闲了，看看电影，看看书，你知道，我是个影迷。遇到老朋友了，喝酒闹闹，偶尔打打麻将。一天一天过呗，什么叫美满，什么叫不美满呢，我也说不清，至于你说什么活着，我想啊，反正有一条是肯定的，人不能只为自己活着。"

吴有魂用怜悯的目光看着我："支道了，从你一贯的生活轨迹，我就知道你会这样回答。那是因为，你没遇到我这样的情况，换句话说，你还没想到，如何跟生活中的恶相处。出事之后，通过我这几个月的跑步，豁然开朗了。总结为两个字：躲开。"

我原以为会是什么高深的理论和想法，却不料是这样两个字。我不掩饰自己的惊讶："躲开？这是什么想法啊。"

吴有魂不奇怪我的惊讶："当然啰，我的躲不是消极的，而是积极的。躲开生活中的恶，让自己快乐健康起来。支道了，你想一想，人一生什么最重要？健康最重要。人一生只有什么属于你？就是你的身体。房子属于你吗？老婆属于你吗？儿子属于你吗？单位呢？都不属于你。只有健康的身体属于你，只有你活过的年岁属于你。"

支道了还是吃惊："躲开？就纯粹为了身体的健康？就纯粹地为了活着？什么也不做？什么也不管？"

吴有魂连忙招呼他："支道了，你别着急啊，你听我慢慢说，对了，你有时间听我慢慢说吗？"

支道了看看远处钓鱼的父亲，阳光照耀着他，像个仙人。七十三了，不忌烟酒，每天早睡早起，买菜做饭，独立完成日常事务。他这一生苦啊，因为爷爷是国民党，自小失学，很早工作，历经"大跃进""三年自然灾害""文革"，到五十岁之后，才过上温饱的日子。他，有过躲开的念头吗？

支道了回转身，对吴有魂说："我有时间，你慢慢说。"

吴有魂双脚原地踏步，略带喘息说："支道了啊，不知道你看过《射雕英雄传》没有。那里面有段情节，我相信大多数看过的人都不会在意。那个黄裳啊，因为一心报仇，就躲到深山里，练功夫，最后练成了《九阴真经》。等他出山找仇人，发现都死了。因为，他已经活到八十多岁了。黄裳猛然间就想通了，报什么仇啊，只要你寿命比仇人长，什么仇都报了。那天，看完这一段，我也猛然间就想通了，有什么看不过去的啊，只要我活得健康，活得长寿，什么都可以过去的。后来，我就开始每天跑步，想到了两个字：躲开。"

支道了略带嘲讽地问吴有魂："既然这样说，我来问你，就刚才，我们主任让我去北京进修艾滋病，我不想去，我能躲开吗？"

吴有魂停下脚步，认真严肃地对他说："支道了，你的理解太狭隘了。我讲的躲开，是指大的人生善恶。你是讲的具体的事

躲 开 ｜ 133

例。从大的人生来讲,最大限度地为自己,才会有最大限度地为别人。唉,讲这话你也不懂。你去陪你父亲吧,我继续绕城。再见啊。"

支道了没想明白,想叫住他。他好像也没听到他的呼喊,跑得那么快,只留背影满洒金色阳光,矫健又骄傲,像极了电影里的船头尺。

没有了砭骨的阴风,没有了挂檐的冰棱,没有了厚实的白雪,没有了结冰的河面。不能吃冰棱,不能堆雪人,不能溜冰河。江南的冬季,已经完全失去冬天的特征,徒有虚名。

有关冬天的电影,有很多,像《冷山》《雪国列车》《冰血暴》等等;但是,支道了记忆最深的,却是一部叫《冬天的骨头》的小成本电影。因为,整部电影里,没有他说的白雪、冰棱和冰河,而冬天却更富有意味。

冬至这天,因为要祭祖,他大概五点就起身,去菜场买菜,天还是墨黑墨黑的。刚到菜场前的广场,发现有一群人在聚集,排队,就听到有人喊他:"支道了,这么早做什么?"

前前后后有四十多人,慢慢聚拢到了广场上,领头的,也是喊他的人,正是吴有魂。我回答:"今天冬至啊,家里要供祖宗,我来买菜。"

吴有魂先是吃惊,后是惭愧:"哎呀,冬至啦?唉!好久没给爹爹妈妈上供了,不孝啊。支道了,你等我一刻啊,我有话跟你讲。"

然后拍手召集大家,好像在宣布纪律。

很快,队伍整齐了。吴有魂走到他面前:"支道了,你不是要到北京进修的么?怎么会在这里呢?"

他想快点脱身,但看情形应该不能,只好去摸烟,边点边答:"后来主任重新考虑了我的话,派了年轻的医生去了。"

吴有魂带着笑容对他说:"支道了,我现在不是一个人啦!"

他不大明白:"什么叫不是一个人?"

吴有魂在青色的晨曦中笑了:"我曾经跟你讲过的观点,总结为两个字的,你还记得吗?"

他略微犹豫了片刻:"躲开?"

吴有魂更加开心了:"对啊。因为他们,我专门成立了一个俱乐部,叫'全身俱乐部',这名字怎么样。"

支道了不太明白:"全身俱乐部?"

吴有魂解释:"这里的全,是动词,有健全的意思;也是形容词,全心全意的意思。也有整齐的意思。你看怎么样?"

支道了对俱乐部的名字没兴趣,他奇怪的是,哪里来的这么多人呢:"他们,都是什么人啊?"

吴有魂看着他:"你还记得我的躲开,是躲开什么吗?"

他又犹豫了:"如何与恶相处?躲开恶?"

吴有魂说:"对了。"

他疑问又起:"那么,他们,都跟你一样的遭遇?"

吴有魂压低声音,用手一一指点:"这是律师,被法官诬陷了;那是警察,被罪犯报复了;喏,那是老师,被学生家长打了;还有城管,被商贩破相了。总之一句话,都是跟人打交道的职业,都有了冤屈,都无法言说,事后也无处申冤,就像我当初的境况一样,感觉整个人生都变了。"

支道了好奇心更重了:"那么,他们都跟你一样,也辞职了?也离婚了?"

吴有魂这回叹气了:"我也不想他们如此,是他们看我这样,有的就学我的样子,我也劝不住。"

他不觉喊出声了:"他们都跟你学了?"

吴有魂隐隐有些骄傲:"基本是的。"

想起《冬天的骨头》里坚决寻找父亲的芮，他问吴有魂："那么，他们的家人，譬如子女呢，不来寻找他们？不来请求他们回家？"

吴有魂拉拉他："有的，不是全部，但是，他们都不愿回去了，"他看看手表，"支道了，人活三重境界：现实的，或者物质的生活；精神的，或者艺术的生活；你，支道了，这两重你算沾到边了。最高层次，是自由的生活。自由，就是由自，发自内心，尊重自己的生活，"他指指他们，"他们，要的是自由的生活。"

吴有魂转身，对他们喊了一声："都准备好了吗？"

四十多人齐声回答："准备好了。"

吴有魂握紧支道了的手，低声说："支道了，谢谢你啊。"

支道了奇怪："我有什么好谢的？"

吴有魂说："支道了啊，你没落过单啊，没经过人生的低潮啊。我不瞒你，从春天到现在，我在街上遇到医院的人，一个一个都避开我，叫也不理睬，好像我成了恶人，都是同道啊，寡义薄情！这是令我最伤心的事情。只有你，还愿意听我讲话，分享我的想法，谢谢你啊。"

吴有魂喊着口号，领着"全身俱乐部"的全体成员，开始跑步了。好像跑出几米了，吴有魂转身对支道了高喊："支道了，记住我的话，遇到那些恶，你躲开！"

支道了想到电影里的芮，为了寻找父亲，历经了很多磨难，最终，因为坚持而得善果。这坚持，他理解为片名中"骨头"的另外一种含义。他一边进菜场，一边心里祝福，希望吴有魂和他的俱乐部，能因为坚持而得善果。

不管是不是冬天。

当长长的冬天缓缓变暖的时候，当立春、惊蛰等节气来临之时，人们都知道春天来了，可候地，空气就热暖了，紧身的暖，从冬末一下到了夏初,好像春天就没有来过。新世纪的春天,就是如此地微妙和无法捉摸。

他记忆里春天不是这样,有着严格分明的寒春一月、早春二月和阳春三月。像曾经看过的一部老电影,《早春二月》。孙道临、谢芳,还有上官云珠,都是他喜爱的演员。因此,二月末的这一天,在心疲神劳的门诊结束之后,他特意选了这部被很多人遗忘的电影,来纪念新世纪微妙和无法捉摸的春天。

看到文嫂自杀的镜头,他脑筋突然短路,跳到了《祝福》中的祥林嫂。只一忽忽,电话响了,没有听出是谁,只讲了一句话:快看本地新闻。

支道了立刻停止观影,去看新闻:县城一个俱乐部的全体成员,集体晨练的时候,经过西郊的"梦之桥",大桥忽然断裂,集体掉入河中,全部遇难。新闻里提到一个词:全身俱乐部。

他顿时心里惶恐,好像从悬崖坠落,形神俱散,再也无法继续看电影了。他不管天色的暗旧,直奔殡仪馆。循环播放的,仍然是这首歌曲:

    人生,聚散似平常,谁能预料。但我却难忘往昔分秒,与你曾留下的欢笑……

在路上,他满以为殡仪馆一定聚满了家属,沸反盈天。谁知道,他到了殡仪馆,静得令人发怵。向门卫一打听,他手一指:"最里面一间,都冰着呢。"

大门虚掩,灯光幽暗,酷似鬼火。支道了心里发虚,走路飘忽。空大的殡仪馆里,没有花圈,没有花篮,没有挽幛,没有哀乐。四十多具有机玻璃的灵柩,无序排放,散发着寒气。我慢慢凑近过去,心里大惊,每具尸体都是全身赤裸,通体透黑,不辨脸面,无法知道身份,更无法知道哪一个是吴有魂。

他缓步退出大厅,来到大门口,心前区梗得难受。看门卫跟他年纪相仿,他也许知道一些内情,立刻过去递烟,点烟。

"没有家人来吗?"

"我也奇怪呢,一个亲人都没看见。"

"我秋天还去钓鱼的,那桥是新的啊,怎么说断就断了呢?"

"桥当然是新的,我听说,是他们人太多,把桥压断了。"

"四十几个人,怎么叫多呢?"

"噢,我是听说。听说是他们一起踏步的,听说,是跟桥的什么频率共振了,所以才断了。什么共振,我也不懂。"

他还有疑问:"即使桥断了,全部掉河里,总有会游泳的,怎么会全部死了呢?"

年纪相仿的门卫,把他拉进门里,关上门,声音明显放低:"你不知道啊,我听说,这河里前一天翻了一条船,船上装的桶都翻河里了。"

他还是不理解:"难道没人清洁吗?那可是新开的河道啊。再说了,桶翻河里,怎么跟人死有关呢?"

"那桶里装的是化学品,听说啊,全是有毒的东西,人一下去,就沉底了。"

他站立当间,忽然感觉置身于荒野,成为沼泽中沉底的泥乳,所有的触觉、视觉、听觉、嗅觉和味觉全部密闭,好像一个失觉人。

他本能地步入夜色,没有路灯。他去摸口袋,摸到了香烟,触觉开始恢复;他揿亮打火机,看见红红的光亮,视觉开始恢复;他猛吸一口,香辣刺喉,味觉开始恢复;他吸吸鼻翼,闻见了"苏烟"的绵柔,嗅觉开始恢复;他好像听到了熟悉的声音,回头去看,是那个矫健又骄傲的吴有魂:

"支道了,你躲开!"

车班轶事

救护车右拐,将进医院大门的时候,支道了都会对家属说一句:捺一捺担架。门口有个铁做的缓冲,不捺的话,前轮过去,担架往上突一次,后轮过去,担架再突一次,病人反而更加难受。

交接好病人,走进急诊办公室,随口问护士长胡美丽:"今天几趟啦?"

胡美丽低头,翻开出车记录本,口里念着,手指点着:"一、二、三……哈哈,老支,你十趟啦。"

支道了抬头,看看墙上的钟表,才下午两点半,憨憨一笑,对胡美丽说:"有二十趟,请你们喝咖啡。"

胡美丽笑得像她的名字一样:"二十趟?咖啡?你出二十趟车,算你每趟都下乡,也就两百多块,老支,你知道星巴克的咖啡最低多少钱一杯吗?三十。就值六杯咖啡。我们急诊十五个护士,你请谁喝?"

支道了"啊啊"半天,才计算明白:"你的意思,我要接三个急诊病人,才喝得起一杯咖啡?"

胡美丽回答:"是啊,老支,你能把今天的快餐钱挣到,就不错了。"

回到车班的值班室，太阳开始缓缓西沉，明显感觉到气温的温凉转换和推进，心境也一如气温，慢慢生出丝丝的凉意，既是对今天的遭遇，也是对人生的感受。支道了靠着值班室的床，没有脱掉白大褂。这个工作的时间很零碎，需要随叫随到，无法做集中精力和时间的工作。支道了用手机下载了一部老电影《虎口脱险》。这部诞生于1966年的法国电影，跟自己同年，大约看过五遍以上了。今天这样的心境，看这样的电影，可以零碎和接续看，可以稍稍增添一丝欣悦，看到会心处，仍然可以独自傻笑出声。

手机响了，支道了下意识挺身，一边往门外走，一边问："这次去哪里？"

对方笑了："什么哪里？我是林大宇。"

支道了才分辨出来，电话那头是男声，不是120的女声，自己也笑了："什么事情？"

林大宇说："你来科室一趟，院长派你出趟车。"

感染科的主任办公室，坐着一位陌生人，和医院的车队队长汪盛怀。林大宇给支道了介绍陌生人："这是建设局的金人瑞主任，这是支道了医生。"

金人瑞立刻起身，跟支道了握手："要辛苦支主任啦。"

支道了立刻回复："我不是主任，叫我支医生就行了。"

汪盛怀，医院熟悉他的人，都简称他汪汪，他说："老支，时间不早了，早点出发，还要赶回来呢，客气话留到车上说吧。"

医院新买的奔驰救护车，宽敞亮堂。汪汪开车，支道了居中，金人瑞最右，这是驾驶室的情形。救护车的车厢里，除了车上必备的抢救设施，还有两男三女五位陌生人。坐稳之后，车拉起警笛，响了几声，飞速驶向城外，然后向西南方向上高速。支道了这才开口:"这是去南京吗?"

后面的车厢里,忽然传来轻微的抽泣声,一直端坐的支道了,不禁皱了皱眉,右首的金人瑞关注到了,立刻敲敲身后的车窗,语气温和地劝说:"不是说好不能哭的吗?这是救护车,万一……"

车厢里的抽泣声立刻停止了。

支道了还是开口了,脸偏向汪汪:"到底怎么回事情?"

金人瑞半是不解,半是惭愧:"林主任没跟你说吗?我以为支主任都知道了。"

支道了摇头:"林主任只说院长派我出车,没说什么事情。"

金人瑞开始发烟,汪汪张开嘴,支道了帮他叼嘴里,帮他点上,然后摇摇手:"我不抽烟。"但还是接了一支,放在右手,来回搓揉。

金人瑞看支道了不抽烟,自己也没抽,开始小声地解释:"你们医院新的病区大楼,是我们建委一手设计和承建的,我们伍主任,跟你们闵院长,是老朋友。"

支道了不作声,汪汪倒开口了:"老支啊,我们这趟车,是去南京,接伍主任的妹夫。"

金人瑞往后看看车厢里的人,再回头压低声音继续说话:"伍主任的妹夫,在你们医院体检,心脏上的血管堵起来了,找的闵院长,介绍到当城的大医院手术,好像叫什么搭桥,还是找的最好的专家,没想到,唉!死在了手术台上。你说……"

最后的几句,几乎听不清楚了。

汪汪急忙急促地抽完一支烟,把烟头扔向窗外,再摇起车窗,接着说,眼睛是直视前方的:"消息一来,伍主任跟闵院长都呆掉了。老支啊,你想想,才四十多岁,本来蛮好的身体,壮得跟牛一样,结果,唉……"

金人瑞接着说:"本来呢,当城那边的意思,不许死人回家。闵院长只好跟当城的院长联系,同意尸体回来,要在今天以前,听说,还在手术室呢,听说……"

支道了问:"什么时候做的手术?"

金人瑞说:"今天上午十点,本来计划好好的,十二点手术结束,一起吃个饭,嗯……"

支道了仰仰头,小声问道:"后面是什么人?"

金人瑞压低声音:"伍主任的大妹妹跟她女儿,伍主任的小妹妹,死的就是她男人。另外两个男的,不熟悉。大概……"

支道了大致明白了此行的任务,内心五味杂陈,疲劳缓缓来袭,闭上眼睛,想休息片刻。救护车一个急刹,把支道了惊醒了。支道了一看,车队排得老长,估计前面出车祸,或者修路了。右首的金人瑞明显焦急起来,嘴里咕噜了一句:"不好了,送到乡下要深夜了。"

支道了想问要送哪里,汪汪接话了:"来得及,接到人,我就一路响一路闯,保证来得及。"

说来得及,车也停了。车上没病人,救护车是不许响警笛的。

摇开车窗,汪汪和金人瑞抽烟,支道了闭目。汪汪忽然问:"老支啊,你多大啦?还上车班?"

支道了睁开眼:"四十八岁了。"

金人瑞奇怪:"什么是车班啊。"

汪汪没直接回答,又问支道了:"记得医院的第一趟出车,就是我们俩一起出去的,是到八公里,接一个车祸。"

支道了说:"当然记得啊,2003年么,正好'非典'的时候,回来的路上,就有同学打我电话,问我县城是不是发现'非典'了。我说没有啊。同学说,看到我穿着白大褂,坐在救护车上,你一个传染科的医生,跟车去接病人,不是'非典'是什么呢？后来想想，还真有道理。"

汪汪感慨："都十几年了。"

支道了说："后来就给院长开小车了吧。"

汪汪摇头："老支，说了你不相信，我宁愿开救护车，那些个院长……"

金人瑞有点着急，下车往前走去，隔了一刻钟时间，回来了，有点喘："快了，前面几辆车撞在一起，已经拖开了。"

金人瑞敲敲车窗，跟后面大声说了一句快了，反身坐正，叹了口气："今天冬至，家里还等我回去烧钱磕头供祖宗呢。"

汪汪附和："我也是啊。一顿好酒没了。"

金人瑞赶紧说："回到城里，我请你们好好喝一顿。"

汪汪伸了一个懒腰，对支道了说："老支，反正没事，说说你上车班这么多年，有什么好玩有趣的事情。"

支道了没有思索，就回了一句："车班怎么可能好玩有趣。"

汪汪笑了："老支就是较真。我换个说法，你上车班这十多年，印象特别深的事情，难道一件也没有？"

支道了说："当然有。有一次半夜，接到电话了，懵懵懂懂地跟着救护车出发，来到新北小区，爬到五楼，开门的是一位七十多岁的老太太，又礼貌又客气，请我跟张敏进屋，还给我们递烟。张敏急性子，到处转，没看到电话中说的病人，就问老太太。老太太忽然就哭了，说，老头子早死了，子女都忙，已经一个礼拜没跟活人讲话了。她实在是太难过了，就打了120……"

金人瑞叹气："唉，我也很久没跟老头老太吃饭了，也不知道忙什么。"

汪汪说："这个太……说个有趣的。"

支道了想想："有趣的？实在是不多啊。嗯，有一回，也是深夜，城南小区四楼报警，说家里有人自杀。我们赶到家里，一个青年男子指着客厅的窗外,说他们夫妻为一点私房钱吵架,他老婆一气之下,跳楼了,四楼啊!我们再一起下楼,楼下是一片荒草,还没建房子。我们几个人,找了整整半个小时,既没看到活人,也没看到尸体。这就奇怪啦?那老公也惊呆了,一个劲辩解他没有说谎。"

汪汪和金人瑞同时发问:"人呢?"

支道了这时倒是不自觉地笑了,笑了半天才说话:"我敢说,让你们猜十次都猜不到。后来,还是跟车的护士小雁,跟那个老公说了一句,让他打个电话试试,打丈母娘家的座机。那老婆,命真大,从四楼跳下去,居然一点事情都没有。她爬起身,拍拍屁股就去了自己娘家,也不跟丈夫说,打手机也不接。"

"后来呢?"金人瑞问。

"我们一行浩浩荡荡到了他丈母娘家中,那跳楼的妻子才意识到问题严重了,不断地给我们道歉。"

金人瑞终于明白了:"我说什么车班、车班的,我懂了,就是跟救护车的班。"

支道了"啊"了一声,嘴里嘀咕了一句:"医生只有一种班。"

金人瑞有了兴趣:"一种班?"

支道了说:"是啊。一种在医院上班,一种在家上班。统称上班。"

金人瑞"啊"出很大的声音,好像很吃惊:"在家也上班?"

支道了晃晃手上的手机:"张国立怎么说的?这不是手机,这是手雷啊。休息在家,它一响,要么是急会诊,要么是加班,最多的是问我,支医生,你哪天上班啊?我要来拿药。"

金人瑞还想问什么是拿药。汪汪忽然开心地笑了:"开了,坐稳啊,我响几声,赶赶时间。"

汪汪先自坐正,响起嘹亮的警笛声,一路狂奔,一辆又一辆的豪车都被甩在了身后。远远看见南京的收费站了，才停了警笛，三个人都好像被警笛惊出了一身的汗，长舒一口气。支道了看看手表，才四点。

救护车一进城，车速明显慢了，鸣笛也没用，根本没有道路，只能耐心地慢慢开。金人瑞问："你们饿吗？到前面停下，我买点吃的。"

金人瑞买了两大袋东西，南京大肉包和豆浆，后面车厢一包，前面三人一包，在车的走走停停中，三个人居然把十个包子都吞下肚了。

三个人的饱嗝一个比一个响，酷似下面发出的声音，三个人先觉得尴尬，相互看看，后又大笑，一想不对，连忙压低声音。支道了说："谢谢啊，让你破费了。"

汪汪说："屁，回去找伍主任签字报销，一百个包子钱也不止。"

金人瑞笑笑："你跟闵院长才是。"

咣，车又停了。汪汪骂了一声："三条街走了半个小时了。"

当城医院到了。

当城，车曲曲折折，缓行了半天，才来到医院的手术室楼下。刚一停车，后面车厢里的家属又开始哭了。金人瑞皱眉，支道了连忙过去，嘘了几声，才止住了哭声。

乘电梯上六楼，支道了在前，汪汪和金人瑞随后，其他家属跟随。按照之前约定好的，在手术室的大门前，找到了联系人，心内科的洪医生。洪医生看了一眼他们，用手指指穿着白大褂的支道了："你进去，其他人在外面等。"

宽大的手术室里，正中的一张手术台上，一个体形胖大的人仰面躺着，近似全裸，无影灯已经熄了，无法看清面孔和表情。

支道了看了一眼病历，知道了死者叫胡文华。支道了赶紧跟带路的洪医生商量，能否请家属一起进来，给死者穿衣服。洪医生眼睛瞥了一眼："那就快点，这是手术室，无菌地带。"

三个女性家属跟着支道了进了手术室，一面压抑心里的哀伤，一面毫无头绪地给死者穿衣服。忙了好一阵，总算有点模样了。想从手术床抬到担架上，根本抬不动，只好请外面的两个男性家属进来，几个人用死劲，才把死者抬上担架车，往门口推去。担架车一占，电梯空间不够，支道了跟两位男性家属进了电梯，其他人纷纷往楼下奔去。支道了瞥了一眼死者，发现死者脚上没有袜子，又叫住死者的女儿，找到袜子，在电梯下行的过程中，给死者把袜子穿好，居然是一双棕色的袜子。出了电梯，其他家属也到了楼下，抹着泪，再给他穿上新皮鞋，一起用力，连同担架车，送进了救护车的车厢。这个时候，支道了才有机会打量两位男性家属，跟死者长得像，大概是他的兄弟们。

人都坐稳了，支道了敲敲窗，再次吩咐车厢里的家属，千万别哭。出大门的时候，门卫看是外地的车牌，示意停车。支道了捅捅右手边的金人瑞，金人瑞很识趣，从包里拿出两包"硬中华"，从车里递给门卫。门卫头一斜，救护车缓缓出了大门。

支道了看看时间，快六点了，正好是南京开始堵车的时间段。支道了跟汪汪说："时间来得及吗？鸣两声？"

冬至的晚上六点，天色全暗，路灯耀眼。汪汪也不说话，点了一下开关，车顶的蓝灯开始旋转和闪亮，喇叭里"呜啊哇啊"地反复而响亮，车速也明显加快了，红灯也不停，一路到了高速收费口。

后面有人敲窗，是男性家属，示意想如厕。汪汪缓缓停住车，金人瑞说："一起下去抽支烟吧。"

两位男性家属和汪汪、支道了以及金人瑞，一起去厕所了，这一下，车厢里剩下的三位女性，毫无忌惮地号哭起来，声发三人，音分五层，苦有七重，痛至十分，悲惨直冲云霄。

方便完毕，五个人也不过去，借助路灯，分散地围着一个室外的烟灰缸，一边抽烟，一边等待，任凭三个女性家属放肆哭诉。支道了不抽烟，右手捏着一支烟，来回搓揉。一问果然，那两位男性家属，一个是死者的哥哥，一个是死者的弟弟，分别叫胡文中和胡文新。两人不停地给三人发烟，嘴里不停地说感谢感谢。

有闻听哭声的人，向救护车里张望了，支道了感觉应该哭得差不多了，就对汪汪点点头。金人瑞过去，敲敲窗户，哭声明显矮了一矮。汪汪扔掉烟头，一起走向救护车。

救护车上了高速，金人瑞跟汪汪说了一个地址，正好是进城的必经之路，就在茅山脚下的一个小村庄，还有半个小时就到了。汪汪也不赶时间了，金人瑞也累了，后面的人大概也哭累了，只有隐约的泣诉传来。金人瑞说："我想再抽一支烟。"

汪汪摇下车窗，金人瑞顶着狂风，点上一支烟，抽了一口，扔了，摇上车窗，对支道了说："支主任啊，我只跟你说，这伍主任的大妹夫，上个月刚出的车祸，丧事才办完，这里又接一桩，这，唉。"

汪汪忽然插了一句："命啊。"

金人瑞接着说："今天出来之前，伍主任特意把老爸老妈送到医院，借口家里太冷，容易生病，要做一个全面体检，实则是，没办法让两个老人面对啊。"

支道了摇摇头："两个妹妹，连着成寡，确实怪。"

金人瑞说："还有呢，那个，唉，这个妹夫家里，两个老人，怎么面对啊。"

汪汪和支道了都无法接话，只好沉默。

后面车厢里，忽然传来激烈的吵闹声。金人瑞往后看去，两个男人，指着两个女人，在来回摇晃。剩下的女孩，趴在死者的身体上不断抽泣。

汪汪立刻把车停在路边,把警笛拉起。

支道了听了一会儿,听出了端倪。男方的兄弟在埋怨伍主任找的专家不行,白送了兄弟的性命。女方的姐妹,尤其死者的妻子,在哭诉男人生前不懂爱惜生命,也不顾家,一味吃喝嫖赌,纯粹是作死。

支道了捅捅金人瑞,金人瑞回头,打开窗户,带点恶狠狠的口气:"人横在面前呢,顾点面子。"

全哑了。

汪汪继续开车,匀速前进。高速上开夜车,人最易疲劳,汪汪说:"老支,再说两件车班的趣事来提提神。"

支道了略微想了一想:"我说一件跟人打架的事情吧。"

金人瑞有点吃惊:"支主任还会跟人打架?"

支道了有点不好意思,幸亏有夜色遮掩:"有一年春天,人懒洋洋地不想动。110打的电话,说东面的河头,有个人死在了露天茅坑里。既然是死人,我们去的目的,就是确定他确实死了,临床死亡,拉一个心电图,并不需要抢救,所以,我跟阿平没有非常着急。到了现场,操!已经死僵了。据村民说,这死者是一个外地人,捡垃圾的,大概是蹲坑的时候不小心,掉下去死了。既然死僵了,110就给殡仪馆打电话,让他们派车来接,具体费用等找到家属再说。120么,就算白跑了。好吧,回头,倒车的时候,出事了。去的时候,从一家村民的水泥场上过去的,回头也要倒车,才能上大路。这家村民就不允许了。说一早救护车从门前过,霉气的,要我们绕路。偏偏这个地方,是个死角,没有第二条路可走。好么,村民一家五口,我跟阿平两个,加上110的警察,开始争论,反正什么话都说了,就是不同意让我们倒车。阿平的性子你知道,他哪里有性子吵架啊,没说几句,动手了。我在一边,总不能看吧,去拖阿平,一来二去么,也打在了一起。一边的警察也火了,既然动手了,就有理由了,把村民一家和我们两个,都收到了派出所,我们到了就放了,对方的儿子,先动手的,拘了几天。后来,医院就传啊,说支道了是武功高手,一个人打五个。我自己听了,笑死了。"

金人瑞叹气:"人啊,道理说不清楚。好起来可以把心掏给你,恶起来别说走救护车,走路都碍他的事情,可以有一万种理由跟你作对。"

支道了笑笑:"这事好几年了,换成现在,我跟阿平都要吃处分的。医院的领导们,是不会帮医生的。"

汪汪也笑了:"我去告诉闵院长。"

支道了正正身:"你告诉省长,我也是这样说。"

后面又敲窗户了,跟金人瑞确定送达的地点,问问大概的时间。汪汪看看时间,说了一句:"七点半左右。"

汪汪伸伸右手的手指,金人瑞领会了,点起一支烟,燃起之后,递给汪汪。车窗露条缝,金人瑞自己也点上,美美地抽了几口,骂了一句:"什么破事,待会儿到了,要放炮仗的,不然一年晦气。"

支道了不抽烟,还是捏着一支烟,在手里来回搓揉:"有这习俗吗?"

金人瑞掉头,开窗,跟后面的兄弟说了几句,然后关窗说:"有,他们都准备好了。"

汪汪灭掉烟头,对支道了说:"老支啊,今天幸亏是你来,不然还不知道要拖到几点。"

支道了说:"都是同事,说什么见外的话呢。"

汪汪说了:"老支啊,你跟我们不同。我是小喽啰,闵院长嘴一歪,我是言听计从。老金也是,伍主任动动嘴,他要跑断腿。你在单位,是骨干啊。病人都是和逢你啊。"

支道了回敬他们:"还不是林主任嘴一动,我照样陪你们搬人么,还是搬的死人。"

金人瑞马上接话:"支主任,这就是我佩服你的地方。那么大的主任,比我们主动,还比我们能干,尤其比我们眼头见识好。到了城里,一定要请你喝顿酒。"

支道了说:"酒就不要喝了,有机会送点茶叶给我。"

金人瑞说:"这是小事,回去我跟伍主任说,送个十斤八斤的,尽你喝。"

汪汪又插嘴了:"老支,再来一个故事,帮我撑到下高速。"

支道了说:"汪汪,你还记得几年前,院务会讨论正式成立急诊科,取消各个科室轮流上车班的事情吗?"

汪汪嗯了一声。

支道了说:"那是我向闵院长建议的。当然,后来急诊科倒是建立起来了,可车班还是各个科室轮流。"

金人瑞问:"为什么是各个科室轮流呢?"

支道了没理睬金人瑞,反问汪汪:"你知道我为什么会跟闵院长建议的吗?这里就有个故事。"

"记得有一年冬天,大概是2010年左右,我跟陆肥搭班,下午3点的时候,120电话来了,说河西新村,几栋几零几,有人自杀。得,不远么,过个桥就到了。车到楼下,就是那种八十年代初建的老楼房,楼梯特别狭小。陆肥是懒鬼你知道,走路都怕,哪里肯爬楼。我先上去,爬到四楼,敲门,静悄悄的,不像往常有人自杀的家庭,家里哭闹一片。我进了门,一对老夫妻迎了过来,指指房间。我进去,一位肥胖的中年人,大概有两百斤,衣服整洁地躺在床上,看脸色和呼吸,早死了。身旁放着遗书,我飞快地浏览了一遍,说是身体多病,心理抑郁,不如早死。我问老夫妻,既然早死了,为何还报120。老夫妻说,死者是他们的儿子,还有媳妇呢,马上回来了,据说在小商品市场卖鞋子。我们一起等了半天。我借机看看这个家,可以说一无所有。这里说的一无所有,是指除了生活必需品,没有任何非必需品,更没有奢侈品。等了很久,死者的妻子回来了,表情很冷漠,埋怨老夫妻为何报120,早就说过了,再自杀就直接上殡仪馆的。原来,这已经是死者的第四次自杀了。我问他们,到底去不去医院,不去我就走了。三个人在房间里站着待着。我看见冬天的夕阳,透过西面的窗户,从他们的脸上、身上抚过,再从死者的脸上和身上抚过,那样阳光充斥的房间里,寒意凛冽而刺人,令我刻骨铭心。大概过了十分钟,同意先到医院,再去殡仪馆,走个过场。我搬来担架,一看,完蛋了,两百斤的胖子,死狠了,起码四百斤。哪里搬得动呢?让家属喊人,家属说没人。我再下楼去,请陆肥,也不行啊,还是搬不动啊,还要抬下四楼呢。正发愁呢,远远看见一辆送煤气罐的三轮车,车上有两个年轻人。我赶紧跑过去,没敢说已经死了,只说需要送医院抢救的,我每人给二十元,帮我们抬下来。两个年轻人看我言辞恳切,就跟着我们上楼了。进门前,我跟死者的妻子说好的,两个人四十元,各出一半。好么,四个人,扛、抬、举、搬、转,费了九牛二虎之力,终于来到楼下。有个年轻人小声嘀咕了一句,好像是死人啊。我连忙回应,死人还去医院吗?死者上了救护车,给钱的时候,那妻子反悔了,不愿意给。我看时间紧迫,只好先掏给了两个年轻人。"

天已经彻底黑了,一辆接一辆的车,闪着前灯,从身旁一晃而过,感觉这夜路荒漠无比,总也没有尽头。沉默很久,金人瑞问:"后来呢?"

支道了小声回答:"后来,我就跟闵院长提了,要成立急诊科,派专人跟车。"

一直相对无言的后车厢,好像感觉到将要到家了,情绪突变,忽然一起哭了起来。汪汪、支道了和金人瑞,理解这种近乡情更苦的无奈，也没敲窗说什么。

支道了叹气："命这东西，有时你不信也得信。"

金人瑞问："你指这一家吗？"

支道了说："当然不是。我说车班啊，从2003年开始，每年上这个班，都有抵触情绪，总认为堂堂的大医生，帮着抬担架抬死人，实在是大材小用，糟蹋人才。直到去年，跟着张敏到一户农家去，一位六十出头的老人，倒在了猪圈里，是心梗发作了。冬天啊，他的床上居然还是稻草，你们肯定不信。灶屋里吃的什么呢？是别人家建房子上梁，扔的馒头和粽子，放在一张看不出颜色的匾里，都发黑发硬了。我很奇怪，问他闻讯赶来的女儿。女儿说，老人早年丧妻，一直未再娶，生了三个儿子，一个一个帮他们建房、结婚，自己有糖尿病和心脏病，一直也不去医院。那女儿哭着说了一句话，我一直铭记在心了：一直做到死，没有享过一天的福。"

"回来的路上，看着躺在担架上的老人，我脑筋里一直在回想他女儿的话，一直做到死，没有享过一天福。跟这老人一比，我们这一生，有一定的社会地位，经济收入，比上不足，比下有余。还有较为舒适的工作环境，工作到退休，还有退休金，物质享受要超过很多了。他呢，同样是一生，他有什么？跟着上车班，虽然身体上苦点，但跟老人相比，算什么呢？还需要计较？医生，也算是知识分子群体了，学问是有了，服务意识差得很远。从那以后，我就没有抱怨了。"

下高速了。

后面的兄弟敲窗，跟金人瑞说，最好把救护车灯都熄了，万一有村民看到救护车进村，总归不方便。汪汪表示明白。救护车在茅山巨大的山脉里穿行，悄无声息，后面的车厢里也鸦雀无声，好像怕惊扰了狰狞的山神，更怕惊扰了好似熟睡的死者。

终于到了死者的家了，救护车刚停稳，一直被黑暗笼罩的场地，忽然灯光大亮，不只如此，从以家为中心的四周，不断走出无数的人，把车围住了。很多人帮忙，把死者抬进家中早已准备好的门板上。好像预备了许久了，每个人的哭声都无比地响亮，死者的妻子已经哭晕了过去，好多女人围着劝。八音班开始布置吊唁的设施，燃香点烛，供品正中，嫡亲的子女，穿起了白衣，套起了黑袖，哀乐一响，唢呐一吹，悲哀的情绪立刻向四面八方蔓延开来。汪汪和支道了早已习惯了，金人瑞大概第一次见识这样的场面，脸上有骇然的表情。

一切就绪，救护车掉头，仍然暗夜前行，胡家兄弟过来道谢和送行，送至大路，村里的哭声和哀乐，反而更加清晰了。汪汪停车，跟金人瑞拿过三个爆竹，分别点燃，嘭啪！嘭啪！嘭啪！连响三声。三个人都抬着头，望着天上的爆竹，红光闪现，好像还在盼望着什么，久久也不低头。

感谢信

春天一来,风妩媚和煦,空气中到处散发着挑逗的意味,连电话声都比平日感性和刺激。

"亲爱的医生您好,这里是北京××核心期刊部,请问,您需要晋升吗?您需要发表医学论文吗?我们可以帮您。"

"对不起,我已经升到正高了,请问,还可以晋升吗?"

吧嗒,对方挂了电话,办公室一阵哄笑。

"你个何小宝,连主治还没升呢,牛皮倒大得很。"

"我就是嫌烦,每次这样一说,对方就不纠缠了,不然有得说呢。"

哄笑过后,晨会开始。护士医生相继交班。

科主任林大宇讲话,重点有两点:一是季节变化之际,呼吸道感染病人多而病情重,而且,最近又有H7N9散发,估计又要开设发热门诊,希望大家提高警惕,完善自我保护。二是住院的病人年纪较大,病情偏重,希望值班的医生减少待在值班室和办公室的时间,多进病房,密切观察病人的病情变化。

支道了想了半天,本来不想讲的,忍了很久的话,还是滑出了口:"我讲几句吧,算是一点心得,跟大家分享一下。这个,肝硬化并发的食道胃底静脉曲张破裂出血的病人,晚上值班首诊的病人,注意问病史,如果是那种第一次发病的,病人和家属期望值很高的,依从性不好的,尽量建议转院。很简单,大家都知道,这个,肝硬化并发的食道胃底静脉曲张破裂出血的病人,变化很大,一旦再次出血,往往无法控制。它不像肺结核的咯血,再多的出血,血管压力降低到一定程度,就不出了;即使再出,也可以做血管栓塞,是不是这个道理。另外呢,我想提醒大家,一个病人的抢救,并非仅仅是临床的医生和护士的事情,而是对整个医院应变能力的考验,病人出血了,医生和护士的医嘱跟措施都及时都跟上了,其他科室的速度跟不上,病人和家属的怨气,只会朝医生和护士发泄。我建议大家,不要背这个黑锅,没这个必要。关键的问题,我想说的是,我们是医生,不是包治百病的神仙,不要以为自己什么病都能治,那是要吃大亏的。"

支道了的话,大家都明白是有所指的。

前段时间,科室收治的一位肝硬化并发的食道胃底静脉曲张破裂出血的病人,家属里有几位有钱有势的,对医生,护士指手画脚。再次出血的时候,因为需要输血,而现在输血的环节又多,还要等,家属就不耐烦了,电话打给卫计委的领导和院长,林主任挨批了。虽然病人成功抢救过来了,但大家没有丝毫的成就感。但是,林大宇主任接着说:"支医生的话呢,也对也不对,我们是医生,责任就是看病。我也知道医院的毛病太多,但是,只要我们自己尽心尽力,问心无愧就行了。"

支道了也不服气了:"林主任,你这话我又要说了,我也懂,你是科主任,要考虑科室的效益,我也没说不收病人,我刚才的前提是,病情变化复杂的、病人和家属期望值太高的、依从性不好的,不要收。上次的事情,你有什么错?为什么要批评你?你不委屈吗?对,你可以。我要说的是,我们科室这些年轻的医生,他们无法承受啊。况且,我再说一句,我们有上级医院,你建议了,他不转,他就不会怪你了。你忘记啦,上次的病人,我们在抢救的时候,那个老婆说什么?啊,早晓得你们这个水平么,为什么不早点叫我们转院呢?林主任,不要受这种冤枉气,我讲句难听的话,等我死了,病人也永远看不完。"

晨会的气氛有点凝重,窗外的春风抑了一抑。

四散。查房、医嘱等结束之后,支道了主动来到林主任的办公室。

林大宇主任烟瘾很大,从早晨到办公室,已经五根了。见支道了进来,摆摆手:"你别说,我知道你是为大家好。"

支道了随手拿起桌上的散烟,在手里揉搓。

何小宝进来了,林主任问道:"对了,你明年可以升主治了吧?"

何小宝回答:"快的话,今年年底就可以报了。"

支道了不理解:"什么叫快的话?"

何小宝说了:"现在晋升烦呢,文章、英语、计算机,这是老三样。还要下乡支农半年,这个也不难。还要一次考核优秀,这个难。我们年轻医生,哪里容易在年度考核中得到优秀呢?"

林大宇和支道了同时叹口气。

支道了忽然问:"这个考核,还有变通的办法吗?"

何小宝放低声音,悄悄地说:"有的。"

林大宇追问:"什么办法?你说说。"

何小宝说:"病人送锦旗,或者感谢信,也算考核优秀。"

林大宇笑了:"这个简单啊,老支啊,交给你了。何医生也不容易,尽早晋升,对科室也是好事。"

支道了沉默着点点头,手里的烟丝散落一地。

来了一个慢性肝病的,手一伸,我只好紧紧包裹他的左臂,肝臭令人欲呕;又来一个肺结核咯血的,身上全是鲜血,我无法拒绝,依然仅仅包裹他的左臂,血已经染上我的身;随即是一位老年痴呆症的老头,全身的老人味啊,可以熏倒一条壮硕的大狗,我却无法拒绝,只好仅仅包裹他的左臂,不,这回是右臂;再来的这一位,交通事故,两臂都断了,找了半天,没有可以测量血压的地方,我着急地不断奔跑,听到有人喊:支医生,支医生……

支道了忽地坐起,心脏怦怦怦直跳,眼前仍然在回闪黑幕。

中午值班,居然还来危重病人,支道了心想,真霉!要去茅山烧个香了。

罗红,女,45岁,原发性胆汁性肝硬化,并发腹水,并发感染,低蛋白血症,黄疸指数在200左右,在上海长海医院治疗,因为效果不佳,被医生直接劝回了。支道了翻看一大摞的病历,跟病人的儿子和女儿说:"医疗原则上,只有下级医院往上级医院转病人,哪里有上级医院往下级医院转病人的道理呢?既然长海都回了,你到我这里看病,不是颠倒了?"

罗红的儿子和女儿解释说,他们一家都是湖北人,在这里定居十几年了,农村合作医疗报销,就在本地。本来想换肝的,前后一算,要150万元左右,没有这个钱,只好回来。还有呢,他们一家都有了思想准备,知道这个病很重,只是不想放弃。

支道了说:"你们应该花了很多钱了,还要花很多钱的,很可能人财两空啊。"

那个儿子瘦瘦小小的,讲句话倒是很伟壮:"就是人财两空,我们也愿意。我们就是为了尽一份心。"

支道了给他们开了住院通知单,思绪才稳定下来,怔怔无思。回想刚才的梦里,自己化身成为一支血压计,不管来的是谁,都要包裹对方的手臂,你无权拒绝。这,不正是医生的写照吗?想起网上的一则笑话,说医生跟妓女有七个像,譬如医生和妓女一样,有人存在的地方就有他们,他们总是让人又爱又恨的，总是被人骂着成长起来的；医生和妓女一样，都是服务性行业，也和妓女一样，要看人的脸色行事；医生和妓女一样，拿是辛苦钱，也和妓女一样，挣效益工资；医生和妓女都是卖，医生卖的身体的上半部分，妓女卖的是身体的下半部分，卖是卖，打包拿走不行；医生和妓女一样，要用各种姿势为广大消费者服务，到最后，拍拍屁股走人，很少有人记住我们名字的！唯一不像的是，妓女还有挑选嫖客的权利，医生却没有拒绝任何病人的权利，是不是呢？

未知是因为没有了束缚，放开了手脚尽情发挥，还是老天慈悲，看在一对儿女的至纯孝心的分上，经过一个月的精心对症治疗，罗红的危重疾病，居然慢慢平稳了，满月那天的各项化验，都明显好转了，达到了临床出院的标准，整个科室和罗红一家，都十分开心。

罗红的儿子叫顾男，女儿叫顾女，一个在光电厂打工，一个在服装厂打工。当初支道了肯收罗红，大半是看在这一对孝顺的儿女面上，现在好了，顾男、顾女一起来感谢支道了，支道了就想起了另外一件事情。

"再有一周，可以回家调理了。"支道了微笑着说。

"谢谢你啊，谢谢。"一对儿女由衷地表达着感激之情。

"谢就不用了，你们对我们的工作，还满意吗？"

"满意，满意，非常满意。"顾男和顾女同声说。

"给你母亲治病的，除了我，还有何医生，我们是一组，你们知道吗？"

"知道的。很多沟通和签字，都是他找的我们。"

"那就好，"支道了拿起一支烟，在手里来回搓揉，"我遇到一件小事，也许你们能帮忙，不知道你们愿不愿意？"

"愿意的！愿意的！"顾男和顾女异口同声。

"那好，事情是这样的……"支道了轻声跟他们沟通。

这个春天，雨水比往年多，好似有哀悼的含义。

这天早晨的晨会，大家讨论的，是全国的杀医案件。医院发了文件，要求广大的医护人员学会自我保护，尽量避免医患矛盾的发生。

老主治医师许向前，重重地感叹了一声："医患矛盾？有医生故意和主动要跟患者发生矛盾的吗？不管有意也好，无意也罢，没有医生会故意激怒患者产生矛盾吧？自我保护，真是笑话。"

何小宝接着说："练功夫啊。请少林寺的高手来教。"

林大宇主任缓缓地说道："还是要从平时注意细节，那些看起来素质不好的，喜欢喝酒的，一直抱怨的，或者经济上确实非常困难的，尤其是患者本人的病情，需要提前有个预见性，要充分沟通。我就一句心得，真的要发生什么情况，你要学会离开，别呆呆地蹲在原地。"

支道了摇摇头，低声说："我想起一个典故，南宋的时候，老百姓流传的一句话，你有连环马，我有麻扎刀；你有金兀术，我有岳爷爷；你有狼牙棒，我有天灵盖。你看看那些杀医的，哪个不是有备而来的，既然是有备而来，你怎么防得住啊？只有脑袋去抵挡了，无非一死么！可以算革命烈士，多拿点抚恤金。"

大家的情绪都低落了下来。

护士长陈璜高声嚷嚷："不说丧气话了，告诉大家一个好消息。"

等大家都安静了，陈璜开始一板一眼地宣布："昨天晚上，医院的橱窗里，有了一封感谢信，是罗红的儿子女儿感谢我们科室的，点名的是支道了医生和何小宝医生。大家鼓掌。"

支道了跟林大宇主任眼神示意了一下，彼此心领神会。

查房、开医嘱、医患沟通、办理出院等一干琐事完毕之后，

感谢信 | 159

林大宇主任把何小宝叫进主任办公室，低声说道："你到院办去一趟，落实一下感谢信的事情，是否可以评优。"

很快就回来了，消息是确实。林大宇主任，吩咐何小宝着手准备其他的东西，争取在今年把需要的手续齐备了，明年晋升主治医师。

还有一个消息呢，院办的曹主任说，收到患者的表扬信，医院会奖励医生，每人一百元。

第二天的晨会上，交班完毕之后，何小宝突发感慨："我们大家都看到的，这么危重的病人，不说我的功劳吧，支老师花费了多少心血啊，才成功地抢救过来。不算经济效益吧，就社会效益而言，也是影响巨大啊，才奖励一百元。定这个规章的人，脑子里都是屎吧。"

何小宝猛然冒了句粗话。

支道了笑了："不许骂人！医生是一个职业，你本身有工资，有奖金。这个一百元，算是额外的收入，更多的是一种精神的鼓励。你说是不是啊？"

何小宝更加生气了："你说到工资，我更加生气了。毕业轮转三年，定科一年，才拿三千不到。连我高中毕业的同学，都比我工资高，要不是我家里还行，连请同学吃饭都请不起。真他妈的丢人。"

何小宝连连粗话，搞得大家都有点奇怪。但是，他的话是实情，大家只能默然无语。

四月中旬，开始有点夏天的先兆来临了。林大宇主任参加完第一季度的归档病历检查，从院部回来就把何小宝叫进了办公室，当然，还有支道了。

罗红住院期间，治疗上使用了血浆，帮助迅速退黄疸。血浆在使用之前，需要写特殊治疗同意书，需要患者签名。这次的特殊治疗同意书上，写的是罗红的名字。医教科认为，这不科学，应该是罗红写授权书，由儿女签名。

何小宝一下就怒了："这是什么逻辑啊？"

林大宇慢条斯理："说是按照罗红的病情估计，她应该写不动字。"

何小宝更加生气了："胡说了。他们又没有看到病人，就瞎估估啊。"

支道了问："有什么处理呢？"

林大宇苦笑："算乙级病历，扣小宝一个月奖金，扣你一千元奖金。"

何小宝腾地起身了："我去跟他们讲理去。"

林大宇示意何小宝坐下："他们嘴大，我们嘴小，讲理？梨树栽在他门前——总是他有梨（理）。"

何小宝彻底发怒了："这什么破医院！什么破规定啊！把一个危重病人从濒死的边缘抢救过来，奖励一百元。病历写错了，还不是原则问题，要扣一千元，难道一个病人的生命，还不如一份病历？"

林大宇和支道了相视无语，低下了沉重的头颅。

支道了的夜班

  饕餮、贪婪、懒惰、骄傲、淫欲、嫉妒、愤怒，是为七宗罪。

——托马斯·阿奎那

把枪扔掉！摩根·福尔曼喊道。

我羡慕你美好的生活，我还是犯了嫉妒的罪了。凯文·斯派西说。

枪响了。

布拉德·皮特连续开枪。

凯文·斯派西完成了他的七宗罪。

支道了看得心里发紧，手心都出汗了。联想起布拉德·皮特的一句玩笑话：我如果割了乳头，算不算工伤啊。正伤感呢，电话响了，是高耀辉："支道了，什么班啊？"

"夜班啊。"

"好，有个朋友的孩子，好像肝功能有问题，我让他晚上去找你。"

五点不到，支道了提前到达科室，先跟白班医生许向前交班。住院患者有一个病情偏重的，是支道了的老病人，叫白连才，六十岁左右，县城南郊某个大队的书记，肺结核咯血。用了几天止血药物，依然痰中夹血。其他病人尚平稳。支道了看看时间，4月30日，时光真快啊！一年的三分之一过去了，好像什么都没做。不，应该说，人生的大部分时间都过去了，好像什么都没做。人生有多少时光，就有多少无奈！

刚坐定，就听病区走廊里传来"噔噔噔噔"的走路声，好像要踏碎走廊的地砖。一忽，进来一个小胖子，小，是说年纪，胖，可是名副其实，正是高耀辉介绍来的病人。支道了凭经验，知道肯定是脂肪肝啊。十三岁的小学生，身高一米四，体重八十五公斤。一问，果然从小死喂，早晨就喂蛋炒饭，顿顿不塌荤，唯恐他不长。现在倒好，横长竖不长。化验单提示，不仅肝功能异常，将要有糖尿病的危险了。孩子的父母盯着问怎么办。支道了严肃地说："所有的药物，都只能是辅助的作用。现在开始，最重要的是六个字，管住嘴，迈开腿。如果做不到这六个字，什么药物都无效。"

孩子的父母，看着就是暴富的一代，明显一脸的不相信。大概看在高耀辉的面子上没有发作。他们出了办公室，传来低声的耳语："瞎说八道，还有什么病，药物没用的，这个世道，有钱就有好药。"

支道了心里没来由地悲凉起来。

有这么几年了，支道了渐渐地畏惧看病。表面上看，很多场合跟事件，是病人不知道感恩，就像今天的场景。再深入一想，不知道从什么时候开始，不管是有钱有权的人，还是无钱无权的人，思考和说话，都是站在有钱有权人的立场上去了，说句粗话，就是屁股坐到了钱权一边。临床就诊时，医生的职业身份和专业素养，在钱权面前根本不值得一提，这是支道了不愿多看病人的深层次原因。当然，内心埋怨归埋怨，日常工作，支道了还是一如既往的认真，只是内心的悲凉始终无法得到彻底的排遣。

支道了正苦恼呢，走廊里又传来"哐啷哐啷"的声音，好像脚镣在地上拖拽的声音，非常刺耳。支道了奇怪了：这个时候，会有犯人来看病？此时，窗外的天色开始慢慢地灰暗下来，引导着人心缓缓下沉，好像是给拖地的脚镣做恰当的置景。先进来两个警察，应该是狱警，因为，他们的手臂夹着一位戴着脚镣的犯人。但这犯人支道了太熟悉了，是本院原来的骨科主任仇先发。

仇先发，原来就是又矮又瘦，现在更瘦了。因为骨科器械的回扣，进去快三个月了。他是骨科大主任，他出事，是他手下的副主任和医生实名举报的。据说，从骨科器械有回扣以来，他都是一个人独占，从来不分给科室成员。又据说，院长出面去协调过，劝他不要过分，利益要均分。他不听，一意孤行，还给副主任穿小鞋。多次实名举报，终于被抓了。据狱警介绍，本周以来，忽然咯血，都是鲜血，量也非常多，初步考虑是肺结核，所以今天来传染科急诊，因为白天实在不方便。

支道了在电脑上开了胸部CT的单子，狱警夹着仇先发去拍片。脚镣拖地去了，脚链拖地又来了。长、黑而沉重的脚链，被仇先发瘦枯的脚踝来回拖拽，又矮又瘦的人，像随时会倒伏的盆栽草木，支道了看着都不忍。心想：人生何苦啊。在等待胸部CT的过程中，支道了看着坐在对面发乱面焦、眼烦心惧的仇先发，就想问他一句话：你，后悔吗？

胸部CT果然是活动性肺结核。但是，他还不能马上住院治疗，需要向医院的总值班汇报，医院有专门的犯人病房，有监控和专人看管，需要临时安排。一切妥当以后，仇先发起身，走向门口，慢慢停下，拖拽着脚镣转身，给支道了微微鞠躬："谢谢。"

支道了还是想问："你，后悔吗？"但终究没说出口。

急诊室电话来了。

传染科的夜班,一向是四班一体。急诊、病区、会诊和抢救。4月1号开始,肠道门诊开设,到十月底结束。当初的初衷是为了防止二号病(霍乱)的传染。现在基本不见了霍乱,但肠道门诊的先例沿袭了下来。

尤国光,男,四十六岁,腹痛腹泻半天来急诊,腹泻次数不多,以腹痛为主。以支道了的临床经验判断,该是外科疾病。但急诊的内外科医生都忙得应接不暇,只好烦请支道了接诊了。支道了给患者开了腹部彩超和血常规。尤国光烦了:"就他妈拉个肚子,查什么彩超啊?"

支道了解释:从临床症状看,不像肠道感染,像外科的疾病,如阑尾炎、胆囊炎等,需要进一步检查确诊。

尤国光没有家属,就他一个人来的。支道了吩咐护士,有了结果再打电话联系。

回到病区,值班护士黄小莺急匆匆跑过来,快要哭了:"白连才不见了。"

支道了急忙赶到抢救室,床位果然空着。心想:还咯血呢,能去哪里呢?打他本人电话,不接。吩咐黄小莺打电话联系家人。结果是他儿子说不知道,也不想知道。他老婆说随他去,死了拉倒,不怪你们医生。

支道了心里有数了!

电话响起,再去急诊。尤国光的血常规和腹部彩超有了结果,均无异常。尤国光不满意了,嫌过度检查了,嘴里咕噜着脏话。支道了装着没听见。但是,他的腹痛并没有缓解,反而加剧了。支道了要求尤国光联系家人,一定要有家人陪伴,继续治疗。同时,支道了在病历上写上:暂时排除肠道感染的存在,需要考虑外科的其他疾病,请外科会诊。写完,跟护士说了一声,回到病区。支道了心里还在担忧,这个白连才,都过去这么多年了,死不悔改啊。

担忧归担忧,支道了刚刚落座,就来了两位中年妇女。让支道了更加奇怪:今天什么日子啊,她怎么来了?

她叫尹凤娣,是大姨妈的女儿,自己最小的表妹。记得是读大学的时候,姨妈想撮合两人,被妈妈拒绝了。这是后话,支道了当时并不知道。后来知道了内情,支道了还想:如果真的成了,会是怎样的结果呢?

表妹落座,也不客气,对身边的同伴介绍:"我表哥,人不错吧,我没骗你吧。"

支道了不明白话里的含义,只能倒茶以示礼貌。但是,找了半天,也没找到一次性的纸杯,只得尴尬地继续寻找,不想落座。

表妹喊他了:"老表,过来啊,我给你介绍,这是我的朋友,也是我的领导,她也是一个人过,一直想来看看你。白天我打姨妈电话,晓得你今晚夜班,特意过来看看你,你们好好说说话。"

支道了明白了,这是来相亲的啊!

支道了看看窗外,已经七点多了,但天色的黑,却和五点钟的天色一样,并没有随着夜深而加黑,但人心却缓缓地向上提了一提,感觉有了那么点力量了。

支道了不知道说什么好,想了半天,想起了该有的礼貌,对表妹的同伴伸出手:"你好,我是支道了。"

"我是段逸翔,这是我的名片。"

还是第一次,相亲递名片的。

支道了读完名片,心里"咯噔"一下,对方居然是本县最大的服装厂翔逸服装厂的老板。以前耳闻过,今天居然亲自登门了,而且是在自己夜班的时候,还是在自己的工作场所。

但是,来不及有想法,电话就响了,急诊室那头闹哄哄的:

"支医生,赶紧来急诊,你们有个住院病人被120送来了。"

这话让支道了心惊,难道是……

急忙赶到急诊室,一看吸氧的病人,果然被自己猜中了,白连才。

吸氧、生命监护,脸上、嘴边、床上、地下,都是鲜血。支道了高喊"家人呢?"没人应声。有人在背后拉自己的白大褂。转身,一位四十多岁,风姿绰约的女性,轻声回答:"我陪他来的。"

白连才冲支道了努努嘴,支道了贴过耳朵去,就听白连才说:"支主任,我死不掉,还是到病区去吧。"

支道了看看白连才的生命体征,居然都在正常范围之内。加之白连才本身还在病区住院,并未办理出院;还有,支道了很想知道,这两个多小时,白连才是不是真的?

抢救室里,安顿好白连才,吩咐黄小莺心电监护、生命体征监测,加强止血措施,等他病情平稳。回到办公室,表妹和段逸翔居然还在。支道了真心道歉:"对不起,危重病人要抢救,实在没时间说话。"段逸翔忽然问:

"支主任不抽烟吧?"

支道了摇头。

"也不喝酒?"

"嗯。"

"平时做什么呢?"

"看电影。"

"一个人到电影院看电影?"

"不,在家看碟,或者电脑下载的。"

"最近看的什么电影呢?"

"《七宗罪》。"

"没听过,还有这个怪怪的电影?"

"嗯。"

黄小莺喊支道了，说白连才请他。支道了身心惶惶地出了医生办公室，才收住了继续流淌的虚汗。

抢救室里，白连才居然半坐了起来，氧气也拿掉了。见支道了进门，从枕头下面拿出一个红包，塞在支道了手里："支主任，一点小意思，今晚的事情，请多包涵，还请口下留德。"

支道了想推辞，白连才说："支主任，你拿着，从第一次咯血住院到今天，有十年了吧。请你信任我，我什么都不会说。"

支道了看白连才的情形，把红包放进口袋，坐在床边："说吧，又去做那个的？"

大五实习，已经二十多年过去了。第一次进传染科，带教老师的第一句话是："你们记住啊，遇到肺结核病人，第一个忠告就是要他戒色。因为肺结核病人的心火很旺，性欲特别旺盛，自己控制不住。肝病不用多说，因为他自己就不想。"

这句话后来果然应验在了眼前的白连才身上。

白连才略带喘气，面色潮红，语句断续："支主任，别笑我，我想啊！不瞒你说，我一边吐血，一边还想，屌子硬邦邦的。今天稍微好点了，我也打听了，今晚是你夜班，才敢出去的。"

支道了略带嘲讽："那个东西比你命还要紧？"

白连才说："没有那个东西，命有什么意思？"

支道了回击他："我也没有那个东西，也活得蛮好的啊。"

白连才说："人跟人不同啊。你是朝有意义去活，我是朝没有意义去活啊。"

支道了再次反驳："没有意义，也不能糟蹋自己的身体啊。"

白连才说："都没有意义了，留着身体做什么呢？"

支道了不留情面了："那你就在家吐血好了，叫120做什么？"

　　白连才居然笑了："晓得你支主任水平高，换了别人，我就不喊120了，吐死了，不，是日死了拉倒。"

　　支道了回到办公室，先给总值班打电话，把红包上缴，当作白连才的住院费用。发现表妹和段逸翔还在，确实有点不好意思了，连水都没有一杯，搓搓手，问表妹："晚饭吃了吗？我请你们吃点什么？"

　　表妹朝段逸翔笑了："我说的吧，我这个表哥很实在，快五十岁的人了，一点都不虚。"

　　段逸翔笑笑："支医生，你也没吃吧，我来叫晚饭吧。"

　　电话又响了，还是急诊室："支医生，外科请会诊。"

　　还是尤国光。

　　外科已经把腹痛待查的疾病都排除了，阑尾炎、胆囊炎、肾结石等都没有，因为患者又腹泻了一次，只好再请支道了会诊了。

　　尤国光一见支道了，先开口了："我疼得不行了，可以先用点药止止疼啊？"

　　支道了反问："你家属呢？怎么还没人陪你？"

　　尤国光有点恼火："老子就拉肚子，好好来医院的，要家属做什么？"

　　支道了让尤国光躺好，细心地体检了一遍，发现尤国光的腹痛虽然在腹部，但不像肠道感染的肠道痉挛的疼痛，好像集中在一个点上。再请护士测血压，血压偏低，嘴唇也紫绀了，拿起刚才的腹部彩超，仔细地看了一遍，腹部彩超提示，患者有肝内光点弥漫性增粗，好像肝硬化的迹象。看着尤国光肥白的肚皮，好像能看见蜘蛛痣，问尤国光："你以前有什么疾病？有肝病吗？喝酒吗？"

　　尤国光一边喊疼，一边要求用药，一边说："我有乙肝。喝酒的。"

支道了心里"咯噔"一下，喊过护工："赶紧帮他联系家属，快，赶紧做腹部CT，排除门静脉栓塞。"

尤国光居然要起身，起了一半，又躺了下去，手还不老实，指着支道了的鼻子："你什么屌医生啊，老子疼得要死了，也不给用药，还做什么检查，太黑心了吧。"

支道了不理睬他，拿过尤国光的电话，问道："快说，哪个是你老婆？"

尤国光还要争辩，支道了对护工说："单子开了，帮他缴费，做CT。对了，晚上放射科谁值班，跟他说一声，排除门静脉栓塞啊。"

护工推着尤国光离开了急诊室。

电话终于通了，支道了问："你是那个尤国光的老婆吗？"

"是啊。什么事情啊？"

"赶紧来人民医院的急诊室，你老公尤国光病得很严重，随时有生命危险，赶紧来。"

"你谁啊？开玩笑吧，你，尤国光刚才还打电话给我，声音他妈的比汽车喇叭还高，哪里有什么病？就是酒噎多了，医生，我跟你讲啊，别给他看病，他就是一个惹祸精，死了才好呢。"

"谁跟你开玩笑啊，我是人民医院感染科的医生，我叫支道了，你老公本来有乙肝，已经肝硬化了，今天的腹痛，很像是门静脉栓塞，如果是这个病，会死人的。"

"你别吓我啊，他好好地走到人民医院去的，会死人？要真死了我倒开心了，省得每天看他那张猪狗脸。"

居然挂了。支道了摇头，什么事情啊。等CT的结果吧。

腹部CT的结果，跟支道了判断的一致，那么，这个病人必须转院了，因为，这样的疾病，在本地医院还没有能力处理。从放射科出来的尤国光，再也不对支道了指手画脚了，拿过手机，一边"唏嚯唏嚯"呻吟，一边拨通电话："你妈个×的，刚才医生打电话你也不相信，你是真的盼我死啊。好，老子告诉你，老子就是死了，做鬼也不放你过身。快点来医院，多带点钱啊，要转到常州去了，快点！"

支道了怏怏地从急诊室出来，不想马上回科室，就站在急诊室大门的一角，看着从身边匆忙进出的病人，不知道心里是什么滋味。想起在某个地方，好像读过的一首诗歌——《死亡》：

  救护车拉起了最后一声长音
  来到急诊室门前
  熄灭了人世间所有的病苦
  挣扎，长长的叹慰
  门外
  好奇的窥探
  类似巫术的治疗
  诅咒嫉妒的语言
  远处
  一动不动的小狗。

  急诊室
  四角横亘着白炽灯
  惨白是唯一的网
  亲人们不肯放弃
  叫唤声响亮得放肆
  像一场深重的拔河
  阴茎慢慢悬长
  死亡终于亮出了自己的光芒
  是一条不明颜色的鱼？

蛇？还是泥鳅？
力争上游
不是金色的
不是红色的
不是黄色的
……

第一次读这首诗歌的时候，支道了还嘲笑，这作者写的什么啊？我每天都在急诊室，哪里来的狗呢？还一动不动呢。死亡，怎么会是鱼、蛇、泥鳅呢。那颜色，说什么不是金色的，不是红色，不是黄色的，根本不通呢。今天的夜班，支道了忽然有了感觉。心里就是有什么在游动，却无法判断是什么，鱼？蛇？泥鳅？而今晚的尤国光、白连才、仇先发，你说死亡是什么颜色的呢？而那一动不动的小狗，不正是自己吗？

支道了回到病区的医生办公室，表妹和段逸翔还在，还给支道了叫了外卖，好几样东西，摆满了桌子。支道了看看时间，快晚上九点了。心里抱歉，嘴里说的是："多少钱？我来付。"

九点的夜色，还是跟五点的夜色一样，略微带着白光，好像这个夜晚始终没有向深处进发。

三个人边吃边聊，表妹和段逸翔旁敲侧击地问了许多具体问题。支道了每回答一个问题，表妹都会笑着总结，永远是这一句："我这个表哥很实在，一点都不虚。"

微信响了，支道了不用低头，就知道是特殊病人来拿药了。

支道了跟表妹和段逸翔招呼了一声，来到自己的AIDs办公室，谭雁已经到了，身边的另外一个男人，让支道了吓了一跳。因为，之前陪伴而来的，也是支道了的特殊病人，也是谭雁的伴侣梁姬夏。今天陪伴而来的，却是另外一个特殊病人，成春旺。这是什么关系啊！

支道了把谭雁拉到一边:"梁姬夏呢?"

谭雁一脸的笑:"分手啦。"

支道了指指一边的成春旺:"这个呢?"

谭雁还是笑:"我们在一起了。"

支道了的心,又一次被重力狠狠地拉拽到心灵空间的最低处。

谭雁和梁姬夏要好的时候,曾经请支道了吃饭,支道了毫不犹豫地同意了。三个人找了一家小饭店,梁姬夏喝酒,支道了跟谭雁喝饮料。两人在席间,当着支道了的面,讲了很多美好的过去,并表示要终身厮守。支道了还知道,梁姬夏的病,是谭雁传给他的。但是,梁姬夏当时就说了,遇到了,绝不后悔。记得当时,谭雁也发了誓。

他们拿药走了,支道了心情无比低落,还有一种说不出来的愤怒,好像当初得知毕枝一有外遇时的心情。翻开手机,找到梁姬夏的微信,打开他的朋友圈,最后一次发微信,是四月一号,写着这样一段话:开一千年,落一千年,花叶永不相见。情不为因果,缘注定生死。你是白色无根莲,我是红色彼岸花。你苍白如雪,我妖红似血。你落落于天山镜池水泛泛,我寞寞在幽冥黄泉路漫漫。你踏上奈何桥,心静如水心沉如石。我合上乱花枝,心痛破碎心死无望。我脉脉花香的缠绵,抵不过苦涩寡汤的忘却。我还活着,没有灵魂只有肉体却坚持爱你……

回到医生办公室,表妹和段逸翔都看出了支道了的低落,未敢轻易说话。支道了坐定,自顾拿起桌上的一支烟,在左手里搓揉了半天,直到一支烟"碎尸万段",散落在地上了,手背的静脉,仍然怒张着。

电话又响了。

支道了来到急诊室,惊奇地发现,尤国光居然还没转院。一见支道了出现,立刻围过来一群人,都是酒醺醺的,领头一位,矮个,光头,半裸着上身,手指着支道了的鼻子:"我家哥哥,就是拉肚子,为什么要转院?"

支道了明白,遇到不讲理的人了。也不理睬他,走到尤国光面前:"你老婆呢?"

一个妖娆的女人从门外过来,直接指着支道了的鼻子:"我家的酒鬼明明就是一个拉肚子,自己走到医院来的,怎么会变成什么怪毛病呢?你这医生,到底怎么看病的?"

支道了偏过脸,跟护士说:"叫保安来。"

低头跟还在喊疼的尤国光说:"尤国光,你不要命啦,他们这样闹,耽误的是你的命啊。"

尤国光居然在叫喊的间歇回敬支道了:"我本来是走到医院的,就是你这个屌医生,不给我用药,只顾检查,才把我的病耽误了,我还没找你算账呢。"

保安过来了,散在四周,既不说话,也没措施。矮光头走过来,又一次用手指点着支道了的鼻子,支道了手一拨:"别指我,有话说。"

矮光头不听,一边指着支道了的鼻子,一边说:"你这屌医生,信不信我打死你,给我哥哥赔命。"

围拥的人越来越多,人群中不明原因的人,居然跟着附和:"打死这个黑心的医生。"

支道了看看时间,十点半了,窗外的夜色,还是略带一丝白光。看来,今晚的夜色,无论如何也不会继续深沉下去了。支道了看到了矮光头的乳头了,想起电影《七宗罪》里,布拉德·皮特的玩笑话:我如果割了乳头,算不算工伤啊。支道了的余光,还看到了表妹和段逸翔,在汹涌的人群外面,面色焦急而无奈。支道了一把推开矮光头,脱去白大褂,往地上狠命一扔:"来,看谁打死谁!"

激　素

微信图标闪动,支援终于回话了:国内的著名诗人很多,我推荐你读读不著名的杨键。

读大学的时候,支道了听闻过北岛、顾城、舒婷等,杨键?支道了确实没听说过。

电话响了。

"支主任啊,我是急诊室,刚才输液的病人,出皮疹了,我已经推了地塞米松,你来看一下。"是急诊室护士长胡美丽。

中年男性,腹泻半天,不发热,伴恶心,无呕吐,阵发性腹痛,有不洁饮食史,吃了过量的龙虾。给予消炎、止痛、补充电解质等对症治疗。支道了赶到急诊室的时候,病人已经平稳了。使用了10mg地塞米松之后,散在皮疹已经消失,体温、血压、心率、呼吸等生命体征,均无异常。问病史的时候,病人明确告知,没有药物过敏史,对头孢类抗生素不过敏。支道了问:"你中午喝酒了?"

"嗯,喝了三两白酒。"

明白了,是双硫仑反应,激素同样是有效的。

支道了跟病人轻声交代:"以后到医院输液,如果喝酒,或者过敏,先告诉医生,别等医生问再说。"

病人反问:"为什么呢?"

支道了耐心地回答:"有的医生会问到,有的医生会疏忽,一旦有了反应,虽然医生要负责任,但是,你的命没有了,你说为什么?"

病人表示明白了,支道了回办公室,补上医嘱。

刚坐定,3床的家属集体过来了。

3床,三十岁,男性,未婚,乙肝家族史,没有抗病毒治疗。本次发病,为急性重症肝炎,黄疸指数300μmol/L以上,白蛋白、胆碱酯酶和胆固醇都偏低。请了省人民医院感染科专家会诊,在保肝、降酶、退黄、抗病毒治疗、积极支持治疗等同时,建议激素短期冲击。今日是使用治疗方案的第五天,复查肝功能,黄疸指数已经下降到150μmol/L,其他指数均有不同程度的恢复。

有个家属,大概第一次来,问支道了,都说激素有副作用,为什么这个病人可以用呢?会不会有什么副作用?

支道了耐心解释:所谓的激素副作用,是指临床上长期使用的结果。乙肝病毒活动导致的免疫反应,造成了大量肝细胞的坏死,只是短期使用激素来抑制和中断免疫反应造成的肝细胞坏死,促进肝细胞的再生,从根本上使疾病得到有效的控制,加上抗病毒药物,其他保肝药物等,改善病人的症状,有利于病人的早日康复。

支道了指着前后两张化验单:"你们自己看,就是不学医的人,也知道哪张好,哪张坏吧。"

家属听完支道了的解释,再细细对照了两张化验单的数值,表示满意,集体回了病房。有家属边走边说:"还不晓得激素有这么大的用处。"

支道了看看墙上的钟,八点半,三个小时过去了,一刻也没得歇。

这夜班!

借着片刻的安宁,支道了打开笔记本电脑,搜索支援所说的杨键。

网上有介绍,1967年生人,居然跟自己是同龄人,居安徽马鞍山,信佛。还有照片,初看一副土匪模样,心想:这样子也能写诗歌。

但是,读完这首《惭愧》以后,支道了的心,猛然被锥子刺中一样,鲜血直流,无形而不见,仅为自知,将至昏厥和休克。

> 像每一座城市愧对乡村,
> 我零乱的生活,愧对温润的园林,
> 我噩梦的睡眠,愧对天上的月亮,
> 我太多的欲望,愧对清澈见底的小溪,
> 我对一个女人狭窄的爱,愧对今晚疏朗的夜空,
> 我的轮回,我的地狱,我反反复复的过错,
> 愧对清净愿力的地藏菩萨,
> 愧对父母,愧对国土
> 也愧对那些各行各业的光彩的人民。

难道,这个叫杨键的人,有慧眼认全自己一生的不安?窥探自己最深处的灵魂战栗?得悉自己最难以启齿的秘密?

惭愧!

继续搜索,居然还有主持人汪涵的朗诵音频。支道了打开,听了两遍以后,就跟着汪涵的朗诵,小声地读出了声音。

拿起手机给支援回了一句话:确实不错,惭愧!谢谢。

没等手机放下,铃声响了,是筱铁梅。

事情有点复杂。筱铁梅曾经教过的一个学生,曾思常,他的

孩子曾逸水，男孩，在上海某高校读大一，频繁感冒数月，忽然得了肺炎，到医院检查，居然是艾滋病合并孢子虫肺炎，医院已经发了病危通知书。孩子的父亲向筱铁梅求救，筱铁梅立刻跟支道了联系。

支道了问："如果孩子要抢救的话，应该去上海公共卫生中心啊。"

筱铁梅说："我不懂医学，也没细问，我把电话给他了，他会跟你联系的。"

曾思常来电话了，电话里支支吾吾，支道了听明白了。因为孩子的这个病，让做父亲的和整个家庭都觉得很羞耻，加上病情较重，就想放弃了。但是，又不想直接回家，就想在本地的医院治疗，拖一天算一天，即使死了，也跟医生和医院无关。

支道了知道，此刻讲道理无用，就答应了曾思常的要求，请他把曾逸水在上海住院的全部资料都带回来。

通完电话，支道了感觉全身都散架了。

很多场合，很多时候，很多次，支道了跟年轻医生说，做医生其实没什么了不起，无力也无奈。就像曾逸水这样的病例，治疗指南和治疗原则是一贯的，如果能抢救过来，则是曾逸水的幸运；如果最终死亡，则是曾逸水的不幸。医生，在整个疾病的治疗过程中，不过是命运分类的执行者而已，活着，还是死亡，不过是命运执意的分派。

夜班回到家，已经是上午十点了。

中心花园的这套小户，还是那么杂乱。支道了往沙发上一躺，什么都不想做，但是，这样躺着呢，又觉得浪费时间，这是支道了的痼疾。不如看一部电影吧。想到看电影，支道了略略回忆了一下，呀！好久没看电影了。除了忙这个原因，好像近一年以来，也没有值得关注的好电影。关于好电影的记忆，还停留在《比海更深》和《海边的曼彻斯特》，失败的中年男人。支道了心想，就重看《海边的曼彻斯特》吧。由《海边的曼彻斯特》，想起一则八卦。电影的投资人是马特·达蒙，本来想自导自演，后来因为被张艺谋签来拍国际大片《长城》，才把主演交给了老搭档本·阿弗莱克的弟弟卡西·阿弗莱克。由此成就了卡西·阿弗莱克。电影获奖以后，本·阿弗莱克笑问马特·达蒙，你就那么缺钱吗？

观影的过程中，支道了居然睡着了，是电话叫醒了他。

按照电话的通知，下午两点，支道了打的来到小城的卫计局，在新的县政府里面。来到大门口，居然需要登记，再问询后，又电话询问卫计局，最后才放行，搞得支道了像一个相貌平常、身怀绝技的间谍。

卫计局的小会议室，坐着好几个人，医院医教科的柯文龙，局医政科的潘海平，另外几个人不认识。柯文龙介绍说是小城劳动局和民政局的工作人员。支道了正奇怪呢，潘海平开口了："支主任，还记得2003年的'非典'吗？"

"非典"这个词，像一份特殊的邀请函，瞬间打开了支道了的记忆中枢，熟悉的气氛、画面、人物和空间，在眼前一帧一帧闪过，恰似刚刚发生的故事。

支道了内心激荡，但面色如常，他猜测到，过去十几年再问旧事，绝非善事，只是点点头。

潘海平问："还记得尚云霄吗？"

尚云霄和"非典"两个字连在一起，哪怕支道了记忆力衰减，也不会忘记这个人，他对着柯文龙脱口而出："记得，上电视的那个典型么，成功治愈的非典病人嘛，老柯，你跟林大宇陪着一起上的电视，你们都发言了的。"

柯文龙点头："就是他。"

支道了疑惑："怎么啦？病逝了？"

一个好像是代表劳动局的人，开口说话了："他投诉你们医院的林大宇，投诉他当时的治疗，滥用了激素，导致他目前各种后遗症都出来了，生活不能自理。"

支道了奇怪了："啊？"

潘海平介绍："这是劳动局的王振文副局长。"

王振文继续："他要评残。"

代表民政局的人开口说话了："他还到民政局来，要求低保。"

潘海平介绍："民政局的吴卫东科长。"

支道了想不通了，事情都过去十几年了，为什么是现在才投诉呢？

茅家场，大概是这个小县城为数不多的老平房区域了，谣传拆迁，几十年了，一直也不见动土。

支道了打的来到茅家场的东面，丹金溧漕河的西面。这里有一条小路，直通茅家场的中心区域。柯文龙给的地址，是茅家场34号。

哪怕支道了在脑子里做了一百万分的情绪堆积和思想预备，看到尚云霄的第一眼，支道了还是右手拇指食指对搓了半天，直到两根手指发烫，麻木。

尚云霄，除了长长的头发，就是一张凹陷的嘴，没牙，眼睛和鼻梁也好像不见了。近看都有，大概长期的缺氧和疼痛，让他五官代偿性地集中，扁平化了。这间小屋三十多平方米，一张床南北向，直抵大门，尚云霄头北脚南，脸朝外。除了床，其他空间都是空的，连凳子都没有半张。床边有个制氧机，尚云霄吸着氧气，脸上覆盖着支道了的影子，居然先开口了："你好像是支道了医生吧？"

支道了朝左移动身体，身影从尚云霄的脸上移开，想认真仔细地打量尚云霄，靠着那么近了，还是一个无法深刻的印象。支道了反问："你认识我？"

尚云霄一直没回答,大概过了五分钟,关闭了制氧机,拿掉鼻导管:"每天两次,每次一个小时,不然没办法下床。"

尚云霄下床,做了一个撑杆跳远的动作,掀开被子,两手一撑,身体坐到了床边的轮椅上。他没有腿,是没有双腿:"前年锯的左边,去年锯的右边,都是股骨头坏死。"

支道了没办法不难过。

2003年的6月10日,尚云霄作为成功治愈的非典病人,上了本市的电视台。他做了答谢发言,并表示愿意献出血液中的抗体,帮助其他不幸的病人。其时的尚云霄,硬朗年轻,瘦削白皙,四肢健全,言行有力。林大宇做了治疗发言,谦虚地表示,是贯彻执行国家指南的指导,尤其专家的经验,并非一己功劳。柯文龙做了感谢发言,感谢非典期间本市各行各业的人们,对人民医院感染科的支持和关注。小城的人们,第一次知道人民医院还有一个科室叫感染科,能够成功抢救非典病人。

支道了扭过头来:"尚云霄,不管现在怎样的结果,你的命,毕竟是林大宇主任救过来的。"

西面的太阳就要落山了。

尚云霄在手机上打开"美团",准备订今天的晚饭。他没抬头:"是啊,这个我知道啊,当时先发病的好几个人,没来得及用激素的,都死了。记得好像是专家先用的激素,有了效果,才开始推广,这个我也知道。要说命数,我算是多活了十几年,可是,我这活着比死还难受啊。"

支道了缓慢地说出了这句话:"那你也不能做忘恩负义的事情啊。"

尚云霄的晚饭,是一碗咸泡饭,也要十元钱。

尚云霄摇摇头:"你以为我想啊?活不下去啦!我去找卫生局,没人答复。我去找劳动局,没人理睬。我去找民政局,没有音信。我去找市委、市政府,说我上访,要拘我。我只有告林大宇，走法律，才有人睬我啊，哪怕是用脚踩，也比当我死人一样要好啊。"

支道了问："你家人呢。"

尚云霄嘴一撇："不是有个成语叫妻离子散么，我就是啊，早走散啦。"

支道了问："你原先的单位呢？"

尚云霄反问："支医生，你不记得我原先做什么的啦？"

支道了摇头。

尚云霄也摇头："我原来就是做药的啊，你们说的药贩子么。从医药公司出来，自己做，刚做了三年么，那时有钱赚啊，也就不在乎单位了。"

支道了轻轻嗯了一声。

尚云霄继续说："我有时也想，按照迷信的说法，我也许是在医院待的时间太长了，才会感染非典，这叫报应吧。后来又一想，不对啊，你们医生护士待的时间比我更长啊。唉，那就是命了。"

尚云霄继续说："其实我知道，我告不了林大宇，还会落下骂名。我在网上和私下都打听过，全国那么多非典后遗症患者，也没人告医生的。可是，你们总要给我一条活路吧。"

尚云霄小心地吸了一口热泡饭："譬如吧，如果我不告林大宇，你支道了医生会亲自来我这小破房子看我吗？"

支道了不忍心继续这样的对话了，把身上全部的现金——有一千多元，都放在了尚云霄的床头。

从茅家场的小路，向东朝大路走来，支道了心里磕磕绊绊的，好像反流性食道炎的烧灼感，又像老慢支的气道痉挛，难过到半夜还无法入睡，想起了最近读的杨键那首叫《暮晚》的代表作，在心里默念："马儿在草棚里踢着树桩，鱼儿在篮子里蹦跳，狗儿在院子里吠叫，他们是多么爱惜自己，但这正是痛苦的根源，像月亮一样清晰，像江水一样奔流不止……"

默念了有十几遍以后，支道了慢慢地睡着了。

艾滋病的并发症，临床上常见的有七种。医生看重的是并发什么，而普通人看重的是"艾滋病"这三个字，并发什么对他们并不重要。他们的认知就是从疾病名称出发，然后根据自己的理解发挥联想和判断。这三个字，对普通人来说，就是死亡的代名词。

曾逸水从上海回来，已经十天了。

当时回来的情况，在做医生的支道了看来，并不很严重。艾滋病合并孢子虫肺炎，治疗的第一要义，就是使用激素，抑制炎症的渗出，防止病灶的扩散。最新一版的指南，有详细的说明。十天过去了，可以肯定地说，曾逸水没有生命危险了。下一步就是激素逐渐减量，到完全停止，然后正式入组，规范而持久地口服抗病毒药物了。曾逸水的父亲曾思常，有喜有忧。喜的是曾逸水居然捡了一条命，不用为断后烦恼了；忧的是，曾逸水的未来该如何度过呢？做企业的曾思常在支道了面前叨叨过好几次了："本来房子都买好了，等大学一毕业，就家来接我的班，然后嘛，早点结婚，生个孩子，我们就可以丢手了。这下么，什么念头都只好念念，看不到头了。"

早会结束，支道了跟林大宇在主任办公室，聊起曾逸水的病情，聊起目前艾滋病两头高的发病率（大学生和老年人），聊起目前科室培养接班人的问题，忽然发现，林大宇居然没有抽烟，而且，眉头皱着。再仔细看看，好像眼袋比以前更饱满了。林大宇看支道了关心的神情："最近胃溃疡发了，总是发胀反酸。"

支道了心里诧异："从来没听你说过有胃溃疡么。"

林大宇嘲讽的口吻："从来没有，就不会有啦？"

支道了心里有点数了："老柯告诉你啦。"

林大宇点点头。

支道了心里骂:"说好不告诉林大宇的,叛徒。"

支道了安慰林大宇:"我去过了,没事的,严格说来,不是你的责任。"

林大宇叹气:"道理都懂。可是,你见过他了,我是听说,不像个人样,是不是?"

支道了点点头。

林大宇低下头,再抬起头,对支道了严肃地说:"老支啊,我已经给院领导打了辞职报告了,这个主任,我没脸再做了。"

"啊!"支道了这一声喊叫,把隔壁医生办公室的全部医生,还有几个病人,都惊着了。

林大宇摸出一支烟,点上,抽了一口,又掐了:"居然觉得烟不香了,看来我要戒烟了。"

支道了压低声音:"领导不会批准的。再说了,谁来接这个主任啊。"

林大宇说:"你啊,小许啊,都可以的。"

支道了是玩笑的口吻:"你看我这样子,像一个合格的科主任吗?"

林大宇笑了:"你看我哪里像呢?"

支道了严肃地回答:"你的样子,天生的不怒自威。"

林大宇哼了哼:"我这辈子从来就没有什么开心事,不是我要威,是日子实在乏味。每天都有大好事,谁愿意板着脸啊。"

支道了反击:"反正我不做这个主任,其他人来做呢,我也不服气,我就是这态度。"

林大宇唉了一声:"也不仅仅是尚云霄的事情,你想啊,我都五十五了,今年不退,明年也必须退了。现在的医院,看病以外的事情太多,烦得很。你看文件,医院要创立无烟医院,发现一次罚款五百,这个我没意见。但是,我要不抽烟了,人就要去三里桥(火葬场)冒烟了。我不做主任,躲起来抽,总可以了吧。"

支道了说:"不做主任,你做什么?"

林大宇真的是不怒自威的面孔:"我跟领导也说清楚了,如果真的开庭,我一定亲自到庭。尚云霄的事情,我会负责到底。不做主任,可以做医生啊,带一带年轻的医生,把这几十年的临床经验传一传,总不能都带进棺材吧。"

帕特里克,走进叔叔李的房间,无意间看到了桌上的三个相框,愣了很久很久,他终于明白了,叔叔为什么不愿留在家乡,海边的曼彻斯特的原因了。

支道了也终于明白,为什么自己会三番五次地想着重看这部电影,中意这部电影。电影在反复地告诉观众,跟过去和解是那么的艰难,或者根本是无法和解,必须痛苦一生。电影中的台词更加直接和干脆:我们有权利选择不跟过去和解。这个向往和解的过程,在旁人看来,既是逃避现实的理由,也是内心无力的表示。李(艺术)是如此,支道了(现实)也如此。全部的旁观者,既无法代替你思考,也无法代替你生活。

支道了呆想着昨晚的电影,都未发觉曾思常进来落座。

曾逸水的激素疗程终于到了,前后二十一天,今天停用激素,复查胸部CT,调整抗生素的联合治疗方案,加强支持治疗,为入组抗病毒治疗做准备。

曾思常之前给支道了送过烟酒,都被拒绝了。今天特意去买了一张一千元超市卡,非要送给支道了。支道了当然不收,还半开玩笑地说:"别谢我,要谢就谢你儿子,是他命大,我只是帮着拦了一拦,没让他插队。"

曾思常显然没听出意思:"什么插队?"

支道了不再解释:"别高兴得太早,孩子的CD4很低,免疫力也不好,抗病毒药物的副作用又多,还麻烦。"

手机响了,是做警察的同学蒋一平。

蒋一平在压低声音:"你认识尚云霄?"

曾思常非常知趣地走开了,支道了拿着手机来到门外:"说。"

"有个叫尚云霄的嫌疑人,说认识你。"

"是啊,有什么事情?"

"你到底认识不认识?"

"见过面,算认识。"

"你到金城派出所来一趟吧。"

隔着窗户玻璃和铁栅栏,蒋一平问支道了:"你认识他?"

支道了点点头:"我的老病人。"

蒋一平说:"他说他的肺纤维化了,要回家吸氧,不然会死的。纤维化是什么意思?"

支道了回答:"就是肺没用了。到底怎么回事?"

蒋一平回答特别响脆:"嫖娼。"

支道了不信:"你们抓到现行啦?"

蒋一平说:"倒是没有。但是,看见他进去了。"

支道了摇摇头:"放了吧,你们啊,多做善事,有报应的。"

从金城派出所到茅家场,从常胜小学过来,有一条小路,支道了推着尚云霄:"你跟我说实话,去做什么的?"

尚云霄明显呼吸急促了,但他仍然尽力回答:"洗脚啊。"

支道了笑他:"你偏偏早不洗脚,晚不洗脚。晚上九点出门洗脚啊。"

尚云霄嗓子哑了:"对啊,洗洗睡么。"

支道了反问:"洗脚,为什么抓你?"

尚云霄带点痞劲:"我正在洗脚啊。"

支道了其实也好奇:"你还能做?"

尚云霄说了:"我脑筋又没坏,这还要怪你呢。"

支道了奇怪了："怎么怪我？"

尚云霄笑了："你不是给我钱了么，不然，怎么会去呢？"

支道了拍了一下轮椅背："下次是不是还要买点伟哥啊。"

尚云霄居然一本正经地说："对啊，我怎么没想到。"

支道了看快到茅家场尚云霄的家了，对他说："快吸氧吧，别痞了。"

尚云霄吸上氧气，好一会，才对支道了说："其实也没做，就是让她摸摸。唉，我还能做什么啊？不就是一点念想么。"

支道了严肃地说："这一次，我求的情，那个蒋所长是我同学，就算了。别再有下次啦。"说着他从怀里掏出一沓钱，放在尚云霄的脚头："这是林大宇托我带给你的，买点好的吃吃吧。"

尚云霄喘了几下："钱我不客气，但是告我还是会告的，别想这几个钱就收买我啊。"

支道了回答："谁想收买你啊？你告你的。就是一点啊，别再去了，搞成马上风，那可是大新闻了。"

《暮晚》读完了，虽然读得不是特别仔细，也不是很专业，完全凭感觉。支道了觉得，他最喜欢的诗歌，恰恰是很多评论者和读者从来没有提到的一首诗歌，《我曾想》：

  我曾想，
  要是我能说出自己的创痛，
  我就安静了。
  有一次，
  一片被割倒的麦子说出了我的创痛。
  它们被割倒时有一阵幸福溢出大地，
  它们活着的目的就是被割倒，
  它们被割倒时溢出的幸福说出了我的创痛。

一缕青烟也曾说出过我的创痛。
它是怎样说的,
我早已忘记。
…………

曾思常没有敲门,径直走了进来,大包小包拎了好几个,都是各种水果和点心,他用力往桌上一放:"支主任,你钱也不收,卡也不收,这点心意总要收下吧。什么也不说了,以后我们就是一家人,你有什么事情尽管开口。"

激素停用以后,根据曾逸水的自觉症状和各项辅助检查,支道了给予曾逸水的抗病毒治疗方案是拉米夫定、替诺福韦和依非韦伦。口服两周以后,复查血常规和肝肾功能,均无异常,达到了出院的标准,今日出院。

支道了再要推辞,曾思常无论如何也不肯拿走了。

支道了一边给曾逸水办出院手续,一边一点一点叮嘱曾逸水日常生活需要注意的问题。包括何时复查血常规和肝肾功能,何时复查CD4-T淋巴细胞等。

出院手续办完,支道了把全部的水果和点心,拎到医生办公室说:"曾逸水的父亲请大家的。"

来到林大宇的主任办公室,落座就问:"开过庭啦?"

林大宇续上一支烟:"对方请了一个北京的律师,据说曾经帮北京的非典后遗症患者打过类似的官司,引经据典,有理有节,说得非常好。我们请的律师,根本插不上话。"

支道了有点着急:"你的意思是,我们要输?"

林大宇好像又瘦了:"倒也不是,才第一次开庭么,早呢,再说了,还可以调解的。"

支道了问:"你看到尚云霄了?"

林大宇摇摇头。

支道了问："北京也有类似的病人？"

林大宇答："据对方律师说，最多的时候有三百多人，现在大概还有不到一百人了。"

曾思常一家，来到林大宇的主任办公室，再次跟支道了和全部医生郑重道别，曾逸水恭恭敬敬地给支道了鞠了一个躬，一家人才开开心心地离开。

支道了重新落座，大为感叹："都不容易。"

林大宇居然笑了："老支啊，不容易的还在后面呢，我已经推荐你接替我，做感染科主任了。"

支道了看林大宇还要续烟，开口说："给我也点一支。"抽了一口，就呛咳不止，只能拿在手上，随它自燃，烟雾袅袅，不再有声。

我走不出来。我走不出来。对不起。

叔叔李，对侄儿帕特里克连说两遍。

支道了心里涌起万千感慨，想起了自杀的毕枝一，想起了醉死的张道九，想起了为情而死的楚岚君，想起了还在逼婚的周映红，想起了想死而不能的尤承志，想起了欲饱却不得的石精诚……

这个世界啊，谁能彻底跟过去和解？谁能完完全全地走出来？包括现在的林大宇。

电影结尾，音乐响起，画面已经是春天，叔侄在垂钓，暗示着电影的主人公，缓慢地复苏了。

天已经完全黑了，家里也没点灯，关掉电视，刚要起身，电话响了，是蒋一平，嗓门大得吓人："支道了，那个人死了。"

支道了真的被吓到了："谁死啦？"

"上次你保的那个瘫子。"

"啊？怎么死的？"

"又去洗脚，不是我们主动去的啊，是人家报了110。"

"不会真做吧。"

"报警的妇女说的，好像吃了伟哥，硬要……"

"他人呢？"

"没有家属，直接让殡仪馆的车接走了。支道了，这样的人渣活着，也是浪费粮食，不如死了好。"

支道了端着手机，站立在黑暗里，无法出声。只有那几句诗歌，在脑中萦萦环绕，久久不散：

  ……
  一缕青烟也曾说出过我的创痛。
  它是怎样说的，
  我早已忘记。

  如同一粒遗失在地里的麦子，
  无法找到。

再次介入

没有哪一年的七月，天是红棕色的，云是青黑色的。

冯素芬拿着彩超检查单，一步一步往门诊挪去。多个占位，多发占位。占位，占位，多么科学而冷漠的用词啊。按照这样的解释，小三也是一种占位啊。冯素芬看看天，天是红棕色的，云是青黑色的，好像四处都飘着二氧化碳云层，镣铐缠身，窒息将至。

冯素芬来到感染科门诊，果然看到了支道了。她径直坐到支道了的对面："就猜到你周日没休息。"

支道了看到了她手上的检查单："又复查的？什么情况？"

冯素芬往桌上一扔检查单。

支道了看了半天，难解和疑惑满脸，似乎想开口，还是没说话。

冯素芬微笑："怎么头发这么短？"

支道了放下检查单："都是白头发，老了。"

冯素芬笑笑："老什么老啊，我们都是同龄人。你看，男人五十像四十，女人五十像六十。"

支道了嘴快："那你家崔宏鑫也是四十啊。"

说完就后悔了。

冯素芬倒是不介意,指指检查单:"这个怎么办?"

支道了长叹一声:"再次介入啊。"

冯素芬很坚决:"我不去做了,太痛苦了。"

支道了疑惑:"你不要命啦?"

冯素芬反问:"还能有用吗?"

支道了回答:"这个,倒是要专科医生回答你,我还真说不清楚。"

冯素芬又反问:"你们医院能做吗?"

支道了摇头:"现在的医疗环境,能做也不敢做啊。你上次是在哪里做的?"

"省肿瘤医院。"

"那还是去省里做吧。"

冯素芬看看支道了那张坚毅的脸,想想从前,忽然问道:"你记得两年前,我从省里做了介入回来,在你们科室调理,喝药自杀的事情吗?"

支道了当然记得,整个科室因为管理不严,患者私自回家,喝药自杀,造成极坏的影响,被扣了年度绩效,评优评奖全取消。

支道了不敢骂人,但心里骂了句:神经病。

冯素芬不看支道了的脸,眼睛看着窗外:"我知道的,你心里肯定骂我是神经病,是啊,我当时是发了病,我就想,为什么当时我会嫁给崔宏鑫?为什么你不娶我?我现在还想问你,你为什么当初不娶我?"

支道了这回生气了,脸色阴暗,凶相毕现:"我记得讲过的,你太爱钱了。你嫁给崔宏鑫,不是为了他的钱吗?"

有门诊患者进来,看见冯素芬,热情地招呼她:"冯主任,你也看病啊?"

支道了脸色和缓,迅疾地把检查单放进抽屉。冯素芬热情地回答:"不是看病,我来找支医生有事,我们是老同学。"
  等支道了看完门诊患者,发现冯素芬已经走了,检查单还在自己的抽屉里。

  一天忙碌的门诊,终于结束了。
  五点半了,天还亮得刺眼,阳光依然热烈,没有风,空气中有干燥的火药味道。
  支道了习惯性地把桌上的挂号单集中一下,用订书钉装起来。把桌上的东西摆摆整齐,把电脑关掉,插座拔掉,空调关机。最后,支道了发现了冯素芬的检查单,想了一想,打开手机,寻找她的号码,居然没有。那是,有两年没联系了。但是,支道了找到了崔宏鑫的号码,顿了一下,还是拨了过去。
  崔宏鑫说他在上海。他说回去再说。他正经地告诉支道了,他们已经秘密离婚了,虽然还住在一起,无非是要瞒着两边的父母。他在电话里开玩笑说,冯素芬一直想着你呢。支道了"啪"地挂了电话。
  冯素芬离开门诊,去的是单位,县城的疾控中心。因为是周日,单位没人,冯素芬正好把手头的事情全部清理一遍,该移交的赶紧移交吧。等手头事情全部了结了,想起了检查单,好像还在支道了的抽屉里,打开通讯录,居然没有支道了的号码。那是,都两年没联系了。冯素芬找到卫生系统的电话本,找到了支道了的电话。窗外,天色一点一点地暗旧下来,冯素芬拨通电话,心情像天色一样的暗旧:"支道了,我的B超单还在你门诊呢,你人在哪里啊?"
  "检查单在我口袋里呢,我在回家的路上。"
  "你还是步行吗?"
  "是啊。"
  "我来接你,一起吃个晚饭吧。"

"吃晚饭？今天门诊，忙了一天，太累了，改天吧。"

"对一个将死之人的请求，也要改天吗？"冯素芬幽幽地道来。

支道了记挂着电脑里刚下载的电影，《革命之路》，不想和冯素芬一起吃晚饭。但拗不过冯素芬的幽怨，只好答应了。

冯素芬选的饭店叫"忆当年"，饭厅摆成教室的模样，饭桌就是课桌，座位就是长凳，饭厅还有黑板，两边挂着鲁迅、周恩来、林则徐、李时珍等人的画像，写有"横眉冷对千夫指，俯首甘为孺子牛"这样的标语，让人拍案叫奇。

菜色很简单，素菜为主。既然是夏天么，不喝白酒，啤酒为主。支道了手一挡说："你知道我从来不喝酒。"冯素芬还是举起一杯啤酒："那是你跟别人，我们是什么关系？"

支道了喝了一杯，就有点微醺了，开始责怪冯素芬："要从高中算起，我们做了三十三年的同学，要从大学算起，就是三十年，一起分配到人民医院，对了，还要算上宏鑫。我应该有资格说的吧，你看看你自己，像什么样子？"

冯素芬黄皱的脸，在亮灿的白炽灯下，显出一副死样："什么像什么样子？不就是快死了么，有什么好怕的，我就是不甘心。"

支道了衔接自己的思维，不管冯素芬的话："我到现在也不明白，你，好好妇科医生不做，要去做行政，混到疾控中心主任的位置了，有什么意思呢？还有，你家那个崔宏鑫，好好的儿科医生不做，要去做药，钱是赚了，整天低三下四地，见谁都要拜，有什么意思呢？"

冯素芬瞥着眼："你的意思，就你活得有意思？都副主任医师了，一个月四千多块工资，两千多，就算三千的奖金，加上值班费，岗位津贴，一年几个钱啊？"

支道了温和地回答："是啊，现在所谓的成功，就是单一的金钱衡量,可是,人在衣食无忧之后,不需要有一点精神追求吗?冯素芬,你是一个人啊!"

冯素芬反驳道:"支道了,你别转移话题。现在这个社会,你没钱,谁把你当人看?"

支道了严肃地回答:"我要谁谁谁把我当人做什么,我自己把自己当人啊。你冯素芬,你回答我,你住露天吗?你没衣服吗?你顿顿挨饿吗?都不是吧。"

冯素芬说:"我是不住露天,我是满柜子的衣服,我每顿只嫌吃不下,我出门就是开车,连路都不用走,可是,有什么用?崔宏鑫有了新人,你知道吗?我现在一个人,孤苦伶仃,孤苦伶仃,你知道吗?"

冯素芬的眼神内涵丰富。

支道了狠狠地反击:"你正是咎由自取。"

惨白的白炽灯下,一个将要死亡的女人,却满脸怨尤带着希冀看着支道了,这样的反差让人叹息。

支道了不看冯素芬,重拾话题:"我想起来了,从你上次得了肝癌开始,我就思考人生和疾病的关系。为什么是从你得病才开始的呢?因为,之前,我和很多病人是单纯的医患关系,你呢,除了医生和病人这一层关系,还有亲人的关系。"

冯素芬忽然脸色绯红,像初恋的少女:"我们,就仅仅是亲人关系吗?"

支道了依然不理睬冯素芬,又喝了一杯啤酒,也不招呼她吃菜,自顾自地吃菜,然后,语气变得松懈,含混和反复了:"人的一生啊,疾病其实是你最好的朋友,人无时无刻不承载着疾病的元素,或者说因素,只是人自身的免疫力正常,可以抵御。疾病这个朋友的存在,是在告诉你,人是会死的,要珍惜生命。人有小毛病,也是疾病这个朋友对你的提醒,告诉你,你的身体需要调理,或者休养啦,赶紧去医院吧。中国人有一种坏习惯,汽车知道定期去保养,自己的身体不定期保养。每天早晨上班,我看见最多的现象就是,人会给汽车最贵的汽油,自己的早餐却是最廉价的包子,人不如车,不知道现在的中国人,是什么生活逻辑。"

支道了只管自己讲,没发现冯素芬的脸色越发暗淡了,她忽然端起酒杯,大口灌了下去,支道了这才从自己的思维里跳了出来,一把抢过酒杯,啤酒洒满了桌子和地下。冯素芬嚷了起来:"你今天是来开我的批判会吗?我都这样了,你不会讲点开心的话题吗?"

支道了招呼服务员过来,清洁干净了四周。忽地轻声对冯素芬说道:"我下面正要讲开心的事情啊。"

冯素芬直直地盯着支道了的嘴唇:"你说。"

支道了好像在酝酿深情:"两年前,要不是我及时给你体检,早期发现了肝占位,你现在还活着吗?你应该庆幸啊,更应该每天开开心心地过。为什么会复发?你还是没通达人生,把物质的东西放在第一位了,"说完,还不罢休,"亏你还是学医的,知道自己有家族遗传,知道自己有乙肝病毒携带,也不定期体检。"

冯素芬气得瞬间欲呕,使劲用力压了下去,猛力起身,拿起桌上的包,连带桌上的酒杯、菜盘都跌了一地,直接往大门奔去,快到大门了,忽地立地转身,脸色铁青:"支道了!我最烦你这副说教的嘴脸了,不管大事小事,非要这样一本正经吗?我告诉你,我当初选崔宏鑫,就是被你这副一本正经的脸害的。"

白炽灯下的冯素芬,满脸恶毒。

电视屏幕上,看到女主人公艾普丽和男邻居车震,支道了立刻联想起毕枝一,心里无名的烦乱和厌恶蒸腾冲顶,立刻关了电视,心里泛泛欲呕。平静了半天,再也不想继续看电影了。忽然想起自己晕晕乎乎骑车到家,也不知道冯素芬到家没有。打开微信,想了半天,还是发了一句:到家没有?

冯素芬:你还知道问啊。

就这么简单的一句话,支道了心里的厌烦又加深了。女人就是如此,你一旦惯她,她立刻顺梯往上爬,总也分不清场合、时间和分寸。支道了丢开手机,又拿起手机,回了一句:到家就好,晚安。

阳光凛然。医院里一个病人都没有,广场上一辆车也不见,所有的医生护士都闲着,有人搓麻将,有人跳广场舞,有人喝酒打牌,几个正副院长在捉迷藏。支道了正奇怪呢,电话响了。一睁眼,梦啊!是崔宏鑫,一口一个哥哥,非要请吃晚饭,讨论冯素芬的治疗方案,支道了嘴快:"你们不是离婚了吗?"

崔宏鑫嬉皮笑脸:"离婚也是前妻啊。"

崔宏鑫请晚饭的地方,是县城数得上的大饭店"帝皇风",包厢叫"光明殿"。男服务员叫"侍卫",女服务员叫"宫女"。

支道了走进"光明殿",不见冯素芬,只有崔宏鑫。支道了奇怪:"你说讨论治疗方案的呢?"

崔宏鑫一脸坏笑:"我不这样说,你会来么?凭我一个人,现在是请不动支主任的。"

支道了落座,崔宏鑫递烟,支道了拿过一支烟,也不抽,在鼻下闻闻,捏在拇指和食指之间,搓来搓去:"还记恨我的一顿拳头啊。"

崔宏鑫倒是一脸诚恳:"那事不怪你哥哥,是我做兄弟的欠揍。"

支道了也不客气:"摆不平的事情,就不要做。我现在告诉你,上次她自杀,我不算,我们整个科室奖金、绩效都扣掉了,林大宇被警告处分,科室其他人跟着我倒霉啊。"

崔宏鑫拿过"天之蓝",一人一半,满脸诚恳:"哥哥啊,从那事之后,你就不理睬我了,我也没机会跟你沟通,哪怕是道歉。今天晚上,我们不谈冯素芬的事情,就谈谈我们哥俩之间的事情。"

崔宏鑫说完,一口半杯,足有二两。

支道了嘴上说慢点慢点,放着没喝。

崔宏鑫招呼服务员上菜,自己点起一支"软中华",有点感慨:"哥哥,你还记得吗?高一的时候,好像是第一学期,五月底了,家里没有菜金寄给我,我问你借了十块钱,一直都没还,你记得吗?"

支道了摇摇头。

崔宏鑫伤感地说:"从高一到高三,我一直没有能力还你的十块钱,心里就一直压着一块石头。每次和你独处的时候,我就怕你说:'宏鑫,你借我的钱呢,什么时候还啊?'"

支道了反倒显得不好意思了:"真的吗?哎呀,我是真忘了。"

崔宏鑫说:"到高二了,我看你从来没提起,我心里想,肯定是忘记了。我当时心里说,反正他家里比我家阔,不少这十块钱。"

支道了立刻给崔宏鑫敬酒:"敬敬你,你受苦啦,我倒不好意思了。"

崔宏鑫举起酒杯:"后来么,考上大学了,我想,等工作了,拿了工资,第一件事情,就是把这十块钱还你。来,碰一个。"

支道了还是没喝。

崔宏鑫继续:"等真正工作了,我又想了,现在还这十块钱,合适吗?现在的十块和之前的十块,价钱等同吗?如果要换算的话,要还多少合适呢?这一想,我心里一横,不还了。"

支道了若有所思："你后来去做药，难道也有这个原因，想避开我？"

崔宏鑫笑了："有一点吧，不过，主要原因是穷怕了。"

支道了接话："我知道另外一个原因，冯素芬从政了，对不对？"

崔宏鑫长叹，把杯中所剩一饮而尽："不错，到底是老同学啊。"

支道了悠悠地来了一句："是啊，到底老同学啊，下手就是绝招，我去进修了，冯素芬就到手了。"

崔宏鑫高声辩驳："不是！不是！是冯素芬主动来找我的。她说你太无趣，开口闭口喜欢讲道理，说你不上进，除了看病，也不知道跟领导搞好关系，说你不喜欢赚钱，就喜欢看电影，说你没有前途。"

支道了反而慢吞吞地回话："是啊，你跟我一切都相反，所以，你们是一路人。虽然，讲起来，冯素芬是我的初恋呢，当初，我怎么会看上她的呢？"

崔宏鑫跟着叹苦经："老哥哥，你知足吧。幸亏你没娶冯素芬，你知道吗？这二十年，我过得不直落啊。"

支道了相信崔宏鑫的话。

崔宏鑫还要倒白酒，被支道了拦住了："再喝点啤酒吧。可是，她现在，啊，唉！"

崔宏鑫一杯啤酒下去，小心地询问："冯素芬，这回没希望了吧？你说实话。"

支道了叹气："我的临床经验，至多三到六个月。"

崔宏鑫吃惊："这么快啊。"

支道了反击："快？你是学医的，难道不清楚？这是复发啊！我想，这两年，她过得不好，不然，不会这么快复发。"

崔宏鑫脸上挂不住了，跟着叹气："你大概还不知道，她在医院自杀过一次,回家后,又自杀过两次,我没敢送人民医院去抢救,都是送中医院。好不容易离婚,我是净身出户。"

这个情况,支道了倒是真不知道。

支道了想了想:"无论如何,介入还是必要的,你要劝劝她,她好像心死了。"

崔宏鑫眼睛一瞪:"我去劝?还不杀了我?我现在离婚了,重新有了对象,她老是短信骂人家小三,骂我混蛋,我去哪里讲道理啊?我不劝,她是早死早升天,我是早死早省心。"

支道了跟服务员要了半杯啤酒,咪了一口:"你忍心看得下去?真的是,大难来临各自飞?"

崔宏鑫杯子一倒:"是啊,夫妻本是同林鸟,现在林都倒了,哪还有鸟啊。"

支道了随口问道:"那么,你现在的生活,过得怎么样?"

崔宏鑫看看支道了,摇摇头:"兄弟啊,记得我一句话,离婚是仅次于死亡的一件令人恐惧的大事,过后想起来,跟谁不是过日子啊,哥哥,千万别离婚啊,不值得。"

支道了笑了:"我离什么婚啊,我还没结婚呢。"

崔宏鑫吃惊:"嫂子走了之后,一直没结婚?"

支道了起身:"不说这个了,回家。明天又是夜班了。"

崔宏鑫来了兴致:"我给你介绍一个女朋友吧。"

支道了斜了他一眼:"你,别是自己上过的,甩不掉了吧。"

崔宏鑫睁大眼睛,几乎是喊出来的:"支道了,你也太不把我当兄弟了吧。"

支道了哀叹一声:"我这一生,就跟两个女人有过亲密接触,先是冯素芬,后是毕枝一,宏鑫啊,自此以后,我就怕了女人,你能懂吗?"

崔宏鑫笑嘻嘻地说:"我也怕女人,但离了女人又想女人。"

支道了笑了:"那你就是贪,你是活该。"

崔宏鑫也笑了:"对,我是活该。"

革命之路,革命之路,电影结束了,支道了沉浸在情节中,反复玩味电影的名字。在电影里,革命之路是小区的名字,但结合整个电影故事,难道是说,婚姻的革命?现实的革命?还是未来的革命呢?革命是成功呢?还是失败呢?革命成功了,又会怎样呢?支道了觉得整部电影故事,都不如这个电影名字值得欣赏和玩味。当然,电影的噱头更有意思,用《泰坦尼克号》的男女主人公,扮演《革命之路》的男女主人公,爱情已死,浪漫已死,难道真正的革命,就意味着爱情和浪漫的双重死亡吗?支道了被这四个字深深吸引了,反复思考。

支道了再次接到冯素芬的电话,正缓步走在回家的路上。

天红得发亮,夕阳仍似火球,灼人心头。他不着急,家,只是一个空间和地理的概念。

当冯素芬报出一个地名的时候,支道了极其惊讶,本能地拒绝。

冯素芬在电话里呻吟:"支道了,你忘记了我们曾经是初恋啦?"

支道了打的,来到"墨语山庄",来到805房间的门口,犹豫了。

门自动打开了,冯素芬憔悴地微笑:"进来吧,听到梆梆梆的走路声,就晓得是你来了。"

805的位置极好,从落地窗可以看到不远处黛色的和湖,映照夕阳的红色波光,湖上的悠闲小船,湖里游泳的孩童,还有沿湖散步的人们,一派和谐的景象。

支道了面对窗外,冯素芬靠窗而坐:"我跟省肿瘤医院联系了,明天去做介入。你,喝什么?"

支道了说:"都行。那边的意见是什么呢?"

冯素芬倒来一杯绿茶:"茶叶不好。意见啊,建议我不要做了,说多发的肿块,愈后不好。"

支道了问:"他们的意思,再次介入没有必要?"

冯素芬说:"是这个意思,他们说,最好姑息治疗,顺其自然,保证生活质量。"

支道了问:"那你的意思呢?"

冯素芬脸色有点忧郁:"我想听听你的意见呢。"

支道了愣了,想了一想:"你应该去征求崔宏鑫的意见啊,我算什么?"

冯素芬说:"我跟他离婚了,他就是外人。女儿在美国,父母都没了,你说,我不问你,还能问谁?"

支道了被问住了。

冯素芬接着说:"况且,我们,毕竟有过一段,我现在只相信你。"

支道了的思绪转了,问冯素芬:"还记得我们搭伙吃饭吗?有多久?"

冯素芬想想要笑:"有四年吧,大一没敢公开搭伙。"

支道了摇头微笑:"那时,都是一个肉片或者肉丝炒什么,花菜啊,青椒啊,一毛五,再一个汤,五分。肉总是肥肉,都归我,菜归你。汤里的菜归你,汤归我。"

冯素芬起身,看着窗外:"那时多好啊。什么念头都没有,就是想着在一起,就满足了。"

支道了沉默了。

冯素芬转身,话题也转回现实:"如果再次介入,回来的调理,还要拜托你帮忙,"顿了一顿,"还不知道能不能回来呢。"

支道了说:"这个没问题。"

那时,冯素芬勉强地笑笑:"你放心,我不会再自杀了,我离死很近了,不用求。"

支道了说:"你多想了。"

冯素芬继续:"如果不做介入,要保证生活质量,也要拜托你的。"

支道了问:"我能做什么呢?"

冯素芬说:"你能做的事情多呢,你反正一个人,就当是可怜我了,好不好啊?"

支道了思绪又转了:"记得我们去礼溪吗?去给你姐姐的女儿买电子琴?"

冯素芬回答:"当然记得。"

支道了追问:"还记得一路上,我为你做过什么?"

去礼溪是两个人第一次结伴出门,步行半个小时到公交站台,坐车三刻钟到礼溪集镇,再步行半个小时到生产电子琴的工厂,找到销售部,买了电子琴,一切只为省五十元钱。

来回的一路上,冯素芬的娇弱尽显无遗,而支道了的惯宝宝脾气也大得出奇,两个人在家里都是老末。吵了一路,好像。

冯素芬问:"我们吃饭了吗?"

支道了严肃地回忆:"吃的。到了饭店,你嫌凳子脏,非要我帮你把凳子擦干净,才肯坐下的。"

冯素芬微笑:"吃的什么我都忘记了。"

支道了也笑了:"吃的什么我也忘记了。"

继续沉默着,大学时代的曾经的美好,一幕一幕地在眼前慢慢呈现,直到冯素芬打开灯光,才发现天色暗淡了下来。

冯素芬慢慢地走过来,靠过来,依偎过来,问道:"你晚饭吃了没有,你饿吗?你想吃什么?"

进修通信

老周，你好！

　　收到短信几天了，一直没回复你，我是故意的，想给你一个惊喜。没想到你会问林主任，不会又想我吧？既不会喝酒，又不会打牌，要么就是找我看病。后来一想，恐怕也不是吧。嗯，好久不写信了，手都生疏了。想起我们大学四年，每月至少一封信。有了手机以后，要么电话，要么短信，手指摁摁，嘴皮动动，动笔的机会都很少，所以，今天，正好安定了，我想，练练笔，给你写封信，可以不回。

　　你也知道，我工作二十多年了，九十年代中期，南京进修过一次，是肝病。2000年左右到非洲去过一次，这次进修的机会，应该不属于我。无奈，无奈你懂吗？本该是年轻医生积极外出进修，以便在专业上更进一步，回答是不去，也或者是怕。科室里，跟我同龄的医生，也以各种理由推脱，我心里知道是什么原因，不便点破了。比我资历老的，就是林主任了，不可能是他去，就剩下我了。当然，他们有他们的道理，我也有我的理由，我的理由便是，单身。这个社会很有意思，单身好像就意味着不在世俗社会里，不需要赡养老人，不需要负担子女。从这件关于谁出去进修的事情上,我分明感觉到一种对于单身的歧视。这种被歧视的感觉,还是第一次。当年毕枝一自杀,即使闹得满城风雨,我也没有这样的感觉。难道是我自己歧视了自己?我也说不清楚了。

关于进修一词,我倒是想说几句。中国自古是中医当道,西医只是后进。中医的传授,限于体悟和天赋,只能口口相传和手手相传,并非出于自私和保守,而是中医的本身局限所致。好像爬山,西医是坐着缆车上去的,沿途绘图,然后解说,至于你能看懂多少,不管。中医是一步一步爬上去的,每一步要自己的脚去丈量,沿途的风景和细节,要自己的眼、鼻、耳、手,甚至身体去亲自感受和触摸,然后再传授。西医的进修,无非是缆车回来坐的次数多,沿途风景看熟了,按图索骥地讲给你听。其实,每个人看到和听到的都不会全然相同,这是西医的进修。

这次进修的动因,是各省的卫生厅,要求各地疾控中心,把所管辖的艾滋病患者的诊断、入组、登记、发药和随访,交给各地的临床医生,因为疾控中心的管理人员没有执业医师执照,发放药物是违法的。这次进修的地点,是上海公共卫生中心,让你猜上十次,你都想象不到这个医院的具体位置,我也一直以为就在上海市区。临出发了,查地图才知道,原来,2003年非典,上海花费巨资新建的,在金山,已经与杭州搭界了。没办法,只好请高耀辉,他派公司的车,送我到医院,我是路盲,也不知道具体路径,反正路上花了将近五个小时。按照医院的意思,我就该从县城的汽车站坐汽车到上海,五个小时,坐公交转地铁,因为打的不报销。而地铁在哪里,不知道。再坐地铁到最南面,大概一个小时,再坐公交车到上海公共卫生中心,大概两个小时。这一路,没有一天的时间,根本到不了,而且前提是熟悉道路。不谈别的,就凭交通这一条,哪个医生愿意出来进修呢?现在的医院,奖金、福利,能抠则抠。我可以理解是国家政策的原因,但太多的医院这样做，就是医院管理人员的素质问题了。这一批来上海公共卫生中心进修的，是苏南和苏中的几家医院，除了我，还有江阴、张家港、昆山，如东、海安等医院的临床医生，年龄差距很大。我是第一个报到的，张家港的一位即将退休的老主任第二个到。姓许，叫掌门，有意思的名字。进修生住的是宿舍，放三张床，还是上下铺。我选了下铺，他也选了下铺，晚来的就要睡上铺了。当晚，我们去食堂吃晚餐，因为还没买饭卡，只能请值班的医生代买，我们再付现金给医生，服务很不到位。第二天开始，进修人员陆陆续续报到。大家彼此通了姓名和大致情况，从总体的汇总来看，被派来进修的，都不是自愿来的。最有意思的是启东，派了一位已经退休借用的老医生来，都六十岁了，还是女医生，因为来晚了，还要睡上铺。后来，经过协调，把她安排到其他宿舍，住了下铺。你说这进修，可有意思？即使在旧社会，徒弟跟师父学手艺么，师父也不敢如此虐待徒弟。当然，我这话有点激进，但说的是实情啊。

进修学生都到齐了，又等了好几天，医院给我们开了欢迎大会，主要是等陆鸿。在艾滋病的临床这一块，他目前是南方的学术带头人。要做学术带头人，除了专业造诣的高超，一口好牛皮是必需的，陆也不例外。第一次见面，说的都是他的先进事迹，当然，也确实是事实。和前辈的低调不同，现在的学术带头人，论文当然是多多的，还必须会吹嘘跟被吹嘘，不然无法立足。也许这话有点言过其实，但现实中你细心观察，确实是这样的结果。

说实话，虽然一直从事传染病的临床工作，但对于艾滋病的临床诊治，确实一无所知。因为，在此之前，谁也没料到会是今天的局面。当然，真正的原因，恐怕跟这个病的无法控制有直接的关系。正式报到一周以后，我们开始跟着临床医生查房了。分管和带教我们进修的，是陆鸿的研究生，姓沈。他很有意思，一看老许年纪较长,就直接指派了,让老许担任总负责人,带领我们去查房,有不懂的问题,再向他请教。这带教老师做的,不要太舒服啊。

进入临床以后,遇到很多之前从来没遇到过的事情,不好说趣事,起码是闻所未闻的。譬如,有个女孩,谈第一次恋爱,做了一次,男孩消失了,后来一查,得了艾滋病。譬如,大概是2006或2007年左右,上海进口了一批八因子,因为把关不严格,一大批血友病患者又患上了艾滋病,雪上加霜啊。上海到底有钱,就把病人全部包下来了,所以,这里有一批这样的人,每人一间病房,平时上班,定期拿药和治疗,费用全部由市政府拨款。譬如,有个病人,是陆鸿的手中第一批口服抗病毒药物的患者,他常住医院,吃住都由医院来负责,还会提各种条件和要求,得不到满足就发火。还有一件事情值得一说,这是陆鸿讲课的时候亲自说的。说前几年去世的一位画家,还做过电影导演,忽然暴病而亡,对外宣称是急性肝衰竭,其实是艾滋病合并的急性肝衰竭。我们听了,都大吃一惊。想到他另娶的模特老婆,原来是用来做掩护的,不用说,一定是"男同"啊。这些都不足为奇,还有更让人无法承受的一件。某天上班,查房刚结束,有位病人家属忽然从病房冲出来,来到护士台,高喊:"医生,医生,我妈妈不行了。"当班医生眼睛冷漠地瞄了一眼家属,回答道:"床位医生在楼上查房,等他来了再说。"我看在眼里,看看老许,心里非常不安。如果在基层医院,这样回答家属,立刻要被家属打了。我和老许跟着家属来到病房,原来,病人是真菌性脑炎,脑压增高抽搐了。医嘱给予甘露醇快速静滴,很快就改善了。回到宿舍,晚上一起吃晚饭的时候,我们感慨,一些医患事故除了病人太多、医生太忙、沟通不畅、病人心理变态以外,还是有其他隐情的。

好了，信就写到这里了。近期的所见所闻基本都汇报了，还有，手酸了，真是变修了。我想啊，如果现在让我参加高考，估计写一篇作文都难。打个招呼啊，字迹有点潦草，而且越来越潦草，实在不认识，你就猜猜吧。

祝安！

支道了

2011.年3月30日

支援吾儿，你好！

昨天忽然收到你的短信，说起读大学以来的种种不适应，我也才想起来，你已经大一的下半学期了，自从你读大学以后，我们父子间的交流确实少多了，既然你主动给我发短信了，我觉得有必要和你交流一下。今天正好是五一劳动节，宿舍里的人都回家了，我是怕来回折腾，就没回家，给你写的这封信。

你短信上说，学校的学生普遍不爱读书，上课迟到早退的很多。业余时间，绝大部分同学就是睡觉、打游戏，还有喝酒的，反正不会去泡图书馆。我首先想到的是，这个跟你选的专业有关。当初，你刚考完，分数比本二线多的有限，本来也有其他选择，你给我一个"六不"：不复读，不出国，不点招，不出省，不做老师，不做医生。其他的"不"，我也不是十分明白，但不做医生的根源，我知道。好像是初二暑假，我夜班，你一早到我科室拿钥匙，我正在查房，来了一位腹泻病人，家属高声吵闹，问医生死哪里去了？我此刻就在他身边，我说，我就是啊。家属说，你还在晃荡，眼睛瞎啦？还不赶紧看病？我说，我正在给其他病人看病。大概那人高声的吵闹吓着你了，你当天回去就跟我说，以后坚决不做医生。现在的这个学校和专业是你自己选的，虽然是本三，但是，是你喜欢的专业，所以，作为父亲，我只能说了，你不能像其他同学那样混日子。我的高中同学，后来是天津化工学院的领导，说过这样的话：读大学要像读高中一样的努力，毕业以后才会有更好的前途。在这里，我借用他的话，郑重地送给你。当然，对于学习成绩，我一向的态度你也知道，那就是尽人事，信天命，你努力了就行，态度决定一切。

当然，学校这样的学习氛围，有大学扩招的原因。老爸是1985年参加高考的，当年，全国的本科录取数是36万。现在，一个江苏省的本科录取数还不止36万，学生的素质可想而知。

你将成为怎么样的人呢？记得小学四年级的时候，你们的班主任老师，要求每位学生家长写一个东西，我就写了如下的话：

乐观开朗的性格，能勇敢地正视一生中的任何困难和挫折，包括感情生活在内。能不断地反思和调整自己，能适当地否定自己。

要有强壮的身体，能面对一切来自大自然的考验。有较强的动手能力和独立生活的能力，有一技之长，能解决温饱，不要对物质生活有太高的期望和奢求。如果所从事的工作正是自己的兴趣所在，那就要把它升华为自己的事业。如果所从事的工作和自己的兴趣相悖，那么就把它当作一种职业也行，但要有起码的敬业精神和职业修养。

有优良的品德和不同于常人的个人魅力，能交到许多的知心朋友，互帮互助，共度一生。

有广泛的兴趣爱好，帮助你在闲暇时获得常人无法企及的精神享受，让你对生活永远保持着美好的向往。

这是我对你的期望，你们班主任老师读完以后，还专门打来电话，问我是不是抄袭的，我告诉他，是我自己写的，还有呢，在你刚出生的时候，我就在日记里阐述了我的育儿观：我信奉先成人，后成才的观点。一个完整的人可以融合在社会之中，一个孤独的人才有时会被社会抛弃，或者自弃于社会。我也跟老师说了，老师听完，大加赞赏。问我在具体生活中如何去实践，我回答：从小就抓两件事情，诚实和礼貌。自从你上大学以后，每天晚上固定时间，一个电话打给爷爷奶奶，我作为父亲，深感欣慰。从这个细节看，你算是成人了。

你短信中说到了感情，做父亲的心里惭愧。父亲是感情的失败者，你母亲的事情，我一直担心对你的成长有不良的影响，现在看来，还好。但是，你说看到别人谈恋爱，心里很奇怪，这就有点不大正常了。男女之情是天生的，好像有个成语叫天赋人权，可以改为天赋爱权，通常说的话，就是异性相吸。做父亲的意思，看到相投的女孩，勇敢去追，这是恋爱。当然，从恋爱进入婚姻，谁也不知道结果如何，但总不能因为担心将来的婚姻不会幸福，连恋爱都放弃了，这就是典型的因噎废食了。从你的短信看来，父母亲的事情，对你还是产生了影响。我思考过我和你母亲的问题，原因出现在沟通上，所以，有句老话说，不吵架的夫妻不是好夫妻。有鉴于此，我作为父亲，给你唯一的建议，找一个性格外向的女孩，因为你的性格偏于内向。其他的什么家庭啊、职业啊、外貌啊等等，我也说不出更多的道理了，让生活和时间做主吧。

你在短信中，还说到我的婚姻，劝我再婚。这应该是你这么多年的第一次吧，说明你真的长大了，我这个做父亲的，既高兴，又惭愧。从你母亲走了以后，你日常生活的吃穿，大部分时间，都是爷爷奶奶照顾的，我都没有操过心。我自己呢，也是能混则混，能糊则糊，也都过来了。再婚一事，不是没想过，而是如此现实，困难重重。再婚不是初次，大家都是冲着过日子去的，过日子，多么残酷而现实的三个字啊，会把人磨死的。如果这样，还不如我一个人过日子呢，自己折磨自己，总比被别人折磨好吧。有一部电影叫《革命之路》，现在可以推荐给你看了，电影中的故事，只是现实生活的一面镜子，却不是全部，真实的生活更加残酷。也许，父亲在今后的生活中，会遇到对的人，起码，要和我一样，喜欢看电影，对电影有那么一点痴狂，这个要求不高，但也不低。所以，关于再婚这个问题，以后再讨论。

　　短信中，你谈到了未来的职业和前途，我就随口说几句吧。

　　电影《肖申克的救赎》中，有一句著名的台词：你知道，有些鸟儿是注定不会被关在牢笼里的，它们的每一片羽毛都闪耀着自由的光辉。为什么是用这样一句话送你，当时看这电影的时候，我就想了，可以作为人生箴言送给年轻人。年轻人其实不要太现实，应该对生活抱有热情和幻想，即使跌倒了，也还有爬起来的勇气和时间。年轻人要向往自由，年轻人变得世故和现实了，这个世界也就没有希望了。因此，作为父亲，我对你的前途没有任何要求，选择你想要的生活，就是你最大的前途。这也是父亲这一代人，从生活中得来的经验和教训，算是一种老一代给新一代的馈赠吧。

　　一直说的你，说几句老爸我的进修吧。医学生从医学院毕业，进入临床，除了不断在临床实践中跟老医生学习，不断从患者身上积累临床经验，不断向书本学习可以用于临床的理论，进修，也是医生进步和提高的方法之一。进修有两个方向。一个是在已经选择的专业上更加精进，另一个是在新的专业上从头开始。老爸进修的艾滋病的诊治，就属于后一种。依然是在临床实践中跟前辈学习，从患者身上积累经验，向书本学习可以用于临床的理论，最终造福于患者。这个最终的过程，有人很长，有人很短，也看各人的悟性了。好像人生也一样，别人只能提醒你也许会跌跤，却无法代替你跌跤，切肤之痛仍然需要你自己体会，所谓纸上得来终觉浅啊。

　　信就写到这里，拉拉呱呱也不知道写的什么，随便看看吧。

能看得进去也好,看不进去也罢,重要的是你自己要安排好自己的生活和学习,特立独行特好,与众不同也好,都是要付出代价的,这个代价就是两个字,努力。

祝吾儿健康幸福。

父字即日。

林主任,你好:

昨晚接到你电话的时候,我们正在聚餐,为我们送行了,还有一周,我们的进修就结束了。我知道你的电话的意思,也是催我回去了。记得我出来进修的时候,全县的结核病登记、入组、治疗、随访等工作,就全部移交到我们科室了,工作量的增大,你肯定是吃不消了,虽然添了人,也无济于事。好像是电影里林彪说的,做了一桌菜,来了两桌人,大概是这么个意思吧。是啊,我们之前的管理者,只知道建房子,买仪器,没有在医护人员的梯队建设上下功夫,现在病人来势汹汹,可房子不会看病,仪器自己也不会看病,还得要人看病,可会看病的人呢?没有!不说别的科室,就说我们传染科吧,从我工作到现在,搬家都不止十回了,我称之为丑人多作怪。为什么啊?在综合性医院,传染科没地位是一个原因,其他原因你我都清楚,这才是最大的问题,这才是最大的腐败啊。

还有,刚看到的一个数字,2010年全国医闹事件共发生17243起,比五年前多了近7000起。这是什么概念啊?就是每天增加20多起,那就意味着全国每天有20多位医生,或者护士的生命、荣誉和日常工作,受到了威胁、侵犯和影响。这还是一份光荣而体面的职业吗?这还有救死扶伤的崇高吗?我们的国家机器呢?面对犯罪分子,他们在做什么?那么多的各种条例啊、办法啊,为什么没有执行?这话就你我说说,说完就拉倒了。

回到具体的看病吧，临床上形式主义的东西越来越多，医患沟通，原来一次，现在三次，明明知道并无法律效应，还要做。说起来把病人当亲人，做起来把病人当敌人，劳累的是一线的医生。病历书写规范，年年修改，改来改去，就在细节上做文章，并无实质性的意义，显得十分可笑。这还好，我感觉最最可怕的是，什么东西都跟西方学习，非要搞什么循症医学，非得有数据才能用药。须知，人是千变万化的复杂混合体，哪里仅仅靠数据分析就能治病呢？临床经验就此不要了吗？中医所说的寒热、虚实、内外，就真的一无是处吗？我总觉得他们是被洗脑得厉害，言必称西方，老祖宗留下的那么多好东西，都被遗弃和糟蹋。

话多了，就此打住，回去再说。

祝，愉快！

支道了
2011年8月24日

支光复

"酒！酒！"
"来了，慢点。就二两啊。"
"今天正日，多点。"
"不可以。你欢喜的鲫鱼汤，多吃几口。"
"嗯，今天的汤没有柴油味。"
"这是野的。"
"香呢，还有蜡烛。"
"不要急啊，趁热先吃。"

客厅的方桌面前，支光复摆好母亲的照片，燃起香烛，追远的心境自来。供食早就端正恭敬地放好，红烧肉、油煎豆腐、整鱼——鱼是母亲喜欢的鲤鱼。

支伯渊看到照片，手就不自觉地抖了，酒盅端不起来。光复过来端起酒盅，让父亲小咪一口，放下杯子，父亲早已泪水满面了："心如啊，二十年呢啊，蛮好的六十岁生日，说倒就倒，一句话都没留下，生日成了忌日……我现在就是手抖，脑筋也不灵光了，晨昏颠倒，我也快了，就要来了，寻你去了……大陆要养儿子了……我再挨挨啊。"

支光复过去叩头，跪着念叨："姆妈啊，家里都好的，你放心。铜钱都烧给你了，不够用就托梦给我。爸爸身体还好，就是脑筋。托你的福啊，保佑我们一家身体康健，顺顺当当。"

"还要添一句，保佑大陆养个儿子，早点养，看到四代么，我闭眼也直落了。"

撤去照片香烛，光复陪父亲继续吃饭，父亲双手在抖，光复端起酒盅让父亲小咪一口，父亲用嘴努努。光复搛过一块红烧肉，要夹掉肥膘，父亲摇头："不夹，不夹，就要肥佬。"

肥肉进口，好像服了兴奋剂，支伯渊的话多了："不是我要说你，你看看你，五十九，还是六十，儿子才三十岁，才结婚，老婆刚怀孕。想我年轻的辰光，二十岁养的光元，隔年养的光庸，二十五岁养的你。一进一出十来岁，多一代人呢。"

支光复感觉奇怪，自从几年前服药后，父亲很久没有如此的谈兴了。

正想着呢，支伯渊的手抖动得越发厉害了。支光复把他的双手放平："你不要动了，我来喂你吃点饭。"

等服侍父亲上床午睡后，光复才发觉，秋初的天蓝得明彻。

下午的两件事情正巧顺路。

先到医院，找到熟识的苏医生，把父亲最近的情况说了一遍，他一边说，一边想起中午时候父亲的兴奋。苏医生回答："患者会有短暂的记忆恢复时期，也许跟照片的刺激有关。对了，你还喂他喝酒吗？如果是的话，也许跟酒精的刺激有关，但是……还是要坚持服药。"

配好常用药物，支光复朝离医院不远的茶楼走去。

许久没有如此闲暇地逛街景了，道路两旁的招牌、人流、表情、乡音，都有些陌生了。

走进预先告知的包厢，小麦已经在了，其他几位同行也都面熟,只是不亲。小麦向上座的人介绍:"洪书记,这是支师傅,大红保的传人,手艺不得了。"

那人起身,热烈握手。坐定后,开始讲原委。

本县有湖,学名长湖,历经千年,盛产鱼虾蟹蚌,在附近县市久有食名。每到阴历十月,秋风一起,来长湖品尝虾蟹的客人,一季总有数十万。县里以此为契机,就委托长湖所在的长湖乡承办"长湖八鲜节"。

小麦也五十有几了,笑着说:"在座的连我八个人,我是小弟弟,资格最浅,都是我的老前辈,你们先来几句。"

支光复在心里盘算,现在才是阴历的八月,距离十月还有两个月呢,如果要常聚,自己赔不起那个时间。等其他几位大师傅都讲得差不多了,等小麦点他名字问他,他才开口:"不是我难为啊,实在是没有空。"

小麦奇怪:"为什么啊?"

光复把一直拎在手上的那包药朝前举举。

秋初的黄昏,相似人生黄昏的气味:孤独、飘零、昏昧,偶尔绚烂。

支光复住城南老区,打开旧平房的木门,一共三间。父亲不在家。

支光复巡视一遍室内的器物,都无反应。

放好手中的药物,先给支光元电话。光元住城北,六十有五,中风后遗症。电话中"嚅嚅嚅嚅"一通,未见父亲。再给支光庸电话,光庸六十有三,家住乡下,一天三顿酒,下午小麻将,电话中不耐烦,也是未见父亲。

光复锁好门,往县里的市民广场寻去。

市民广场就在城区的南面,距家百十来米,是政府为市民休闲、散步、锻炼、消磨时光等开辟的场所,各色人等都有。最南面，有几张水泥的乒乓球桌，附近放学的小学生喜欢齐聚于此。光复走近，果不其然，父亲脱去外衣，一身是汗，左手捏着哨子放在唇边，右手高举，有力地挥舞着。忽然一声哨响，支伯渊右手一煞，指着台面："喜羊羊得分，6：5。"

光复挤进人群，跟在场的小学生热情地招呼一声，表示了感谢。同时拿起衣服，给父亲穿上，帮他擦掉脸上的汗。支伯渊脸带羞涩，低头低语："是他们……到家门口去喊我……不是我自己去的。"

支光复翻翻父亲口袋里的塑封的卡片，上面写着家里的电话号码、自己的手机号，以及家庭住址，没有说话。

八月中秋，礼兴上讲起来，一家老小要团聚。

光元是两个女儿、女婿、外孙女推着来的，十点不到就来了。看见父亲，面色喜欢的，嘴里"嚅嚅嚅嚅"地叫着，听不清意思。东西买了不少，有父亲欢喜的"红星二锅头"。光庸是靠近十一点才到，夫妻两个，带一个孙女，三个儿子都到丈母家去了。酒还没醒，讲话也是搭七搭八啰唆，朝着父亲诉了一肚子苦，支伯渊一脸茫然。光元这时倒清爽了，喝了一声："老二，啰什么唆，爸爸晓得什么。吃饭了。"

照例还是把母亲的照片供上，摆正供品，点燃香烛，依次鞠躬。父亲就靠着母亲的照片并排坐着，面无表情，忽然冒出一句："酒！酒！"

一直在厨房忙饭菜的光复，终于能直直身了，听到父亲喊，连忙过来，为父亲斟酒，约莫一两。支伯渊忽然抬头："今天过节，稍微多点。"

大家都笑了，支伯渊也跟着笑。

一桌子的菜。

卤猪肝、白切鸡、糖醋皮蛋、水煮牛肉、水芹、胡萝卜炒小菜、青椒土豆丝，冷菜是三荤三素。大家尽啖，一声不响。光复给父亲喂酒，撷了一块皮蛋放他嘴里。光庸总是话最多："老三的菜么，顶好吃了，只是盆不能吃，要是能吃么，盆我都吃下去的。"

大家笑成团。

光庸老婆讲话了："现报啊。"

光元的大女婿在市面上混得广："我听说长湖要搞湖鲜节，好像找过叔叔的。"

光复不语。

光庸插句："老三啊，找你做什么？"

光复对着光元讲："搞什么'湖鲜节'，要我弄个菜。"

光庸最来劲："有铜钱吗？"

大女婿说："出场费一万。"

光元努嘴咽菜，嚅嚅半天："不是铜钱的事体，他怎么办啊。"

光复回转去厨房，端出清蒸甲鱼正放在桌上，鱼头朝支伯渊，回答很响亮："我没答应。"

光庸老婆关心家务事："美凤不回来的？大陆媳妇快养了吧。"

光复回答："回来也没有事，来来回回麻烦，大陆媳妇养啊？我也弄不清爽。"

支伯渊忽然开口："十月二十八。"

众皆愕然，随后大笑起来。

支伯渊看到一旁的照片，又流泪了："心如啊，二十年呢啊，蛮好的六十岁生日，说倒就倒，一句话都没留下……我现在就是手抖，晨昏颠倒，我也快了，就要来了……大陆要养儿子了……我再挨挨啊。"

每个人的筷子都缩了一缩。

支伯渊还没完呢:"我一养一个儿子,一养又是儿子,一养呢,还是儿子……"

服侍好父亲上床午睡,把碗筷洗净,支光复觉得有点萎了。

五点起床,上街买菜,回来服侍父亲起床、洗漱、早餐、坐定。自己再择菜、洗菜、褪鱼、斩肉、出水,然后该蒸的蒸,该煮的煮,该煨的煨。十点多,一桌菜上台,忙是忙了点。

点起一支香烟,身心休闲片刻。

思维有点散,有件事体在脑筋周边转,就是兜不住。

电话响了,是美凤打来的:"爸爸还好吧?我这里没有事体,大陆跟他媳妇出去了。预产期?不是跟你讲过了么,十月二十八啊。到底在这里养呢,还是回家养呢,还没定呢,到辰光再说。你自己注意身体啊。"

放下电话,支伯渊醒了:"嘘嘘。"

扶父亲坐稳床边,端起夜壶,帮父亲掏出来,准确地放进去,嘴唇尖起:"嘘嘘嘘,下来。"

半天没有动静,支伯渊的面孔憋得通红,嘴里只喊:"胀煞了,胀煞了。"

光复想起来了,这样的情况有过好几次了,咨询过医生,猜测是前列腺肥大。没有办法,只好急忙往医院赶,先在急诊室导尿,让父亲舒畅。再做B超,果然是。需要手术,需要住院。

光复挠头了。

这个年纪,能吃得消手术吗?

还有本身的毛病也越来越重。

光复想找个人商量,想了半天,只有一个人,就是支伯渊本人。

伯渊躺在急诊室的床上,面色已经舒坦。

光复凑到他耳朵边上:"小便下不来,要开刀了,开不开？"

支伯渊闭着眼："不刀。"

光复又问："胀煞呢？"

支伯渊回答："刀。"

光复只好给光元跟光庸打电话。开吧，费用有医保，不能报销的三人分摊，伺候请护工，费用也是分摊。

轮椅推进病房，接诊的医生有五十多了，一见支伯渊，惊奇地大声喊道："支老师啊，我是小如。"

支伯渊沉默着，恍如不在。

光复指指自己的脑袋，又拿出"都可喜"的药瓶给医生看看，秦小如医生明白了，贴着光复轻声说："支老师是我初中的体育老师，为人特别好。说老实话，一直看不到他人，还以为他已经过世呢。"

因为医护人员都相熟，三天时间，该做的体检都做好了，明天就手术。

手术前一晚，一直到东到西被检查的支伯渊忽然开口："酒！酒！"

光复心内慌啊慌地高兴，但术前规定要禁食，手边也没酒。

"酒！酒！"支伯渊又喊了，光复到医院超市，买了一瓶"红星二锅头"，背着医护人员给父亲喂了半口。

像是被酒打通了经络，伯渊忽然坐正："老三啊，你去帮我问问，这个刀怎么开啊？是不是要把下身割掉啊，如果那样，我不开这个刀，我还有用的。"

相邻床上的老人，跟支伯渊一样的疾病，已经手术完毕，闻听大笑。

支伯渊不管："真的，有的辰光，睡到半夜，翘得老高。"

光复面带尴尬，急忙哄父亲："吃酒，吃酒。"

支道了说到这里，下面有学生发出善意的笑声。

本县区的卫校，是苏南唯一还具备办学资格的，在全省招收护理专业大专生。讲课的老师，都是人民医院各个科室主任轮流。本来上午的这节课，是神经内科的刘炜主任讲老年痴呆症，临床称阿尔茨海默病。刘炜临时有重症的会诊病人，其他主任都有事情，医教科请林大宇，林大宇恰好常州有肺核防治会议，就请支道了来替替。支道了说："我是感染科医生，哪里会讲老年痴呆症呢？"林大宇狡黠一笑："你就讲讲支伯渊的故事嘛。"

支伯渊的事情，当时在医院急诊是造成轰动的。林大宇知道，所以才跟支道了说。支道了问："合适吗？"

林大宇又笑了："太合适了。"

从麻醉中醒来，支伯渊好像从深远的梦境中醒来一样，瞬时清醒。

窗外的阳光很好，喜庆，热烈，多情，丰盛。

支伯渊半坐起来，摸摸自己全身："咦，没有开刀啊？身上没有疤么？"

正在查房的秦小如笑着回答："现在都是膀胱镜，从尿道进去，不留疤的。"

支伯渊着急："我不记得么。"

光复正在观察导尿袋，起身回答："上了麻醉了，做什么好梦呢。"

支伯渊摇摇头："好像没做梦……好像死了。"

门外，光元和光庸等亲戚齐齐进来了，病房里一屋热噪。

支伯渊瞬时肃面不语。

光复借机到走廊顶头去抽烟。

光庸老婆跟了过来，小声地计算着所有的费用，再计算着三家大致的分摊，算出了数字，先叹气："老鬼几个退休工资，一个月接不到一个月,这笔铜钱,还要跟丫头女婿去要的。"

光复过足瘾,反身回去,被人拉住后背:"支师傅啊,寻死我了。"

光复听声音熟悉,是小麦:"你啊!什么事体啊?"

小麦喘着气说话:"还是'湖鲜节'的事体。"

光复小声地回道:"不是推掉了么。"

小麦为难了:"是啊。洪书记不晓得听了谁人讲的,讲那年罗老回家乡,你做了一道'银丝酥鱼汤',罗老称赞过,所以,一心想你这道菜。"

又说:"寻你几天了,都不晓得你的行踪。原来是老人家。"

光复笑了:"既然晓得我有事情,你回去就好有交代了。"

小麦说了:"恐怕不行,看洪书记讲话的态度,好像非要你这道菜。"

光复不信:"都是大师傅,八个菜都弄不齐啊?你报报名字我听听。"

小麦手势配合着:"喏,手抓虾、女儿红蒸毛脚蟹、油浸甲鱼、浓汤鳜鱼、红烧昂公、剁椒鲶鱼、清炒痴鱼片、清蒸白条,八样!"

光复说:"对啊,不是蛮好么。"

小麦摇摇头:"洪书记说了,都是老式菜,老做法,不出挑,你的菜是你自己独创的。"

光复奇怪:"他怎会晓得?"

小麦手一摊:"我也不晓得。"

光复也摊手:"我是真没办法,你都看到了,就是出了院,我也一步不能离,要不相信,你叫那个洪书记过来看看啊。"

以为嘴皮掀掀不碍事的,还真来了。

就是隔天上午,洪书记带着鲜花和礼物,还有一千块的红包,来探望支伯渊。奇怪的是,这天上午,支伯渊的表现极好,一直沉默,面带些许微笑。

借助医生办公室一角,洪书记兴趣很浓:"支师傅啊,我想听你讲讲'银丝酥鱼汤'。"

二十年前,享誉世界的数学家罗老回故乡,支光复正在当时的第一招待所做主厨,主理他的饮食。罗老年近七十,喜欢吃鳜鱼,还喜欢吃粉丝,支光复灵机一动,做了一道"银丝酥鱼汤"。罗老吃完,大为感叹,非要见见厨师,那时没有合影,亲历现场的也就几位工作人员,但罗老赞誉的话传了下来:"支师傅啊,你的脑筋要做数学家,也成的。"

其实过誉了。也许当晚罗老的心情太好的缘故。

面对洪书记的真诚,支光复说:"这道菜有点麻烦,又不正宗。"

又补充了一句:"原来的八样菜蛮好的。"

洪书记有他的打算:"支师傅啊,不瞒你,我是嫌菜式太老套,不出挑。再说了,世界著名的数学家罗老品尝跟赞扬过的菜,讲起来有说法啊。这样吧,支师傅啊,等老人家出院了,你做一次试试,要是好的话,就用你的,怎样?"

不能再推辞了,但,依然是老问题,把兄弟三人的具体情况一说,洪书记热心:"你放心,我帮你联系一家敬老院,总要有个长远考虑吧,怎样?"

最好么,不麻烦人。

乘父亲住院有人相陪,支光复决定自己去望一望。

县城最好的托养所,在城中心,叫作"康复",一切都是新的,人也新。一看光复的样子,美丽的女所长很热情,花费也不多。但是,一听是老年痴呆症,美丽的女所长先是拒收,后来要加价,超过了光复的心理预期,只得快快而回。

偏于城南的一家,名字叫作"向阳",大概是希望老人如孩童般天真的意思。条件稍逊,开价也不高,但是,没有人专护,出钱也不行,没人。一个护工要看顾三个人,光复实在不放心,只好作罢。

转念。

光复给光元电话,请侄女照顾半天,自己到长湖去一趟,就一个下半天,试做一回"银丝酥鱼汤",还人家一个情。侄女答应了,选的是国庆假期的第三天,10月3号。

午饭是在光元家吃的。

好像——记不清具体日子,反正是手术之后,到恢复出院,支伯渊忽然就不讲话,也不再喊酒,常日端坐无声息,像在黑暗中的隐形人。一天三顿喂才吃,大小便不再喊叫,而是坐立不安。光复把看顾的要点都告诉了侄女,才坐上小车。

长湖乡政府的食堂,一应俱全。

光复围上围裙,套上副袖,开始烹调。

一斤左右的野生鳜鱼,褫好洗净,裹上早就备好的粉芡。灶上锅里,菜油烧至八成热,鱼下锅。大火,适时翻身,一刻钟左右,看见鱼的两面发脆发黄,起锅,置另一锅里,与冷水、料酒、葱、姜、盐一起,大火煨至鱼熟,汤有奶色,鳜鱼起锅装盆。另一边,上好的"龙口粉丝"早已泡好洗净,放进鱼汤里,大火一滚,分分钟,歇火起锅。装盆时,鱼在中间,周围汤齐平,粉丝在鱼上。粉丝银亮,鳜鱼金黄,谓之"银丝酥鱼汤"。

虽然多年没有做此道菜了,但支光复早早在脑筋里盘弄过无数次了,一旦上手,没有丝毫耽搁,一气呵成。

一直在身边围观的,除了小麦跟洪书记,就是政府食堂的值班人员。等菜成型了,支光复请洪书记先品尝,有个次序,先吃粉丝,再吃鱼,最后喝汤。

洪书记按照次序尝了，果如内心所想：绝了。按说，官场混迹多年，吃喝不在少数，真没品过这么讲究的美食。

　　小麦是带着专业标准去品尝的，粉丝，滑爽咬紧味鲜；鱼肉，酥脆香鲜；汤汁，有鱼香鱼鲜无鱼腥，且黏糁有回味，说不出来的好。

　　但是，大家都觉得，这道菜少了一点什么。

　　此时，电话响了。

　　大家赶到光元家的时候，将近五点了。

　　天还没黑，光复的心却暗透了。

　　侄女一脸苦相，说，只是在隔壁看了一歇歇麻将，就一歇，回家一看，爷爷就不见了。到处都找过了，没有找到。

　　再分头上街。

　　街上人轧人。

　　光复一边寻人，一边心里发誓。

　　大概快七点了，天是黑透了，手机响了，陌生口音："你是支光复吧，你父亲是不是叫支伯渊，对，我是人民医院的医生，他被120接到医院了，对，在急诊室，是的，看到他口袋里的号码了。快来吧。"

　　人民医院急诊室，光复、侄女、小麦以及其他子女，都到场了。情形让大家狼狈：父亲全身是水，躺在急诊室的床上，嘴里一直在哼歌，细听，是《运动员进行曲》的旋律。

　　接诊医生对光复说道："……一直坐在水里，在西长湖，也不起身，就露半身在上面，好心人打的120，一直唱歌，就是不讲话，后来翻口袋……"

　　医生又说了："都查过了，没病没伤，回去吧。"

　　回身跟其他医生小声说："这么多的人，看不住一个老人家,作孽啊。"

浴室里,支伯渊一直哼歌,脱衣服的过程是,光复帮他搓背是,扶他上来喝水,里里外外干净衣服穿上身了,支伯渊还在哼《运动员进行曲》,也不低回,也不昂扬。

扶他回家的路上,光复低低地对父亲说话:"你就唱吧,唱吧,嘴干就说,唱到睡觉总不唱了吧。我心内晓得,你是想我,往长湖去寻我,掉到河内的。好了,我晓得了,不去做菜了。"

沉默很久,下面有学生怯怯地问:"支老师,这个事情,你怎么知道得这么清楚啊?"

支道了微微低头,心里长叹一口气。那天在急诊室,支道了其实也在,之前在街上寻找,支道了也去了,当然十分清楚啊。支道了抬起头:"这个支伯渊,是我亲伯父。"

好医生

  今年的夏天,来得鲜明莽撞,也不打招呼,直踏踏就奔了过来。到了七月中旬,就稳步上升到近三十年来的最高温了。

  支道了停稳自行车,座凳上一洼水亮。才七点一刻,老金居然到了。

  支道了打开办公室,开灯,打开空调,用电热水壶烧水,穿工作服,扫地,并不管老金,他在抽烟。

  一切就绪了,支道了打开免费药品领取登记本,翻到第一页,"呀"了一声。老金问什么事情。支道了说:"老金,今天是你第一百次随访啊。"

  老金平静温和地笑了:"二十年了。"

  支道了看看登记本:"这里是2005年开始的。"

  老金说:"自费吃了五年。"

  老金是本地第一号病人,向来沉默。支道了遵循自愿的原则,病人不说,自己不主动问。但是,也许是第一百次的刺激,支道了问话了:"这么说,你从2000年就开始吃药啦?"

  "在北京佑安医院住院两次,花了四十万。

  "几套房子没有了。

"自费药都是从越南带,每个月八千。"

"真不容易啊。"

开好处方,老金走到门口,支道了叮嘱了一句:"少抽点烟。"

"在佑安医院,一起住院的八个人都死了,就我命大。"老金猛抽一口,冷气混着烟雾,托送着老金出了办公室。

走廊的冷风,总有一种消毒水的味道。墙上打钉的痕迹都还在,像会吸血的蝙蝠。年初的时候,这栋楼被整体征用,成为发热病区。支道了每次走在走廊里,都会联想起曾经隔离封闭的日子,想起湖北和武汉发生的那么多事情,尤其是那么多无辜死去的医生护士。

查房了。

今年夏季的肠道感染病人比往年明显增多,总结一下,有几个特点。一、往往没有不洁饮食史,都是在家吃的饭,不是外卖,没有卤菜,不是隔夜菜。二、以发热起病,全身症状如肌肉酸痛、乏力等,比恶心、呕吐、腹疼等局部症状更重。三、辅助检查中,白细胞不高,病毒性感染为主。四、治疗时间长,往年的肠道感染,大多在门诊输液一天,少数两三天就好了。今年不同,都要住院,一周才能痊愈。林大宇跟支道了私下聊过,意见一致,跟今年春天的新冠病毒应该有一定关系。具体是怎样的关系,他们这一级医院的医生,也无法置喙。

查房结束,林大宇把支道了叫进办公室,点上烟,美美地抽了几口,才说话:"郭玉琪走了。"

支道了看看手机,又是一声"呀"。林大宇问:"什么事?"

支道了叹口气:"7月23号,我来医院报到的日子。"

林大宇:"三十年?"

支道了:"三十功名尘与土,以前还不理解,现在有点明白了,不就是尘与土么。"

林大宇灭掉烟头:"除了我们,这个科室都不认识郭玉琪了。"

支道了问:"今天去?"

支道了到医院门口熟悉的花店订了两只花篮、两床被子,每人再封了五百块的信封,林大宇开车,往县城新的殡仪馆去了。

支道了:"你在车上也抽烟?味道太大了。"

林大宇:"三十功名,不对,是四十功名烟与灰么。"

支道了:"郭玉琪多大?"

林大宇:"八十几吧。"

支道了:"什么病啊?"

林大宇忽然摇摇头:"传染病搞了一辈子,死在传染病上。"

支道了:"哦?"

林大宇:"他们那一代医生,基本都得过肺结核,老郭也是,右肺上有空洞,并发感染,肺性脑病。"

支道了:"现在的条件,不至于啊。"

林大宇放慢车速:"前年跌了一跤,股骨颈骨折,一直住在二院的康复科,那边的条件么……两个儿子也没太在意。"

支道了:"你刚才说,他们这一代人基本都得过肺结核,什么意思?"

林大宇:"你大概不清楚,以前的医生,什么病都看,我工作的前一年,传染科才从大内科分出来,郭玉琪是自己主动要求做这个传染科的主任。"

支道了:"我知道,原来的儿科,也包含在大内科里面。"

林大宇:"老郭,三棍子打不出一个闷屁,天资也没有,努力也不够,大内科几个老的里面,水平最那个。"

支道了:"我到科室报到的时候,吓一跳,一个科室,才五个医生,老郭、老姜、周医生、王医生、还有你。"

林大宇:"老姜是老郭的大学同学,从苏北调回老家,没有科室肯收。老郭点的头。"

支道了:"啊?为什么?"

林大宇:"老姜在苏北,已经是副主任医师、大内科主任。当时,我们医院只有一个副高,外科的欧阳。"

支道了:"我到科室就发现老郭跟王医生一派,老姜跟周医生一派,你自己单独一派。"

林大宇哈哈大笑:"五个人还分三派,我是逍遥派。现在回忆起来,更多的派性,在于对待病人的态度,对待工作的热情,以及医学思维和临床决断的一致性。"

支道了:"我觉得还有生活习俗、审美、业余爱好。"

林大宇一笑:"譬如爱看电影。"

支道了不理他:"老姜的水平确实可以。"

林大宇:"嗯,他医学思维和临床决断好。"

支道了:"记得当时破伤风病人特别多,病人抽搐得厉害,安定跟'鲁米那'交替使用,老姜就一句话定治疗原则,不能不抽,不能太抽。"

林大宇:"这就是临床决断,你可以按照说的做,不仅不会错,还能救人。"

支道了:"对了,你怎么会去的传染科?当时医院每个科室都缺人啊?"

林大宇笑了:"我是想去内科的,争不过别人。"

支道了:"还有这事情?"

林大宇:"都过去了,马上都退休了。你呢?"

支道了也笑了:"轮转的时候,发现传染科悠闲,我性格里，大概悠闲的因子多。"

林大宇："嗯，老郭的性子里，就不爱争，老大的性格，决定了团队的性格。"

支道了："也可以反过来说，传染科本身就是小科室，无名无利，想争也得有得争啊。"

林大宇："马上退休了，我一直在想一个问题，究竟怎样做才算是一个好医生。"

支道了："人活一辈子，也不知道怎么样才是一个好人。"

林大宇："嗯，人总是越活越不明白。"忽然把车停到了一边，手指指窗外，"老支，你看，新医院。"

支道了没有反应。

林大宇扭头，正面看着支道了："老支。"

支道了猛然惊醒："哦，新医院。"

支道了在医院的墙上，看过新的医院的蓝图和文字介绍。

新医院总占地面积256亩，总建筑面积25万平方米，按照国家三级综合医院标准予以建造。设置总床位数1600张，机动车停车位2387个，非机动车位1500个。项目建成后可每日接待门急诊病人5000人次。形成具有一定规模的服务全区的医疗保健、影像、检验、消毒供应中心。是一所融科技与人文理念于一体的现代化医院。

林大宇："新医院，我们科室是一幢独栋的楼，在医院的西北角，四层，预备给你的艾滋病专门留一层，放在四楼，老支，到了新医院，你可是地主啦。"

支道了："我还有几年就退了，这是为新人留的。"

林大宇继续开车："如果没人接得上，你还得再返聘。"

支道了："算啦，孩子已经算成人了，我也没什么牵累，退休就直接退。"

林大宇:"老支,就算你说的有道理,你这人,我还是清楚的,那么多特殊病人,对你的感情,你会舍不得,放不下的。"

支道了叹口气:"嗯,嘴上犟,心里软,看到病人就没办法了。"

林大宇忽然问:"在新医院门口,你想什么呢?"

支道了笑了:"因为郭玉琪的死,想起一部老电影。"

林大宇:"说说看。"

支道了:"黑泽明,日本最厉害的导演,你应该知道。"

林大宇:"我好像知道一点,有个电影叫《罗生门》。"

支道了:"对,就是他。他是1998年死的,八十八岁。死前的最后一部电影,是1993年拍的,当时他八十三岁,叫《袅袅夕阳情》。"

林大宇:"说的什么呢?"

支道了好像无法用几句话概括这部温暖的电影。二战中,1943年,德文教授内田百闲先生从法政大学退职后,在家中从事写作。这个家"小偷很容易进来",是以房租便宜,几个得意弟子常来相聚。澡堂的门是半开的,立着"小偷入口"的牌子,还有"小偷通道"。"小偷休息室"里甚至摆放了烟灰盆。每一个小偷看到了都会大吃一惊。空袭中这座房子被毁,百闲先生和夫人搬进了一个只有三铺席大小的门房,终日与猫为伍,过着悠然自在的生活。

1945年,百闲六十岁开始,学生们每年给他筹办"摩阿陀会",生日会上,学生们都开玩笑问道:"你准备好没有呀?"教授一口气饮尽为他专门设的大杯啤酒,回答一句:"还没呀!"在第十七届会上,头发花白的先生这样问弟子们:"人生中最重要的是什么?"然后,面对一群孙子辈的孩子,百闲教授说了一番话:

"你们可找一些真正喜欢的东西，找一些你们能够铭记的东西。当你们找到后，你们要努力地，把它铭记于心。那时，你若要得到这宝藏，定要经过一番努力的。若你们用心地钻研，这会成为你们终身的职业，那是你们真正的宝藏。"

那天晚上，先生做了一个梦，好多孩子们在朝他呼唤："你准备好了吗？"

林大宇想了半天："就是讲一个老人面对人生最后岁月的坦然自处吧。"

支道了不觉提高了声音："还真是。"

殡仪馆到了。

林大宇刚停稳车，就笑了。支道了奇怪："你笑什么？"

林大宇："我笑这城市规划啊，以前，医院在城南，殡仪馆在城北，人死后，要穿城送达。现在好了，医院距离殡仪馆很近了。"

支道了奇怪："这有什么说法吗？"

林大宇："有个说法，人死后，最好别轻易搬动，灵魂需要在死去的肉体待一段时间，等肉体彻底没有了温度，再离开，灵魂才能重新复苏，永远不死。"

支道了还是没理解："这跟殡仪馆远近有什么关系？"

林大宇哼哼笑笑："你还记得吗？原来我们医院是有太平间的，人死了，直接到太平间，不用冻起来。"

支道了："我当然记得，以前怎样的天气，到了太平间，就是两个摇头扇在吹。"

林大宇："后来，殡仪馆远了，都是车来接，这样的天气，都是先冻起来再送。"

支道了笑笑："灵魂就无法复苏了。"

林大宇也笑了："我也是歪理邪说。"

郭玉琪的遗体，停放在名为"明德堂"的吊唁间，十个平方米左右,门里门外花圈很多,水晶玻璃的棺材在正中。郭玉琪的两个儿子,在门前迎接前来吊唁的亲朋。

　　林大宇和支道了敬献了花篮,送上了被子和信封,被两个儿子引进里面。因为新的殡仪馆要求破除迷信,丧事从简,除了哀乐在播放,没有了从前的八音和八仙。别上黑袖套、鞠躬、默哀,沿着水晶玻璃的灵柩绕一圈。人死后,尤其是老死后,最大的特点是皱缩,好像人死后,全身循环系统中的血液,都被死亡抽取了一样。

　　出门,两个儿子陪着林大宇和支道了,聊着郭玉琪的生平,以及病后的衰相。支道了不抽烟,和他们慢慢散开,落在后面,静听循环播放的哀乐带来的心灵震荡。既不合情,也不合理,支道了无端想起了米沃什的一首诗歌,《礼物》:

　　　　如此幸福的一天。
　　　　雾一早就散了,
　　　　我在花园里干活。
　　　　蜂鸟停在忍冬花上,
　　　　这世上没有一样东西我想占有。
　　　　我知道没有一个人值得我羡慕。
　　　　任何我曾遭受的不幸,
　　　　我都已忘记。
　　　　想到故我今我同为一个并不使人难为情。
　　　　在我身上没有痛苦。
　　　　直起腰来,我看见蓝色的大海和帆影。

　　郭玉琪这辈子,无法直起腰来了,也无法再看见蓝色的大海和帆影。

　　人,都有再也无法直腰的那一天。

有人在后面喊他:"小支。"

支道了一回头,是已经退休多年的老同事,周玉蕴。

两人为郭玉琪的离世先是哀叹时光过尽,人在老去,后是感叹世道无常,疫情再临。

支道了问:"周医生,你今年多大了?"

周玉蕴:"七十了。"

支道了:"我看着像六十啊,比我还年轻。"

周玉蕴:"小支,你白内障还是青光眼啊,故意蒙我老太婆啊。"

支道了不理她的话:"周医生,平时怎么打发时间啊?"

周玉蕴:"很多医生看了一辈子病,除了会看病,什么爱好都没有,就像我。退休以后,打牌不会,看书眼花,抽烟难受,喝酒没人,要么就是闷在家里看电视,要么就是到处瞎逛逛。"

支道了:"明明呢?老阚呢?"

周玉蕴:"都在上海啊,老阚帮着带孙子。"

支道了知道,周玉蕴还在县城的私立医院上班:"我记得2003年的'非典',你是第一个报名进入发热病区的。"

周玉蕴:"嗯,我跟林大宇是第一批么。"

支道了:"也就我现在的年龄。"

周玉蕴:"当时么,郭玉琪么已经到了退休年纪,你们几个太小,我年纪正合适。"

支道了:"我记得当年的先进,你还让给了林大宇。"

周玉蕴笑了:"我又不晋升了,不需要那个荣誉。再说了,林大宇确实比我辛苦得多。"

林大宇过来了。因为要等医院其他的同事,共同举办一个仪式,暂时还无法离开殡仪馆,三个老熟人,只好来到吊唁室外的草坪上,闲站而聊。这里,哀乐轻了些,人声小了一些,气温高了一些,人情也浓了一些。

周玉蕴说:"林主任,这回你又辛苦了一场啊。"

林大宇:"周医生在这里,我不瞎说。当年非典,我们一起隔离,一起会诊,一起看病,那时的条件还没现在好,也没有院内感染发生。这次呢?"

周玉蕴问:"到底为什么呢?"

支道了在一边说了:"以前有个老词,叫又红又专。现在呢,红的不专,专的不红,你懂的。"

林大宇差点笑出声来:"老支,我没说啊,是你在瞎说。"

支道了:"算我瞎说,可是,医院出事是真的吧。"

林大宇:"你们刚才聊什么?我看到老支在笑啊。"

支道了:"哦,刚才周医生问我电影,我回答疫情。"

周玉蕴:"是啊,我们都知道你是老影迷,最近有什么电影的事情,说说看。"

支道了:"我就说一件事情吧。韩国电影《寄生虫》,拿了奥斯卡四个大奖。我在私下感叹,韩国电影获奖,是中国电影的耻辱。"

林大宇:"这个说法倒新鲜。"

周玉蕴:"你说。"

支道了:"批判现实主义电影,在亚洲的源头是我们中国,三十年代有《神女》《马路天使》《十字街头》,四十年代有《万家灯火》《乌鸦与麻雀》。六十年代有《早春二月》和《舞台姐妹》。到了八十年代,还有《邻居》《芙蓉镇》。现在的中国电影,跟中国足球一样,无药可救了。"

林大宇:"老支,你有点极端了。那个《我不是药神》,蛮不错的。"

支道了:"那叫皮相现实主义。"

林大宇还要争辩,周玉蕴说话了:"林主任,别跟小支争了,在电影这一块,他是权威。说说这次疫情吧。"

林大宇："这次疫情，我最大感受可能跟你们不同，我是觉得，西医对中医的打压，从来没有过。"

周玉蕴："你们别看我，我工作的时候，国家正提倡中西医结合，我学过望闻问切，背过汤头歌诀，会开中药的方剂，我是信中医的。"

支道了："我想起来了，那个菌痢的保留灌肠，就是从中医学来的，下法么。"

林大宇："从'非典'、甲流，到禽流感，我们一路过来，重复犯原来的错误，为什么会呢？我就想了，你看西医的就诊模式，病人来医院，发病、就诊、分科、检查、确诊、治疗，这几个步骤，没错吧。对应我们的病历，就是主诉、现病史、过去病史、过敏史、体格检查、辅助检查、诊断、治疗。这里最大的缺陷在分科，发热病人来到医院的急诊，伴随头疼了，归神经内科，伴随咳嗽了，归呼吸内科，伴随腹泻了，归消化内科，伴随尿频、尿痛了，归肾内科，等等不一。但是，你想啊，这新冠病毒的感染、发热、头疼、咳嗽、腹泻，可以一起来。归哪个科？不管归哪个科，都会偏向于自己科室的疾病，而不会全面考虑。当初分科，你学的就是本科的知识，虽然一直强调全科医生，可全科医生哪里那么容易培养啊，尤其是临床的全科思维。我就想，我们西医的就诊模式，是存在问题的。"

周玉蕴："嗯，你这样一说，确实如此。中医就没这样分科的，病人发热来就诊了，就是望闻问切。我记得是有口诀的，望什么？望形色神态，闻什么？闻声息气味，问什么？一问寒热，二问汗，三问头身，四问便，五问眠食，六胸腹，七聋八喝俱当辨，妇人当问经带产，小儿有无痘疹现。切什么？切脉浮沉定表里，迟数寒热心中明，寒伤阴来非吉兆，内伤阳陷实堪悲。还有总结，望而知之，谓之神，闻而知之，谓之圣，问而知之，谓之工，切而知之，谓之巧。望闻问切，我姑且称之为中医的四诊模式,仔细想想,跟西医的就诊模式,最大的区别在哪里?在于强调病人是一个整体!"

支道了:"可是,你们想过没有,都像中医这样看病,病人一来,看看舌苔,几句话一问,这里摸摸,那里拍拍,切个脉,开个方子,顶死了,几十味药材,才几个钱?没有检查,没有住院,没有利润,医院还能生存吗?"

工会主席季英涛来了。每当医院的老员工去世,都会派季英涛代表医院前来吊唁。

季英涛带领林大宇、支道了、周玉蕴等其他医院的人员,再次进入"明德堂",别上黑袖套,鞠躬,默哀,绕灵柩一周,出门。尽管空调很冷,一旦被哀乐环绕,每个人身心尽湿。

季英涛他们走了,林大宇看看时间,已经十一点了,就问周玉蕴:"周医生,中午方便的话,一起吃个饭吧。退休十年了,还是第一次有机会聚餐。"

还是林大宇开车,支道了和周玉蕴在后排,出了殡仪馆,开往新医院的方向。这里,已经建起了吾悦广场,虽然天气炎热,也不是周末,人流不少。林大宇问支道了:"你们想吃什么?"

三个人都不想上楼,就在吾悦广场附近,找了一家还算干净的小店"江南美食",点了一个凉拌西红柿、一个炖蛋、一个家常豆腐、一个冬瓜排骨汤、一个豆瓣瓠子。林大宇说了:"你们别抢,今天我请。老支,我记得周医生是喝酒的,你陪陪,我要开车。"

周玉蕴笑了:"林主任,你还跟我老太婆开玩笑啊,喝酒是年轻的时候,闹着玩,现在老了。"

林大宇对支道了说:"老支,郭玉琪在的时候,每年年底的科室聚餐,他都不肯喝酒。只有周医生出马,然后护士姐妹轮流上阵,老郭是每年必醉,你没来的时候,是我送他回家,你来了以后,都是你送他回家。"

犟不过林大宇，服务员送上四瓶小支的百威，林大宇亲自给他们倒上，自己端起茶杯："今天，我们是因为老郭才有机会相遇的，第一杯敬他吧。"

三个人轻轻碰了杯。

支道了小咪一口："你还说呢，嗯，好像是1996年吧，科室聚餐，老郭醉了，你们去打牌，我叫了一辆三轮车送他回家。到了门口，敲了门，我跟三轮车夫扶着老郭，他老婆出来，什么都不问，一顿狠骂，吓得我半死。"

周玉蕴是大口酒："他那个老婆凶，医院出名的。"

林大宇喝茶吃菜："老郭开始还好，就是从1998年以后，变了。"

支道了没明白："1998年？什么意思？"

周玉蕴笑笑："开始有回扣了。"

支道了："我想起来了，我们科室第一个有回扣的药，叫'强肝口服液'，一盒十支，卖多少钱不记得了，反正用一盒给五毛钱。"

林大宇："这是1993或1994年吧。反正我记得，每个月底，有个姓高的女人来兑账，我们一般就十多元，老郭可以拿到四十多。"

周玉蕴："那时工资才一百多啊。"

支道了："害人的东西。"

林大宇燃起烟，端茶敬酒："再碰一次杯，不说钱的事情。"

支道了还是小口咪，周玉蕴说："小支，大口。"

支道了："苦。"

林大宇忽然严肃起来："今天难得闲，我一直有个问题在想，你们说，什么样的医生才是好医生？"

支道了反敬周玉蕴一杯，苦着脸喝了一大口，放下杯子，连吃几口瓠子:"我说一件事情,周医生不知道还记不记得?"

周玉蕴也是一大口,神情自若:"你说。"

支道了仰起头,好像在回忆:"我刚工作的第一年,还在传染科轮转呢,有一天夜班,半夜的时候,来了一个中毒性菌痢的孩子,多大已经不记得了,反正来的时候,已经高热惊厥了。我连忙对症处理,物理降温、消炎、补液、保留灌肠,尤其那个保留灌肠,效果非常好,等冷盐水加庆大霉素进去,再排出来,孩子就不抽搐了。周医生,你肯定不记得了,我是一线班,你是二线班,怎么处理,都是你教给我的。"

周玉蕴笑了,眉眼都是皱纹:"还真不记得了。"

支道了回忆:"等孩子平稳了,我就问家长,为什么这么晚才来医院?"

周玉蕴:"家长怎么说?"

支道了:"家长说,孩子开始腹泻,就去了中医院,靠家近,是下午三点左右,一个四十岁左右的女医生接诊,直接住院了。输液以后,孩子开始抽搐,那女医生态度真好,就一直坐在孩子的病床前,把她能想到的办法都用上了,孩子还是抽搐,但是,家长没有责怪她。直到半夜了,那个女医生跟家长说,你们去人民医院看看吧,家长才来。来了,用药以后,孩子很快就好了。但是,家长反而不满意,说我这个医生跟护士吩咐几句,就去办公室写东西,没有一直坐在孩子的病床前。那天晚上,我心里气啊,写的病历字都歪的。第二天就想,就是刚才林主任的问题,怎么样的医生才是好医生?是像那个女医生一样,虽然不能解决问题,但是陪着。还是像我一样,能看病,解决问题,但没有坐在孩子身边?"

林大宇笑了:"当然最好是都有啊,既能陪着坐着,也能把病看好。"

支道了反问:"你见过身边哪个医生做到了?"

周玉蕴又笑了:"不是一句老话么,人分四等,没本事还有脾气,没本事的没脾气,有本事而有脾气。最上等的,是有本事而没脾气,当然少了。"

林大宇:"按照老周的说法,好医生的标准,就是有本事而没脾气。以我的分析,怎么会呢?有脾气的人才有志气,有才气,肯努力。没脾气的人,平时在生活中就没劲,学医这么难,没点志气和才气,肯定不行的。有本事必然有脾气。"

支道了:"你们的理解,好像都有偏差了,这个好医生的标准,到底是谁来评判?医生?医院?病人?亲戚朋友?社会舆论?需要有一个主体吧。"

林大宇:"这几年对医生评价的主体不好,听不到医生的声音,听不到医院的声音,都是舆论在操弄。死了那么多无辜的医生,舆论还假装客观中性,还有叫好的,真他妈混蛋。"

周玉蕴:"退休以后,我也想过,为什么会发生杀医生的事情?我说个事情。有一年夏天,我上夜班,来了一位中年妇女,我还没开口,她就先骂人。我先不讲话,请她去挂号。等她挂了急诊,开始看病,等看病的过程结束了,我就慢慢询问,为什么会骂我?这时,她也冷静了,她说,下午就腹泻了,先是跟单位领导请假,啰唆了半天。然后在来医院的路上,自行车跟别人撞了。到了医院,为了停车,跟门卫吵架了。为了找传染科,问了很多医生护士,都不理睬。所以一见我的面,先有了气,言语自然不干不净的,矛盾就是这样来的。"

支道了:"社会风气的变化,价值观的改变,人们对于物质的全力追求,对于欲望的不加克制,这些所谓现代化的因素,加诸在具体的人身上,每个人的内心都撕裂得厉害。一旦遇到矛盾和不满,必然爆发。而医院为了效益,一边倒地提倡一切以病人为中心,导致社会上形成了这样一种观念,病人来医院,不是来看病,而是来消费的,甚至是消遣的。两者遭遇和碰撞,不出事情才怪。"

午饭结束了,周玉蕴坚持自己打的回家。太阳毒辣辣的,三个人心是热辣辣的。分手的时候,眼睛都有点湿润了。

分手的时候,眼睛都有点湿润了。林大宇开车,和支道了一起回老医院,路过新医院的时候,支道了喊了一声:"慢点,我再看一眼。"林大宇干脆停了下来。支道了摇下车窗,面对庞大而崭新的医院,微醺的他对林大宇说:"突然就来了,我朗诵一首诗歌你听啊,就几句。"

> 白发比天上的白云
> 还快,繁殖我的衰老。
> 下午两点的紫外线
> 也不能激光我的老年疣。
> 我们被迫叉手叉脚地走路
> 因为每个关节都骨质增生。
> 想骄傲一下谈吐的优雅,
> 我说什么了,
> 脑萎缩。
> 你一个晚上要跑八趟厕所
> 因为那个叫前列腺的器官
> 又老又硬。
>
> 我们正在老去,
> 比违背一生的誓言
> 还要无情!

应霜霖

车到水溪集镇，正好是十二点，晚上十二点，天昏地暗。

集镇东头的"麻子羊肉"已经歇了招牌，沿街的几家麻将馆还有声音，西面，唯一的浴室倒是还亮着灯。自家的饭店，没在数重夜色和高楼里，不声不响，像一只怪兽，令人捉摸不透。

车继续往西，还有一刻钟，就是天荒湖边的水磨村。这一刻钟，对于应霜霖来讲，就像在无望的时光中，惊悚，沉溺。车每晃一下，就像双脚轮流在荆棘上一踩，流血的是心。

车到水磨村，家里空净净的，好像有一只巨大的吸尘器，把家里的角落都吸了一遍。把昏迷的晓莹抬进屋，也就一刻钟的工夫，没有呼吸了。八音班子都在，马上净身、抹面、化妆、换衣服，唢呐就吹了起来，哀而伤的情绪，蔓延了再蔓延，连无边的天荒湖都罩笼了。

天刚露白，门口来了七八个人，不是来吊唁的，是村里晓莹的一族。为头的叫刘晓明，说话如响雷："她这个病，烧了不能再进村。"

一晚没睡的应霜霖，木木地瞟了他们一眼，没有讲话。

正在屋里折纸、燃烛、上香的文雅和晓善，也没讲话。

倒是八音的班头,过来递烟赔笑:"晓明,一个族里的人,讲这话什么意思?"

刘晓明还是那样的声音:"什么意思?他们家里人心里都晓得。"

应霜霖心里"咯噔"一下,依然没有回答。

班头低声劝解:"别人家办的是丧事,不作兴这样。"

刘晓明好像受到了侮辱,直接点名了:"霜霖,都是一个村上的人,你讲一句,你老婆烧了之后,不再回村,我们就走。"

应霜霖没有办法再不作声了,想起身,却晃了一晃,差点跌倒。文雅赶过来扶住,才站稳了,想想说了一句:"总要过了五七吧,不然的话,晓莹就成了野鬼了。"

刘晓明依然不客气:"我已经跟晓善讲过了,她生的是脏病,不能葬到刘家的祖坟里,会坏了风水。"

八音停了,哀乐也停了,秋风肃杀,天色悲凉。

村支书应霜庚来了,他谁也不看,先进屋,戴上黑袖套,合十,叩头,对哀哀哭泣的文雅说:"不要哭了,身体要紧。"

出门,望望天色,嘴里咕了一句,谁也没听清。来到刘晓明跟前,递烟,相互点上,狠吸两口之后,才讲话:"我已经请了卫生院的长荣了,今天下午,都在村民活动室集中,听他宣讲这个病的常识。"

刘晓明好像没有示弱:"我这里是家事,跟外人没有关系。"

应霜庚手挥挥,八音起了,哀乐也响了。等一根烟全结束了,他边走边丢烟屁股:"下午,村民活动室,有本事把长荣问住了,我就答应你的事情。"

阴历七月十七,晓莹头七。

天气忽然变得闷热而湿重,稍微一动就经络紧收,身心委顿。各项仪式甫一结束,人都走了,连女儿、女婿和外孙,好像清水入焦土一样,毫无痕迹地消失了。剩下一桌的酒菜,纹丝未动。

从晓莹突遇车祸到去世,这十余天来,一直沉默无语的应霜霖,对着刘晓莹的遗像和骨灰,用尽全力,号啕大哭,像要把五脏六腑全部哭出来。哭完,心情舒畅了很多,独自落座。向来不喝酒的他,倒上一大杯"海之蓝",足有三两,一边喝,一边对着刘晓莹的遗像自责,脏腑都醉了:"都怪我!都怪我啊!"

这一觉睡到半夜,居然还趴在桌上,残酒冷菜,暗夜寂灯。

隔天还是醉,口苦舌干,晓善来敲门了。

晓善也不进屋,也不落座,杵在门口,两手紧贴裤缝,欠了沈万三的脸,也不说话。

应霜霖不回避了,先倒杯水,把一直藏在橱柜里的铁盒拿出来,把三种药物干脆排列在桌上。秋阳从门外照了进来,不冷不热,和应霜霖的心一样。等水凉了,吃完"拉米夫定",才开口:"有话讲?"

晓善痴痴呆呆,怂了半天才开口:"那个,饭店,你不能再去了。"

应霜霖早猜到了,反问晓善:"我不去,那个店还叫'鱼头王'?"

晓善口吃了:"你,你,可以教我啊?"

应霜霖摇摇头:"教?教不会的。"

晓善倒流畅了:"反正你不能去,都传遍了,你要去,等于关门,还不如直接关门算了。"

应霜霖想起晓莹骨灰入土的事情,恨恨地回答:"那就直接关门吧。"

说完不理睬呆立一旁的刘晓善,往天荒湖走去。

春天太飘,夏天太嘈,冬天太硬,秋天的天荒湖最美。

往常,应霜霖要睡到八点,起来洗漱早饭,喝水吃药,然后,就是到天荒湖畔的渔家选鱼头。今早,应霜霖还是依着旧习往湖边走,去网保家,刚要开口喊人,忽然蒙住了。远远地,网保夫妻两个,站在鱼棚的门口,一直盯着缓步走近的自己。

网保家的鱼养得最好,鱼头也最好。往常选鱼头,总是第一家,照顾他不少生意。想到这层关系,本想回头的应霜霖,继续往前走。还像往常一样,开口问道:"今天有好的吗?"

网保夫妻两个,一时竟呆住了。老婆红娣结结巴巴问:"饭店还开吗?"

应霜霖想起,饭店被自己关掉了。应霜霖想回转,网保跑过来,低声问道:"霜霖,你跟我讲真话,你真的是,啊?"

应霜霖没有回答。

红娣在远处喊了:"网保,要开增氧泵了。"

应霜霖往家走,有湖风吹来红娣跟网保的对话:"难怪平时不吃酒,不吃烟,不打牌,讲话么细声细气,看上去就是一副'小姨娘'相。"

"哎哟喂,以前你把他吹上天呢,一点坏习气都不沾!闲下来就看书!还要我学他呢。"

"唉!不晓得会是这样的啊。前世作的孽了。"

"这么好了,我吃烟吃酒,你总不要管了吧。"

上午九点了,天荒湖边的水磨村,静谧而荡漾。往常这个时候,应霜霖要在店里忙着褫鱼、洗鱼和切鱼了,一天起码要七八条大鱼。浓汤鱼头、红烧鱼段、清蒸鱼尾,一鱼三吃,是应霜霖的招牌菜。水溪集镇的"鱼头王"饭店,也是远近闻名的饭店。

今天呢,应霜霖有很多想不通的问题,他想了想,拨通了支道了医生的电话。

"支医生，你忙不忙啊？"应霜霖有点担心。

"哦，老应啊，事情都办结束啦？"

"支医生啊，多谢你啊，幸亏有你，不的话，"晓莹突遇车祸，术前化验HIV阳性。常规要查配偶，只得请支道了医生出面了。当然，保守了五年的秘密也暴露了。

"老应，老应，事情已经出了，不要太伤心。"支道了医生非常耐心。

"支医生，伤心，我是想不通，我什么时候传给晓莹的呢"

"你自己想想，你最后一次做的时间，你开始吃药的时间，中间隔了多久？这个时间里，你跟你爱人，有过关系没有？"

应霜霖明白了，自己第一次去丹阳，是2005年，被发现后吃药，是2009年，这个中间有四年。因为自己的无知，也因为每年大年三十的委屈例行，传给了晓莹。

应霜霖哭着挂了电话，哭到昏蒙懒烦，连带着酒兴上了头，直接上床睡觉了。

很多没面目的人，驾着船，开着车，摇着手扶拖拉机，在后面猛追自己，每人手上都是亮闪闪的大砍刀。

一觉到三点，吓醒了，酒兴倒是过去了，就有了饥饿感。忘记了中午的药，立刻补上一颗"替诺福韦"。

往常这个时候，应霜霖应该在饭店里，开始为晚餐做准备了，该清蒸的要上笼，该走油的要走油。青色是青椒，红色是胡萝卜，黑是黑木耳，白是茭白或者山药，这些炒菜的配料，也要准备了。

应霜霖饿得心发慌，在家里到处翻，家里一点吃食都没有。抬腿出门，还在初秋呢，阳光既热烈又温煦。来到水磨村的小卖部，本家连根开的，刚到门口，连根忽然跑了出来，挡住了他："哥哥，你要什么？我拿给你。"

应霜霖一下就白了脸，心律不齐了。半天才回神："我还没吃饭,拿几包方便面,几袋榨菜,还有鸡蛋。"

连根回身进了小卖部,只一歇歇,拿了一袋子东西出来,用一根木棍挑着:"喏,你拿好。"

应霜霖尴尬地拿过袋子,计算袋子里的东西,顺便从口袋里掏钱,连根右手棍子连带左手一起摇:"哥哥,你直接拿去,不要你的钱,你快回去吧。"

应霜霖愣在当场,眼泪都要出来了。忙转身,不让人看到眼泪,急急忙忙往家走。

天荒湖起风了,有丝丝凉意。

晚上六点,夕阳在天际缓缓落幕,天色泛黄,夹杂蓝白。天荒湖和水磨村,融为一体,像一幅美丽的乡村剪纸。

往常这个时候,正是应霜霖最忙的时候,炒蒸煨烩施展,色香味形俱全,也是应霜霖最受用的时刻。只要菜一上桌,总是会得到惊叹和赞扬,尤其是第一次来品尝一鱼三吃的食客。今天呢,应霜霖只能坐在家中,怔怔发呆,消磨时间。晓莹的骨灰盒,还放在客厅靠墙的长条桌正中。耳边萦绕晓明的响雷声:她生的是脏病,不能葬到祖坟里,会坏了风水。

应霜霖不知道做什么了,不自觉地拿起手机,拨通了女儿文雅的电话。女儿大学毕业后,在常州工作,生了一个儿子,已经三岁了。电话很久才通,应霜霖说道:"文雅,怎么一直不接电话的?"

女儿在那边说了句"我等等打过去"。挂了。

应霜霖先泡方便面,边吃边等,等了一个小时,女儿还没打来。他忍不住了,再次拨通电话,已经关机了。

应霜霖的心力慢慢衰竭了。

秋雨说来就来了,雨声呜咽,凄凉哀伤。

睡到半夜,应霜霖就醒了。此辰醒来,倒是回忆过往的最好时刻。

从小喜欢唱歌、跳舞，爱好花花草草，高中毕业就坚决离开家乡，考了烹饪学校，有了安身立命的根本。因为天生排斥女性，喜欢男人，根本无心男女之事，又无处诉说，心里总蒙着一层灰，被父母逼着相亲，无奈结婚，生了文雅。因为环境所迫，根本不敢公开自己的性取向，直到女儿上了大学，有了网络。

等应霜霖再次醒来，雨已经停了。一看时间，八点了，立刻起身，洗漱完毕，吃完药，忽然想起，自己，没事情要去做了。

有人敲门，是应霜庚。

那天下午，亏得他，请了水溪医院的防保医生汪长荣，召集全体村民，在村民活动室做了有关这个病的宣讲，回答了所有的问题，刘晓明他们，才不得不同意晓莹的骨灰进村。

霜庚不介意，落座，点烟，喝茶，跟往常一样。抽完一支了，温和地问道："往后有什么打算吗？"

应霜霖摇摇头，他是真的不知道。

霜庚喝茶，慢慢地说道："这个村子，你恐怕没办法待长了，你心里懂的。"

看应霜霖不回答，霜庚继续说："虽然做了宣讲，大家心里也晓得是怎样一回事体了，就是呢，这个关，跨不过去啊。老百姓么，就这么点觉悟，你杵在这里，大家都尴尬，你说呢？"

应霜霖知道，霜庚讲的是实情："我这一下子，到哪里去呢？最多，去靠丫头，也要过了五七啊。"

霜庚还是慢条斯理："是的，我也跟村上人都讲过，要他们不要着急，唉！乡下人就是乡下人，没办法讲道理的。我走了，你吃早饭吧。"

送应霜庚出门，就看到了大门上白漆写的一个大字：滚！

没有风从天荒湖吹来，应霜霖的身体摇晃了半天，才站稳。

随后几天，不仅一扇门了，两扇门上，都写上了大大的"滚"。墙上也写上了"变态佬""鬼佬""兔子""死玻璃"等等。隔天早晨，门前丢满了村民的垃圾。再隔天早晨，有村民把大便堆在他的门口。

应霜霖什么都没说。字，随他去。垃圾，亲自动手清扫之后，倒进村里的垃圾箱。大便，用铲子送到了公厕里。再用家里的自来水，接上管子，把门前的水泥场冲洗干净。

他也不开伙，还是到连根的小卖部去拿方便面、鸡蛋和火腿肠，钱呢，用纸包好，放在小卖部的门口。

阴历八月初五，这一天是应霜霖随访拿药的日子。一早，应霜霖就起身，电瓶车骑到集镇，坐上第一班到县城的班车，到达人民医院感染科的时间，是八点。

支道了医生按例询问一些药物反应、药物副作用、服药时间、体重等问题之后，忽然说："老应，是不是出什么事情啦？"

应霜霖心里惊慌，嘴上回答："没事啊。"

支道了医生说："不对，你好像冷了心，脸色是青，神情是悲。"

应霜霖的眼泪在眼眶里转了半天，到底没忍住，默默地淌了下来。

从医院出来，天倒阴了，像是有雨，应霜霖的心情倒开朗了许多。他想了一想，来到汽车总站，买了去常州的票。到了常州，有点小雨了。应霜霖打的，报了一个地名。来到清潭新村的楼下，雨势大了很多。远远地看过去，女儿在三楼的窗户还开着呢，正好是午饭的时间。应霜霖走进楼梯，正要上三楼，看看手上的包，想想包中的药物，猛地刹住了脚步。停下喘息，打开手机，拨通了女儿的电话："文雅啊，我是爸爸，你还好吗？"

"爸爸？怎么会这个时间打电话的？我还好，你在哪里啊？"

"我啊？我就在你家楼下呢。"

"啊？是真的吗？啊呀，真不巧啊，今天单位有外事活动，我不在家啊。家星也不在家，你来之前怎么不提前通知我一声呢？"

"喔！我是到常州来有事情，顺道的，想看看小俊的。那，既然都不在家，就算了，我回去了，下次再来看你们吧。"

雨更大了，应霜霖冒雨向新村的大门走去，走到新村大门了，回头望去，三楼的窗户已经关闭。

应霜霖回到集镇的时候，是下午五点，雨已经停了。雨后的秋阳，虽已近黄昏，却依然丰润和饱满。

应霜霖下车，发现电瓶车不见了，大概被偷了。心想，走回去吧。此刻的应霜霖，头发蓬着，胡子已经蔓延，平常白皙的脸青灰各半，身上的衣裳，已经被体温烘干了，七挂八拉地套在身上。此刻的神情不是悲了，是麻木，步伐也是进退不一。

出了集镇，就是小路了，农田的微黄，扑面而来。泥香、稻香和花香，舒心舒肺。一路过来，所有的成年人都回避着他。只有那些稚气未脱的孩子，依然应舅舅、应叔叔、应伯伯地叫得响亮。

快到水磨村的时候，夕阳正好落山，天色由青黄到青灰，直至青黑，然后完全敷衍成黑色。来到家门口，门前的场上，没有了污秽，有的是，散满的爆竹纸屑。家里，还是一样的落寞和清冷。应霜霖的眼里，还增加了厌恶和烦乱。

此刻，没有人知道他在家，他在做什么。他也不知道，自己该做什么，做了什么。他洗了澡，换了一身干净的衣服。刮了胡子，头发梳理整齐。他吃了方便面，还加了两个煎鸡蛋。洗完碗筷,他把家里打扫干净,连门前的爆竹纸屑都扫净了。他关掉手机,把座机也拔了。他给晓莹点上香烛,对着她的遗像和骨灰,叩了三个头。他打开新领到的三瓶药物,把药物全部倒了出来,整整90粒药物。他等水冷了,可以入口了,就分批分批,缓慢从容地吃了下去。

然后,他平静地躺到了床上。

一会儿是跳芭蕾的吴清华,一会儿是唱京剧的小铁梅,一会是戴镣铐的柯湘,一会是开闸的江水英……

忽然,她们化身为四只黑色的、毛茸茸的小动物,辨不清是小猫还是其他什么,两只扒在肩上,两只扒在腰上,是狠命地扒着。应霜霖厌烦和恐惧极了,用手拼命拍打它们。它们,反而粘连得更紧了。应霜霖实在没有办法了,只好躺倒在地上,拼命打滚。四只小动物可聪明了,跟他滚动的方向,反向爬行,还发出吱溜吱溜的欢快声。应霜霖心里更着急了,两边乱滚,忽然到了悬崖边,应霜霖心里说"停停停",还是掉了下去……

应霜霖,跟随怦怦乱跳的心,醒了。睁开眼看到的第一人,是支道了医生。

第一眼,就觉得非常对不起支道了医生,仅仅这唯一的感觉,就足以让应霜霖闭上眼,眼泪无声地流淌。足有五分钟,才听得支道了医生温和地劝谕:"老应,好了,以后可不许再做呆事情了。"

就像受尽委屈的孩子,终于得到父母的谅解一样,心里那块柔弱的激发点,终于合上了。应霜霖睁开眼,问的第一句话是:"文雅来过没有?"

支道了坐到他的床边,微笑着说:"不是文雅,你这回就没了。"

那天晚上,文雅本能地感觉不对头,就给父亲打电话,关机。打家里电话,停机。文雅慌了,就打了舅舅晓善的电话。晓善因为饭店的事情,还在生气呢,不愿到水磨村去,就打了电话给网保。网保夫妻看在旧日的情面上,到应霜霖家敲门。门一直没开,以为家里没人,就去找应霜庚。应霜庚来了,一看门前场上干干净净,就吩咐网保撞门,这才把应霜霖送到了人民医院。

应霜霖还是那句话:"文雅来过了吗?"

支道了拍拍他的手,慢慢地说道:"好,等你稍微稳稳,这个事情,我帮你解决。"

三天之后,应霜霖自觉无不适表现,但他不愿意回那个家。晓善没来过,文雅没来过,来看望过他的,是霜庚和网保。最意外的,是小刚,原来在饭店做下手,虽然叫师父,但并未正式拜师。他进了病房,什么都不管,该握手握手,该喝茶喝茶,他说,他懂的,日常接触不会传染,说得应霜霖心里阵阵发酸。

更重要的隐秘——他被一个人吸引住了。

他住41床,邻床42,住的是一位HIV并发晚期肝占位的患者。听支道了医生叫他林生泉。他已经进入临终关怀阶段,也没有家人前来探望和陪护。但是,几乎是24个小时,都有一位三十左右、黝黑、壮实的年轻人,一直陪护着他。每天,为他洗漱、净身、换衣服、修指甲、喂三餐,陪他说话,推着轮椅去晒太阳,夜间,哪怕林生泉有一点响动,他都会惊坐起来,问饱饿冷暖。看到这些,应霜霖被这个叫何安安的男人,深深地吸引住了。

微亮的白炽灯下,何安安还在陪客床上深睡,应霜霖就一直盯着他那张英俊的脸,心里激荡无比,再也无法入睡。

那天一早,林生泉忽然说,想吃鲫鱼汤,何安安立刻就到菜场去买了,顺道买了酒葱姜等佐料。应霜霖在一旁,看何安安褪鱼、洗鱼、放冷水、放佐料。当何安安要放白酒的时候,应霜霖脱口而出:"白酒不行,要放料酒。"

这是应霜霖跟何安安说的第一句话。

第二句话是："最好放点豆油一起笃，如果没有，菜油也行，去腥，好看。"

来查房的支道了医生，指指应霜霖，对何安安说："听他的，他可是大厨啊。"

何安安抬起头，认认真真地看了应霜霖一眼，忽然一笑："那你来做，我在一边看，学习学习。"

应霜霖一边按照程序做鲫鱼汤，一边用余光关注何安安的表情。他注意到，何安安也在看着他。

大概是三天后的下午，秋阳让人间处处温暖，文雅来了。外孙小俊在门外喊外公，要往病房里来，被女婿拖住了。应霜霖站在病房里面，朝外孙摇手："小俊，别进来。再喊我一声。"

支道了把文雅约到他的办公室，还有应霜霖，三个人安静地落座了。门外，女婿家星带着小俊，正在抽烟。

"文雅，应文雅，好名字，你在常州工作，是哪所大学毕业的？"支道了微笑着先开口。

"南京审计学院。"

"爸爸厨师，妈妈农民，支持你到大学毕业，也不容易吧。"

"是。"

"找工作、结婚、生孩子，也没少帮你吧。"

"是。"

支道了点点头："你爸爸对你一定很好，很惯，是不是？"

文雅点点头："是的。"

支道了问："你一般多久回家一次？"

文雅仰起头，想了想："不一定，两三个月吧。"

支道了又问："每天打电话给你爸爸妈妈吗？"

文雅不作声了。支道了说:"一定是你爸爸妈妈主动打给你吧。"

文雅低下头。

"你父亲吃药,已经五年了,你知道吗?"

文雅抬头,看了对面的应霜霖一眼,摇摇头:"不知道。"

支道了捏住烟,在手上来回轻轻搓揉,并不点燃:"为什么瞒住你,知道吗?"

文雅不作声。

支道了严肃地说:"作为医生,我们有义务替病人保密。但病人是否告知自己的亲人,我们没有强求。你爸爸不说,是怕你担心,不是怕丑。你能懂吗?"

应文雅看了一眼应霜霖,再次低下了头。

支道了叹口气,对着应霜霖说道:"老应啊,你也别怪女儿,我看出来了,早已经被你们惯坏了,不知稼穑艰难,不知俗累凡重,"支道了掉转头,对着应文雅说,"我没有别的要求,你在常州工作,再忙,每天打一个电话,给你父亲,你可做得到?"

应文雅抬起头,"嗯"了一声。

支道了接续解释:"你父亲这个毛病,日常生活不传染,你知道吗?"

应文雅先摇头,后点头。

支道了继续说:"那么,如果可能,每月回一趟老家,看看父亲,可做得到?"

应文雅想想:"我要跟家星商量的,他不肯,我就没办法。"

支道了说:"你去把他叫来。"

应文雅走出办公室,支道了继续搓揉香烟:"老应啊,我能做的也就这些了,你也知道,这个,越是亲情,一旦疏远,越是没办法弥合。"

家星和小俊,以及应文雅进了办公室,小俊不管,进门就抱住了外公,做父母的,看支道了在一旁,没敢出声。支道了让应霜霖带着小俊出去,留下夫妻俩在办公室,关上了门。

秋阳斜映,门里门外处处是温暖。

当晚十点左右,林生泉忽然深度昏迷,再也无法唤醒。住院当初,家属就已经签字,一旦病情危重,放弃抢救。所以,值班医生闻听病危,只是过来看了一眼,跟何安安说:"你叫家属吧。"

何安安一直在哭,慌乱而紧张。倒是应霜霖有过一次类似的经验,帮着叫来丧事班子。等班子到了,按照程序洗脸、净身,脱穿衣服鞋袜。一切都弄清爽了,领头问:"谁是家属?"

何安安这才从口袋里,掏出一张纸,拨了电话给林生泉的儿子。等林生泉的儿子来到医院,已经午夜了。他看了一眼,什么话都没说,连伪装的悲伤都没有表现:"送殡仪馆吧。"

临走之前,何安安跟应霜霖道别,相互留了手机号码。

林生泉死亡的整个过程,他都目睹了。家属的冷漠和无礼,让同样疾患的应霜霖,恐惧心寒,难道自己临死的时候,也是这样的场面?一直以为,死亡离自己很远,晓莹的突遇车祸,让应霜霖感觉到死亡的无处不在。那么,我该如何活着呢?像自己这样卑微的人,又是如此身份,怎样活才是有意义的呢?

这一夜,应霜霖没有入睡。

隔天,应霜霖跟支道了要求出院。出院手续办完之后,支道了把应霜霖叫到了他的办公室,试探地问他:"老应啊,回去之后,有什么打算?"

应霜霖开始没明白:"能有什么打算呢?"

支道了试探着问:"饭店好像关了吧?"

应霜霖回答:"是的。"

支道了边思考,边解释:"老应啊,根据我多年的经验,有经济收入的人,在你重新回归社会的过程中,可以优先考虑。你的饭店,赚了不少钱吧?"

应霜霖面色开朗:"那当然。我的手艺,还用说吗?"

支道了也面带微笑说道:"不管从哪个方面考虑,回去赶紧把饭店重新开起来,至于你处于怎样的地位,我相信会有办法的。还有,你主动点,别等人上门,好不好?"

上午十点左右,应霜霖坐车到达水溪集镇,恍若隔世。

还是那条街,还是那么多的门面,还是那么多的单位,还是那么多的人群,谁都不搭理他,他也好像谁都不认识,好像被空投到一个陌生的空间,再细细端看,街道、门面和单位,都是陌生的,人,更加地陌生。走到集镇西面了,看到自家的饭店还紧闭大门,隐约地使命一般的声音在召唤。应霜霖才觉得自己的魂魄重新归位了。

将到水磨村的时候,应霜霖心里越发沉闷,心思又飞了。就听到有人喊:"来了。"随即音乐响起。就看到门前的场上,四个道士,分立在四个角上,右手均舞桃木剑,一人左手黄色符咒,一人左手一面令旗,一人左手一只法铃,一人左手一把法尺。四个人看到应霜霖过来了,就慢慢聚拢过来,把他簇拥到场地的正中央,围着他,踏着禹步,嘴里念念有词:

仙道常自吉,鬼道常自凶。
高上清灵美,悲歌朗太空。
唯愿天道成,不欲人道穷。
束诵妖魔精,斩馘六鬼锋。

……

大约围着转了有十圈,音乐声停,符咒贴面,令旗挥舞,法铃大振,法尺击头。其中一位道士,把朱砂印在符咒上,一位道士在他四周撒下一圈白米,一位道士,拿过一只盆,里面是鸡血,用手指弹了几点在符咒上,其他的洒在他双脚四周,然后齐齐收拾整齐,迅疾离开。

应霜庚走了过来,没奈何地摇摇头:"村里人集资请的,你也别怪啊。这样也好,你就没事了。"

应霜霖倒是大度,跟霜庚说:"不碍事,只要大家觉得放心,搞搞迷信也是好的。"

家里跟自己离开时一样,还是冷清加洁净。应霜霖把门窗全部打开,透透气。把地扫了扫,把桌子、凳子,包括晓莹的遗像和骨灰盒子,一样一样擦抹干净。把买来的一次性用具、筷子、茶杯、碗和调羹,一样一样放在桌上。再把需要口服的三种药物,整整齐齐地放在桌上。

再来到门前的水泥场,把遗留的白米和鸡血冲扫干净。但是,无论怎样冲扫,鸡血的痕迹还是弄不干净,好像人脸上留下的红印记。门上和墙上的白字,好像有人擦洗过了,但大大的"滚"字,依稀可见。

正午时分,太阳正好的时候,秋风也暖。应霜霖吃完泡面,午睡片刻,起床,到村里去闲逛。第一家仍然是网保,网保在村里的老年活动室打麻将,看见应霜霖,尴尬地招呼着。应霜霖笑着说:"告诉网保啊,好的鱼留着,饭店马上就重开了。"

这话惹人听,网保老婆立刻笑了:"真的?啊呀,多谢啦。"

回转,来到连根的小卖部,拿出1000元钱,对连根夫妻说:"我存一千元钱在你这里,我呢,要什么东西了,电话联系,你放门口,我来拿,好不好?"

连根先是推脱,后是傻笑,连连说好。事毕,往村里的老年活动室去。老年活动室,就是麻将室,每天下午和晚上,六张台子都是满的。看见应霜霖进来,大家都停住了手,敲牌、嬉闹和玩笑的声音也煞住了,面色不定。

应霜霖也不理睬大家,对在场的小刚和晓善说:"麻将结束了,到我家里来一趟,我有事情跟你们商量。"

说完,往家走去,就听到后面有人小声咕哝了一句:看霜霖这个样子,孤寡相,也蛮作孽的。

敲牌、嬉闹和玩笑声重新响起。

回到家,心里还是烦乱,想给女儿打电话,又想,恐怕在上班,晚上再说吧。上网吧,很久没来了。打开QQ,找到原来熟悉的"中年同志聊天室",用"鱼头王"的名字点进去,马上很多人来问消息。很多原来聊过的"同志",都猜测他生病了。问到了具体的并发症,如何治疗的,需要不需要到大医院去,可以帮忙。应霜霖一一感谢了,说完感激的话以后,忽然觉得没劲,关了QQ,心里细细地品味自己的心境,才明白,自己是想何安安了。

小刚和晓善来了。应霜霖指指桌上新买的一次性杯子,热水瓶和茶叶罐子,对小刚说:"你们自己动手啊。"

要谈的事情不复杂,就是如何把饭店重新开起来。应霜霖的想法很简单,虽然自己不能亲自动手,但可以把手艺传给小刚。毕竟,在饭店将近五年了,看得多了,应霜霖不方便的时候,小刚也做过好多次,并没人可以品尝出正宗与否,只要在前道和细节上再点拨点拨,一定和自己亲自做的相差无几。这一点,小刚和晓善都同意了。应霜霖只能是顾问,不能亲自动手。大家也都同意了,关键的问题是,收入如何分配。

房子是晓善的，小刚和应霜霖，原来都是拿工资。小刚原来是三千元一月，没有其他福利。应霜霖原来是五千元一月，年底有一个红包，相当于分红。其他剩余的，都是晓善的，因为，他是房东和店主。三个人讨论之后，小刚拿工资，五千元一月，没有其他福利。应霜霖也是五千元一月，年底视具体情况，有分红。其他剩余的，都归晓善。这样的结果，三人都满意，皆大欢喜。饭店的名字，也不叫"鱼头王"了，改叫"鱼头刘"。

饭店的事情谈妥了，应霜霖让小刚先走，指指一直放在客厅正中的骨灰盒："你姐姐的这个，怎么说？"

晓善这回爽快了："我回去跟几个老表商量一下，选个好日子，埋到娘老子身边去吧。"

应霜霖等他们走了，立刻打电话给支道了医生，有这样的结果，心里十分感激。

通完电话，应霜霖好像虚脱一般，坐在椅子上，竟然睡着了。

电话惊醒了应霜霖。

天色已暗，家里没有一丝光亮。只有手机屏幕一闪一闪，发出令人喜悦的光芒。是女儿文雅的电话："爸爸，身体还好吧？晚饭吃的什么？药要按时吃啊。我们都很好，国庆节回去看你。你多保重啊。"

应霜霖一句话都说不出来，只是一味地"嗯嗯嗯"，心里一边开心女儿的电话，一边感激支道了医生的开导，不觉泪流满面。

八月十五，中秋，正好是晓莹的五七。

天色微白，应霜霖就起床了。把晓莹的骨灰盒放正，骨灰盒外的红布，已经发暗，应霜霖用干布擦拭了一遍。把晓莹的遗像挂起来,把镜框擦拭了一遍。骑车到集镇,买了豆腐、鲫鱼、猪肉,还有几道新鲜素菜,买了几瓶"封缸酒",买了纸钱和香烛,到家才七点。

简单的早餐之后,吃药。褫鱼、切肉、氽水、煎豆腐、煎鲫鱼。然后是红烧豆腐、红烧鱼、红烧肉,两道素菜是炒青菜和茭白丝炒毛豆。十一点,五道菜全部齐备。盛到大碗之中,端端正正地供在晓莹的遗像和骨灰前。点燃香烛,满杯斟上"封缸酒",燃烧纸钱,心中默念:请晓莹原谅自己,同时请求老天狠狠责罚自己。香烛燃尽的时候,纸钱也正好烧完。屋里烟雾弥漫,加上香烛的味道,应霜霖流泪不止。

一直等到十二点,也没等到女儿的电话。应霜霖心里怨火腾升,拿过手机拨通了女儿的号码,但是,电话响了三声之后,应霜霖心里怨火一下就没了,他赶紧停了拨号,端坐等待。果然,一刻钟之后,女儿回拨了,电话里声音很吵:"爸爸,有什么事情吗?怎么响几声了又停了?"

应霜霖微展愁眉,小声地回答:"今天是八月半,也是你妈妈五七。你放心,我已经祭供了,纸钱也烧了。我没什么事情,就是跟你说一声。"

"哦,爸爸,对不起啊,今天,家星的领导,请我们几家人到郊区烧烤,没办法推辞。爸爸,你就代我多烧点纸钱啊,我国庆一定回家看你。"

关上手机,应霜霖的心情略微平复。毕竟起早了,感觉累了,饭也没吃,直接午睡了。

也不知道从几时开始,中秋到天荒湖赏月,成了小城的时髦。从上午开始,陆续有大小不等的汽车,带着家人朋友,带着帐篷、烧烤架以及食物,到天荒湖边搭帐篷,烧烤,喝酒,赏月。月亮升起的时候,天荒湖边的人们开心地笑着,闹着,吃着,喝着,并没有多少人在意天上的月亮。他们要的是一种名义和借口，用外在的各种行为和行动，填补内心的空虚。

应霜霖，也在天荒湖边。身边的各种吵闹和哄笑，都与他无关。他一直看着月亮如何从天际缓慢升到半空，如何从残月扩充成圆月，只是心里的空虚，随着月亮的圆融，越来越大，没有什么行为和行动，可以实施，可以填充。

除非能有一个人。

阴历八月二十八，阳历9月22号，"鱼头刘"正式开张了。

门前的广告词是这样的："鱼头刘"大饭店，由刘晓善总经理重新装潢，由"鱼头王"应霜霖的嫡系传人，应小刚大师傅亲自掌勺，浓汤鱼头、红烧鱼段、清蒸鱼尾，一鱼三吃，手艺精到，独家奉献。望新老朋友多加惠顾！

每天一早，小刚先到网保家中，等待应霜霖的到来。应霜霖会在七点起床，洗漱、早餐、服药之后，七点半到达湖边，两个人一起选鱼头，一般是七到八条。称好重量之后，记账，一周一结账。选鱼头的时候，应霜霖会指点小刚，什么才是好的鱼头。譬如，鱼鳞的颜色、有没有斑点、鱼尾的分叉等细节，小刚感激非常。因为自己不便出现在饭店，应霜霖就让小刚把刀具和砧板带来，在天荒湖边褪鱼、剖腹、去鳞、除鳃。鱼头如何成型，鱼段如何入刀，鱼尾如何保全，耐心地教给小刚。一切程序完毕，小刚把刀具和砧板，以及成型的半成品，带到饭店。这个时候，大约是早上九点左右。应霜霖，会坐着小刚的电瓶三轮车，一起到饭店，指导小刚具体的前道处理。这个过程，大约需要一个小时。

十点，应霜霖一上午的事情，就全部完成了。有时，他会从饭店带点卤菜回去，或者炒个肉丝之类的，再搞个素菜，因为，他现在学会喝酒了，每餐一杯，二两，是当地的"封缸酒"，午饭就解决了。

午睡片刻,应霜霖起床,自带茶杯和水壶,到村里的老年活动室小坐。也许是相关知识宣讲到位,也许道士作法的结果,大多数村民已经不像开始那样畏惧应霜霖的出现了。都知道应霜霖坐在家里拿钱,开通的村民,会主动招呼应霜霖下场来玩玩。徒弟小刚,忙完中午的事情,也会赶来,陪师父过瘾。师徒俩都是大方人,十场倒要输八场,虽然钱不多,但赢钱的人心情不一样。这样,一下午的时间,被麻将打发了。

最难熬的是晚上。

小刚已经慢慢上了手,不需要自己去饭店了。女儿虽然每晚会有电话,但毕竟是女儿,再怎样地嘘寒问暖,也挠不到应霜霖的痒处,有时反而戳到痛处。看书眼花,电视没劲,聊天失了瘾。半个月了,有根锁链缠绕心包,胸闷气短。又好像有什么东西遍布全身,勒住了他的神经。无论行走坐卧,总是蜷曲萎缩,伸展不开。应霜霖拿起手机,想了半天,还是发出了这个短信:我是应霜霖,你在哪里?你还好吗?

很快就回了:我在贵州,明天回江苏。

应霜霖心包上的锁链被解开了,全身舒缓,长出一口气,头脑肢体四通八达,恨不能翻几个筋斗。睡意袭来,安然入睡。

临睡了,想起南康白起日记里的一句话:谁也看不穿别人身后的故事,谁也不知道别人的心里,是不是住着这么一个人。

这一天,天色还在墨灰青白中辗转暧昧,远处已经有爆竹声响,把沉睡的应霜霖扰醒了。

应霜霖睁开眼,奇怪这么怎早会有爆竹响呢?一想,明白了,今天是国庆节。想到国庆节,应霜霖立刻脑筋清爽了,起床,快速地洗漱,吃早餐,吃药。随后,扫地,抹桌,搞卫生。原来客厅长条桌正中的骨灰盒,已经被安置到自己的房间里。墙上,晓莹的遗像已经有薄薄的灰,应霜霖细细地擦拭了一遍,左右看看，端正得很。然后，往天荒湖走去，选鱼头，因为，今天女儿要回来。

十点左右，文雅和家星，带着小俊到家了。在刘晓莹的遗像前，三个人鞠躬上香，小俊还磕了三个头。应霜霖拿出全部手艺，做了一鱼三吃，因为文雅从小喜欢。也因为文雅的缘故，家里的一鱼三吃，有不同的讲究。浓汤鱼头，饭店的都是豆油一起煨，家里放的是菜油，文雅怕闻豆油的味道。红烧鱼段，饭店做的淮扬风格，带点甜，家里的会放点辣椒，文雅喜欢吃辣。清蒸鱼尾，饭店的要放点生抽，颜色好看，家里的不放，文雅喜欢素白。

筷、杯、调羹，都是一次性的。除了鱼，还有几道素菜。但是，家星只吃自己带来的卤菜，杯中酒没喝。小俊想吃鱼，都被家星拦住了。文雅倒是一直在吃，喝鱼汤，啃鱼头，品鱼尾，不是大快朵颐，而是小心翼翼。吃饭的时候，谁也不讲话，好像工作餐。午饭一结束，三个人就离开了，连道别声都低微。谁也没注意到，整个午饭期间，应霜霖没有摸筷子，没有动调羹，一口菜没吃，一口汤没喝。临上车之前，文雅小声嘀咕了一句："门上的字……"

应霜霖目送他们的车出了村，回到家中，看着满桌的菜，看看墙上晓莹的遗像，他给自己倒上一杯"封缸酒"，一口干了，又倒了一杯，刷了一根鱼尾，打开电视，不断翻台，终于，找到了喜欢的《士兵突击》。全是男人，全是野男人，多好看啊。应霜霖喝一杯，倒一杯，筷子不放酒不停，心里高兴。从晓莹走了之后，第一次这样的高兴，一切心里和外在的羁绊，都被酒驱赶到天荒湖去了。他借着酒兴对自己喊：我要有自己的生活。

短信的嘀嘀声，把酒酣深睡的应霜霖唤醒了，就一句话：我到县城了。

应霜霖一看时间，五点半了。立刻起身，回了一句：你住哪里？

短信来了：新塘新村。

应霜霖想了一想：明天我上城去看你。

何安安回信：好。

10月2日，还是国庆假期，城里到处都是人，红旗飞扬，气球高飞，人声、鸣笛声、叫卖声、歌曲声、爆竹声、杂乱喧哗，每个人脸上都是由衷的喜悦。

应霜霖九点左右就到了县城，他今天做了精心的打扮。

头发梳到根根熨帖，下巴和双颊无丝毫毛髭。白色衬衫，内衬有暗红的小花。浅米色长裤，黄色的新百伦。浅棕色小包，包里是木梳、镜子、钱包和手机。腋下喷了一点香水。小包和香水，都是晓莹在的时候，应霜霖以她的名义在网上买的，从来没用过。

应霜霖打的来到新塘新村，5栋501，敲门，何安安开门，两个人面对面，一股异样的气息迅猛来袭，又倏忽消失，唯余强烈的不自在横亘其间，谁也不知道如何开口。

还是应霜霖老到，看何安安的屋里杂乱无章，衣裤、鞋袜到处扔，就说了一句："今天天气很好，我帮你打扫下卫生吧。"

把桌面、地面都打扫干净，然后是整理床铺，洗床单和衣服，包括内裤、鞋袜。应霜霖边做边问："你是贵州人吗？"

何安安稳坐椅子上，跷着兰花指，定心地喝茶，回答："是。"

应霜霖问："怎么会在我们这里的？"

何安安回答："我是贵州××医药的，是公司派驻的苏南总代理。"

应霜霖问："那你这房子？"

何安安答："公司租的，还有一位同事呢。"

应霜霖:"你的意思,也不是在这里定居?"

何安安:"对啊,每个城市住一段时间,每个月汇总销售情况,定期向总公司汇报。"

应霜霖想了一想,还是问了:"你是怎么认识老林的?"

何安安回答得很爽快:"五年前QQ上认识的,处过几次,后来一直没联系。生病以后,忽然在QQ上遇到我,我看他可怜,就来帮忙照看照看,也是一份情嘛。"

衣裤鞋袜都脱水干净了,应霜霖帮他晾起:"你,多大啦?"

何安安过来帮忙:"三十五岁。"

应霜霖:"家里人知道你这情况吗?"

何安安叹气:"当然不知道。其实,我这个工作,就是为了躲避家人的。"

应霜霖问:"你知道我多大吗?"

何安安答:"知道啊,五十五岁,比我大二十岁。怎么啦?"

应霜霖想问,会嫌弃年纪大吗?没问出口。

东西晾好了,屋子里的光线忽然暗了一暗。

应霜霖看看表,十一点多了,对何安安说:"我们去吃饭吧。"

捏着他的肩膀又添了一句:"我请客。"

整个十月份,天气由炎热转温热,再阴热,缓慢地降低,热还是热的。两个人的感情与之相反,缓慢地升温,一切都水到渠成。

阴历闰九月初二,阳历10月25号,是一个周六。何安安从南京回来,应霜霖邀请他到天荒湖一游,顺便吃个晚饭。因为何安安是贵州人,口味偏辣偏咸。应霜霖为他做了两道川菜,宫保鸡丁和鱼香肉丝。另外烧了一道红烧羊肉，一个鸡汤，两道素菜。两个人都喝酒了，何安安是泸州老窖，应霜霖是封缸酒。微醺的时候，两个人都把持不住了。

事情完毕，何安安指着卧室桌上的红布包裹："那是什么东西？怎么感觉冷兮兮的？"

应霜霖没敢讲实话，起身把它拿到后面的空房间里去了。嘴上说的是："家里亲戚送我的补品。"

此后的时间，何安安都是周六过来。他开车来，事情完毕之后，也不过夜，十二点左右，村民都睡了，再开车悄悄离去。

有一次，尽欢之后，应霜霖问何安安："你第一次说，你活着就是麻烦，战争年代早死了，哪里来的这些想法啊？"

何安安翻个身，想了想："好像早就有了。唉，从我懂事开始，就没有真正地开心过，从来心上都蒙着一层灰。"

应霜霖问："家里人不催婚？"

何安安回答："怎么不催呢？所以我也不常回家，上次回去，最小的弟弟结婚。婚礼仪式完毕，我就溜了。不敢多留啊。唉，想着爸爸妈妈慢慢老了，还为我操心，心里实在是难过。"

应霜霖问："你有什么打算吗？"

何安安答："打算？打算什么？怎么打算？难道我们可以光明正大地结婚？或者不结婚，光明正大地同居？告诉所有的人，我们是'男同'？"

应霜霖想想，他的话是有道理的。但是……

"你想过，我们的未来吗？"

"说老实话，没想过。我们没有未来，只有活在今天。"

这段时间里，应霜霖跟着何安安，到过他的工作地。

第一站是镇江，两个人品尝了宴春楼的肴肉面、大汤包，登临了西津渡。在西津渡的最高峰，两个人手牵手，远眺长江。应霜霖不觉大吼一声，身心舒爽。应霜霖想，原来，精神的愉悦，是以身体的满足为前提的。物质呢，可以保证身体的快乐，是必要的基础。这一次在镇江，为了避嫌，何安安没开大床房，开的是标准间，床小了点，半夜的时候，两个人想换个姿势，稍微一动，就掉到了床下，在黑暗中，两个人抱着开心大笑。

第二站是南京，两个人处处手牵手。在中山陵，看着中山先生的陵墓，应霜霖心想，再伟大的人物，死后也是一抔黄土。陵墓再壮阔，死去的人又不知道。想想何安安说的活在今天，更觉得及时行乐是个真理。

那一晚，躺在床上，听闻身边何安安轻微的鼾声，应霜霖心里全是满足和骄傲。没想到自己55岁了，还如此充满激情和力量呢。

阴历十一月初六，也是个周六。网保夫妻两个到女儿家吃晚饭，在女儿家打了三圈麻将，骑电瓶车回家，正好在村头，遇见应霜霖送何安安，随口就问道："老应，什么亲眷啊？这么晚也不留宿啊。"

应霜霖也是随口回答："一个朋友，晓得我一个人了，特意来望望我。"

车走了，应霜霖也回家了。网保倒没多想，老婆红娣眼睛尖，到家跟网保咕了一句："不对劲，我看到他们面孔贴面孔亲嘴的。"

隔了几天，应霜霖起身到网保家，等待小刚来选鱼头。谁知网保告诉应霜霖，小刚一早就选好鱼头，已经走了。

应霜霖一个电话飙过去："小刚，你怎么回事？"

小刚在电话里期期艾艾："师父啊，我都会了，就不麻烦你了。你也年纪大了，让你多睡睡懒觉么。"

应霜霖感觉不对："小刚啊，你不要骗我，说老实话，到底怎样回事情？"

小刚还是不肯说:"师父,你不要逼我,我做不了主,我也不知道怎么说。"

元旦一早,应霜霖被爆竹声惊醒了,赖在床上闷想,小刚来敲门了。手里是一个红包,放到了应霜霖的床前,什么话都没说,转身就走。

应霜霖奇怪:"小刚,你这是什么意思?"

小刚停住脚步,也是奇怪的表情:"那个,刘老板没跟你说吗?"

应霜霖更加不解了:"说什么啊?小刚,你讲实话,师父不会怪你的,到底怎样回事情?"

小刚脸涨得通红,期期艾艾了半天,才小声回答:"师父啊,他们都说,你要跟一个男的结婚了,我们都想不通,心里特别异怪,师父,是真的吗?"

应霜霖明白了,心里反而不生气了,他指指桌上的红包:"小刚,这个是什么意思呢?"

小刚脸色恢复了正常:"师父啊,刘老板说了,明年不想聘你了,这里是三个月的工资,加今年的分成,一共两万块。师父,你自己当心身体啊,我走了。"

应霜霖一边起身,一边回答:"小刚啊,你慢走啊,有什么不懂的,尽管来问我。"

小刚已经走得远远的了,没有听到应霜霖的话。

立刻给刘晓善打电话,本来已经定了,阴历的十一月二十九,要把刘晓莹的骨灰,安葬到她父母身边。晓善在电话里只讲了一句:"我姐姐既然嫁给了你,生是你家人,死是你家鬼。骨灰的事情,以后别问我,你看着办吧。"

最难过的是女儿的变化,本来每天一个电话的,慢慢地,女儿也不来电话了。到了腊月头上,应霜霖忍不住了,电话打过去,还没开口,文雅就说——其实是吼:"爸爸,你不会真的想找个男的过日子吧？你让我在这个家里怎么过啊？你让我出去怎么见人啊？爸爸，我求求你，以后就不要给我打电话了，就当我这个不孝的女儿已经死了。"

这回，村民们没有扔垃圾，没有堆大便，他们只是冷漠，把应霜霖当作一个影子去看。

应霜霖默默承受着一切，没有那么难受和羞愧，只是连日来迷惘，加之思念之苦，明显瘦了。正逢年底，何安安工作最忙的时候，白天都无法联系，只有到了晚上，两个人会通通电话，以解相思之苦。至于身边发生的一切，应霜霖都没跟何安安提及。

现在的应霜霖，白天闷在家中，看书，看电视，为了解闷，应霜霖买了很多葵花籽，一直不停地嗑瓜子，嗑到嘴唇全破了。还有，就是听网友们为南康白起写的歌曲，其中一首小千演唱的《往日如风》，成为应霜霖的每天一歌，循环往复：

> 黑夜中多少繁星入梦
> 也曾经午夜歌声有始无终
> 清晨窗外看不见的风吹乱心中伤痛
> 童话的尾声是久别重逢。
>
> 那些年我们相依相拥
> 多少爱消散遗忘红尘之中
> 黎明之前黑暗中的灯是否点亮星空
> 心口上的红有一个人懂。
>
> 在多年以前别离匆匆
> 看多年以后往日如风
> 想牵你的手数人间尽白头
> 现实中你我只能各自远走。

在天涯海角默默停留
看潮起潮落人生依旧
这场白色烟火照亮谁的眼眸
唯愿阳光下能够执子之手
相伴到永久。
……

到晚上，天黑透了，应霜霖会骑车到集镇买日用品和吃食，或者到天荒湖的西南偏僻处，在黑暗中凝视天荒湖，发呆，乱想。有时，会延宕到跟何安安打完电话才回家。这一回，应霜霖没有自杀的念头，连闪念都没有出现。有一次发呆，他忽然想起九十年代中的时候，还在外地打工呢，在拥挤的录像厅，看的一部香港电影，叫作《胭脂扣》。电影里，如花跟十二少约好一起吞鸦片自杀，如花死了，十二少却没有死成，多活了五十三年。应霜霖现在想，当十二少吞服鸦片的时候，他一定以为自己是在演戏呢。当他被抢救醒来了，他知道是人生。就像上次在医院，醒来见到了支道了，才知道还是真实的人生好啊。十二少，宁愿选择充满着喜怒哀乐的人生，也没有再入戏自杀。戏再好，人生再苦，戏跟人生相比，总是太短。瞬间的好总抵不过长久的苦，况且这长久的苦里，也有很多瞬间的好，这也是人活着的理由。那么，自己大概也是如此了。

这一天，在天荒湖边瞎想了半天，跟何安安讲几句电话。在慢慢踱步回家的路上，忽然有了感慨，他要写点东西留在纸上：

安安啊，我能忍受孤独，我能忍受分离，但是，我不能忍受黑暗。就像你说的，从来心上都蒙着一层灰啊。我们都是无根的草，无舵的船，无土的尘，我们一生的希望，就是有一个能够依靠的肩膀。可是,找到肩膀又能如何?能在阳光下肩并肩地行走吗?能在公共场所肩并肩地笑谈、进食、依偎、亲吻吗?能在双方父母的见证下肩并肩地走进婚姻吗?能肩并肩地长相厮守,含笑终老吗?黑暗是一张无形的大网,我们逃无所逃,挣无所挣,抗无所抗,我们唯一能做的,就是继续往更加黑暗的地方沉溺,再沉溺。

阴历的腊月初八,天色阴着,寒风浸人。将近午饭的时候,有人敲门。

进来的是应霜庚,端着一只锅,应霜霖忙接过来,放在桌上,打开,是一锅腊八粥。啊!今天是腊八节啊。

两个人面对面坐了,应霜庚陪着应霜霖,倒上封缸酒,以粥佐酒。喝到第三杯了,应霜庚才开口:"哥哥啊,我也帮你想过不少,你一身的好手艺,到哪里没有饭吃啊,在家里蹲着,可惜吧。"

应霜霖回嘴:"你也想我走?"

应霜庚笑了:"我不要你走,那么,你看看你自己,过的什么日子?有意思吗?老话怎么讲的,海阔大鱼跃,天高雀雀飞,外头的世界,才是属于你的世界啊。你硬犟着杵在这里,跟谁拼命啦?"

应霜庚继续说:"讲老实话,你这个事情,我是不大懂。不要说这辈子,就是下辈子,我也不会喜欢男人。我想,村上的男人,集镇的男人,所有我认识的男人,都是这个意思。你在这个环境中,心里不自在啊。你出去,到大城市去,谁也不认识你,也没人知道你喜欢男人,想怎么过就怎么过,有什么不好?"

应霜庚走后,应霜霖午睡。起来之后,想了一想,先给何安安发了短信:我想离开水磨,我们一起到别的城市,好不好?

过了半个小时,回信了:好。

接着又发来一条短信：工作太忙，年前无法相聚了，自己珍重。腊月二十五回家，正月初十回来。

年三十晚上，天还没黑呢，爆竹声已经从四面八方传来，好像要攻陷以应霜霖为中心的堡垒。应霜霖吃完简单的晚餐，没有看春节联欢晚会，而是在网上找到了《蓝宇》，细细地重新看了一遍。看到刘烨趴在胡军身上，慢慢地下移，应霜霖不觉咽喉干紧，下身发热。大约十点左右，女儿来电话了，虽然没讲几句，话语也生硬，但毕竟是来电话了。十二点的时候，应霜霖来到门前的场上，把一挂小鞭和十个大炮仗，依次放了。预祝自己和何安安，新年有新气象。爆竹闪亮的时候，应霜霖看见场地中央鸡血留下的红印，心里一刺。

到家，没敢打电话，只是跟何安安发了短信：祝你有生之年，生活如痴如醉，心灵跌跌撞撞，身体自在飞翔，生命熠熠生光！新年快乐！

何安安回：我愿意成为你生命里，一切隐疾和心伤的解药。新年快乐！

安然入睡，连绵的爆竹声，也没能让他醒来。

正月初五，应霜霖特意一早就上了城，来到人民医院，来到支道了的办公室。他知道支道了不抽烟，不喝酒，就买了点新鲜水果给他。

一落座，看到支道了和蔼亲切的面孔，应霜霖忽然想哭，眼泪还真的就不自觉地流了下来。支道了医生也不劝他，只是小声地说了一句："老应，你可是男人啊。"

应霜霖擦干眼泪，害羞地说："支医生啊，让你见笑了。"

支道了真诚地说："男儿有泪不轻弹，只是未到伤心时。老应，说说什么情况？"

应霜霖把回去之后的情况，以及跟何安安的事情，都如实说了。

支道了想了一想:"这个好,老应啊,我只有一个建议,是建议啊,最好别太远,就在附近,譬如,丹阳啊、溧阳啊、宜兴啊,你要随访,还要拿药的,开车半天就能来回,你看呢?"

应霜霖一想,果然有道理,幸亏自己来一趟。看支道了不断接电话,不断有病人,应霜霖知趣,起身握手道别。

正月十五,天气特别好,阳光中的暖意特别浓。午饭时刻,何安安开车到了。像之前一样,应霜霖特意做了几道菜,两个人喝酒,尽欢。

很久很久,两个人拥抱着,何安安已经哭得满脸是泪水了。应霜霖拿起纸巾,慢慢擦拭他的泪水,深情地说:"我们一定能长久。"

何安安不再流泪了,也是一样的深情:"是,我们一定要长久。"

等何安安彻底恢复平静了,应霜霖说:"我们到哪个城市好呢?支医生让我在附近县城,拿药和随访方便。"

何安安想了想:"我觉得宜兴不错,我去过。消费水平高,收入相应也高。"

应霜霖说:"我是去做厨师呢,还是我们自己开饭店?"

何安安说:"这个不着急啊,等安顿下来,考察了以后再做决定。"

应霜霖说:"我还有点积蓄,反正女儿也不认我了,如果可以,我们自己开,你做老板,我做厨师。我还想过,一定有很多像我们这样的人,可以慢慢地成为一个特定的场所,那样的话,还怕没生意吗?"

何安安笑了:"你是真能想,还能想得那么远。"

直到天黑,应霜霖才起身,吩咐何安安:"你再躺躺,听会歌曲，我有点小事处理完，马上就回来。"

　　此夜，是正月十五，元宵佳节，家家团圆的日子。焰火和爆竹，连绵不断。应霜霖，双手捧着红布包的骨灰盒，向天荒湖最西南缓步走去。天上的月亮圆圆亮亮，被焰火映衬得高贵娇艳，配合着应霜霖的步伐节奏，缓缓上升，好像在指引着应霜霖的道路。

　　应霜霖撑上网保家的小船，来到天荒湖的中心。湖面浑然一片，像经年的琥珀，厚实质朴。应霜霖解开红布，打开盒子，借助洁净的月光，把晓莹的骨灰一把一把撒到湖水里，没有风扰。他嘴里念道："晓莹啊，我就要走了，也不知道什么时候回来。你弟弟说了，你生的这个病，不能葬到祖坟里，放在家里呢，我也不放心。想来想去，你从小在天荒湖边长大，还是留在湖里最好了。"

赵致远的第一次

喧闹，嬉戏，同学间相互的打趣和戏谑，接近尾声了。一直主持节目的林东华，对着话筒"吭吭"两声，对舞台下的同学们说了："我们的节目都差不多了，现在呢，我们请敬爱的赵老师上台讲话，大家鼓掌啊。"

赵致远被几位感情较好的学生推上了舞台。上了舞台才发现，他的学生们，真的是用情了。这家宾馆的餐厅，是平时用来办婚宴的，最多可以放四十桌，今天就放了两桌——靠近舞台的两桌，其余全空着，是被包了。赵致远知道，他的学生里面，有钱的很多，但像今晚，1985届的学生，这样的举动，还是令他心里的热泪暗涌。

赵致远拿过话筒，对着台下的学生："今天是一个值得纪念的日子，春风送暖，大地回春，才俊荟萃，群贤毕至……"他忽然意识到，这是他日常开会时候的套词，大概套惯了，这个时候就"出套"了。他故意关掉麦克风，停了片刻，心里骂了几句娘，打开麦克风，先自嘲："同学们，对不起啊，刚才忘词了。主要是，我太激动了，关键是，你们对我太好了。"

台下的同学们又是一阵热烈的掌声。

"同学们,大家都学过《春晖》对不对?那是游子远去,慈母送别。今天呢,关系正好颠倒了一下,作为老师的我将远去,作为学生的你们送别,真可以说,别有一番滋味在心头啊。"

舞台下的学生周友立起身,大声地对赵致远说:"赵老师,这里可以用这两句诗歌:大鹏一日同风起,扶摇直上九万里。"

赵致远对着舞台下的周友立连连点头:"对对对,假令风歇时下来,犹能簸却沧溟水。"

舞台一旁的林东华说话了:"别插嘴,让赵老师继续讲话。"

赵致远深情地说:"同学们,因为众所周知的原因,也因为上海那边的万分诚意,明天,我就要辞别故乡,去上海继续从事我的教育工作了。我,从事教育工作三十多年了,你们这一届,不是最出众的,却是最懂感恩的。今天的欢送晚宴,今天的感人场景,让我颇有启发,一个老师,到底是教会学生懂得感恩重要呢,还是教会他们如何成功重要?我今晚的答案是,懂得感恩更加重要,谢谢你们!"

蒋一平说:"赵老师,老话说,此处不留爷,自有留爷处。"

高耀辉说:"赵老师,你是全国特级教师,艺高人胆大,人往高处走。"

热烈的掌声混杂有节奏的跺脚声,台上台下暖意融融。林东华适时地打开音响,是去年最流行的水木年华的《一生有你》,歌曲缓缓响起,台上的赵致远不禁泪眼婆娑。

大门忽然开了,支道了走了进来。赵致远乘机抹去眼泪,高声喊道:"支道了,到台上来,你迟到了,要罚酒。"

高耀辉、蒋一平等几个同学,把支道了簇拥上台,支道了一边被推着走,一边嘴里分辩:"来了一个流行性出血热,一直抢救到现在,不是故意迟到的,我不会喝酒。"

王志安端过一杯红酒,塞到支道了手里:"支道了,你不要没良心,当时在班上,赵老师对你最好。赵老师明天就要走了,你也不喝一杯,表示感谢?"

林东华和周友立也都围了过来,台下的同学们也纷纷围了过来,嘴里大声撩拨:"支道了,喝一杯,支道了,喝一杯。"

送别晚宴以支道了一干而尽,醉步跟跄结束。大部分同学都走了,几个跟赵致远关系较好的同学都留了下来。高耀辉看支道了确实醉了,虽然是阳历三月,但夜晚还是寒意甚重,一时肯定不能回家,就建议到浴室去待会,可以洗澡,可以打牌,可以醒酒。

赵致远一听去浴室,连忙摇头:"不行,我不能去!"

整个餐厅的灯光,已经暗淡下来,舞台上的灯光和音响,都熄了。仅有的几个同学,分散在赵致远的四周,被他这大声的拒绝都吓住了。

高耀辉问:"赵老师,浴室去洗澡,有什么不行的?"

赵致远微微羞愧:"从来没去浴室洗澡过,"好像又觉得话不够严谨,急忙补充,"刚工作住集体宿舍,都是冷水澡。结婚有了房子么,在家洗澡。后来么,身份也不允许。"

王志安打趣道:"是吴老师不允许吧。"

吴老师叫吴倩兮,是赵致远的爱人,也是学校的生物老师,刚才也在座的,此刻回家去收拾行李了。

高耀辉对赵致远说:"我们就去大众浴室,那里就是洗澡的地方。"

赵致远看看东倒西歪的支道了,点点头。七个人分作两拨,打的往大众浴室奔去。

大众浴室,顾名思义,门面、陈设和装修,都很普通。大家分两个包厢,林东华、高耀辉、蒋一平和王志安选了个麻将房,先搓几将,支道了也在他们包厢睡觉,可以看着。赵致远和周友立在一个包厢,先洗澡。

赵致远跟着周友立进了包厢,东张西望,脱衣服的时候,小声问:"没看见有很多女人啊。"

周友立差点笑出声来:"赵老师,你听谁说的?"

但是,看见赵致远要脱短裤,周友立立刻跑过去,拉住他的手:"短裤不能脱,大厅有修脚的,女的。"

赵致远跟着周友立,穿过大厅,果然看见有几个中年妇女,修脚、捏脚和敲背。进了浴池大门,横列着一组柜子,周友立先脱了短裤,往柜子里一放,赵致远也跟着学样,前后拿起毛巾,进了浴池。

浴池里蒸汽翻腾,即使走到眼前,也看不清面孔和表情。周友立牵着赵致远,亦步亦趋,进了水池。周友立扑通就下去了,赵致远先是脚沾沾热水,又缩了回来。坐在大理石做的台阶上,手和脚试啊,点啊,沾啊,浸啊,适应了好半天,才慢慢适应了热度,全身浸泡到水里。

支道了也下来了,赵致远问他:"酒醒啦?"

支道了微醺着,看着赵致远,开心大笑,笑得赵致远莫名其妙。支道了说:"长这么大,还是第一次跟老师赤裸相见啊。"

赵致远略带尴尬,指指泡在水里,舒服得摇头晃脑的周友立:"都是他捣鬼。"

支道了说:"我想起一幕电影场景了。"说着竟然唱了起来:"鸳鸯茶,鸳鸯缘……"

周友立也跟着和:"你和我,我和你……"

赵致远笑了:"《虎口脱险》,土耳其浴室接头。"他看看周友立,看看支道了,再看看赤裸裸的自己,也笑了:"古今中外的历史上,师生之间,赤裸裸地在浴池里谈心,后无来者不敢说,前无古人是差不多的。"

周友立说:"看我们师生的情景,想到即将要分别了,我就想起两句词了，欲寄彩笺兼尺素，山长水阔知何处。"

支道了说："你这不通，应该是，满目山河空念远，落花风雨更伤春。不如怜取眼前人。我说心境。"

赵致远忽地从水中站起，坐到台阶上，非常适意的样子，看看周友立和支道了，再看看自己的裸体，笑着说："看我们都这样了，不如说是，身无彩凤双飞翼，心有灵犀一点通。"说完自己先摇头："狗屁不通，狗屁不通。"

支道了和周友立，一左一右，坐到赵致远的身旁，同时说"通通通"。

赵致远低头，看看裸体的三个人，摸摸脸上的汗水，若有所思："我是老师，支道了，你是医生，周友立，你是记者，都算是这个社会的知识阶层。你们看这个社会，各种乱象纷呈，人生观、价值观，都在剧烈的变化之中，甚至已经被颠倒了。作为你们的老师，临别送你们一句话，要懂得有所为和有所不为，要有社会担当啊。"

支道了和周友立，都明白赵致远的话里有话。

五年前，初中部跟高中部还在一起，但开始分开管理了，为九年制义务教育过渡。因为教学成绩优异，赵致远被任命为初中部的校长。五年过去了，赵致远的"课堂为主，一视同仁"的教学理念，受到了方方面面的挑战。在竞选九年制实验学校的校长失败之后，选择了离开故乡，远赴上海，继续他的教育家梦想。

周友立看赵致远泡得差不多了，就高声喊了一句："来搓个背！"

支道了先上去了，还有酒劲在呢。赵致远却不过周友立的盛情，两人一起赤裸裸地平躺着，任人来回搓揉。

赵致远好像很享受，在水雾弥漫中，竟然哼起歌曲了，是刚才晚宴时，水木年华唱的《一生有你》："多少人曾爱慕你年轻时的容颜，可是谁能承受岁月无情的变迁，多少人曾在你生命中来了又还，可知一生有你我都陪在你身边……"

身旁的周友立惊奇到了极点，几十年来，赵致远给他的印象，永远是严肃的，不苟言笑的："赵老师，你还会唱歌？"

赵致远笑了："大学时代，我就参加过学校的合唱团，拉过二胡，吹过笛子，唱歌还不是小意思？"

周友立翻个身，预备搓背了，趴平了，嘴里含糊着问："初中三年，我们那么多同学，没听你哼过一句。"

赵致远也翻身了："工作以后嘛，当然不可以像学生时代那样随心所欲啦，毕竟是做你们的老师了。在家里，我还是喜欢听听歌曲的。"

周友立笑了："待会儿洗澡结束，一起去卡拉OK，听赵老师正式地表演一回，也给我们留个美好的回忆。"

赵致远说："已经洗澡耽搁了，回家还要收拾行李呢。唱歌的事情，你就放在心里吧，不要跟其他同学说起了。"

回到包厢，赵致远连喝三杯开水，大喊舒服。有人敲门，是大堂的服务员："需要什么服务吗？"

周友立瞥了一眼赵致远，见他满怀舒适地躺在床上，正在看电视里的新闻。周友立悄悄地跟服务员说："找个长得干净的来。"

包厢里有三处灯，进门三盏小红灯，床前两盏日光灯，打麻将用的，靠床一盏小白炽灯。此刻，三处灯全部亮着。周友立想关掉进门的灯，赵致远不允许。说："开着看电视舒服。"

进来一个小姑娘。个子不高，丰满登登的，白皙的小圆脸，见人一脸的笑。手里拿着凳子和修脚的工具，穿的裙子和圆领衫，露着一点点白白的肚皮，不多不少。周友立过去迎接，低声吩咐："做全了，钱不用担心。"然后转身，高声对小姑娘说："把赵老板伺候好了，不好不给钱啊。"

赵致远起身，连连摆手："不要，不要，不要。"

周友立有点故意的味道："赵老板，嫌不好换一个。"

赵致远瞥了一眼小姑娘："不是那个意思。"

周友立把小姑娘领到赵致远的床前："赵老板，那你是什么意思呢？"

日光灯下的小姑娘，发出诱人的光泽。赵致远不自觉吞咽了一下，重新躺平，忽然问道："你叫什么名字啊？"

小姑娘娇声回答："啊呀，来这么多辰光了，还没人问我叫什么名字呢。这个赵老板真是个细心人呢，我姓吴。"

赵致远嘴里念叨："姓吴啊，我想想啊，相思本是无凭语，莫向花笺费泪行。你就叫吴凭语吧。"

周友立心里笑，这个傻老师，跟个修脚的还卖弄诗歌呢。知道成了，刚想离开，赵致远立刻起身："你不能走，陪我一起，不然，我就不做了。"

周友立连忙点头："好好好，我陪着你，去，再叫一个修脚的来。"

进来一个姑娘，苗条，稍高，皮肤偏黑，眼睛低垂，进门也不打招呼。周友立知道是新来的，学着赵致远："你叫什么名字？"

姑娘回答："我姓白。"

周友立躺平，招呼姑娘坐下，伸出脚，斜过面孔，对右侧床上的赵致远说："赵老板，这个姓白，就该是棠梨叶落胭脂色，荞麦花开白雪香，就叫你白雪香吧。"

说完和赵致远一起哈哈大笑。

姑娘们关掉了日光灯，留着小红灯和白炽灯。她们，头上各自戴着一盏小白灯，对着客人的脚。先用热毛巾把整个脚捂捂，然后，用小刀修趾甲，修完趾甲，用小刀剔去赘皮，再然后，用小锉，在每个脚丫里来回锉。赵致远是第一次如此的享受，一边嘴里喊轻点轻点，一边"唏噜唏噜"地表达特别的舒服。周友立给隔壁的林东华发了短信，片刻，短信响了，周友立故意翻看手机："啊呀！隔壁的支道了吐了，林东华让我过去照看一下，我马上就过来。"

周友立不等赵致远说话，就拉着白雪香出了大门，出门的瞬间，顺手把靠门的三盏小红灯也关了。

周友立带着白雪香来到隔壁房间，几个人笑得东倒西歪。支道了指着周友立骂道："你个坏怂啊，赵老师的一世英名毁于一晚啊。"

高耀辉一边摸牌，一边坏笑："那个，给赵老师做得怎么样？"

周友立笑着把赵致远的卖弄说了，林东华嘴里一边说着碰，一边回味："相思本是无凭语，莫向花笺费泪行。赵老师心里苦得很啊。"

蒋一平拦住他们："专心打牌！那个，周友立啊，我现在担心，万一赵老师做上了瘾，到了上海就想回来，看你怎么办？"

周友立躺好，对白雪香说了："我们继续做，要敲大腿了吧，用点劲，馋馋他们。咦！支道了，你也找一个啊。"

王志安嘲弄的口气："你还不了解支道了？他嫌脏。"

林东华也跟着嘲讽："只要是女人，他都嫌脏。"

一直在给周友立敲腿的白雪香，忽然插嘴了："我听人家说，男人最喜欢脏东西，世界上最脏的两样东西。"

连支道了都奇怪了："啊？还有这个说法。"

白雪香忽然捂嘴笑了，笑了半天，才有一下，没一下地给周友立敲腿，回答支道了："我听人家说的，世界上最脏的两样东西，男人的政治，女人的小屄，男人最喜欢了。"

蒋一平啐了一句，操！一屋子人都笑了，居然无话反驳。

从周友立离开房间，顺手关掉小红灯开始，赵致远的心就忽然"怦怦怦"地跳几下,停一下,跳几下,停一下,早搏了。

吴凭语捏脚将要结束了,借着床前唯一的一盏小白炽灯,先开口了:"赵老板,你是做哪行的?"

赵致远正紧张中呢,被吴凭语一问,心情倒轻松下来了,想了想,没敢说实话,编了谎:"我啊,卖书的。"

吴凭语起身,侧身坐到了床上,抬起赵致远的左腿,放在自己的腿上,准备敲腿。赵致远猛然起身:"啊,啊,你要做什么?"

吴凭语被赵致远的举动吓了一下,心里想,难道想快点做?妩媚地一笑:"敲腿啊,你不要敲吗?"

赵致远说:"啊?修脚还敲腿啊。"

吴凭语回答:"都是一起的啊,钱都算进去了。"

赵致远想用手推脱,举起的手,无意间就摸到了无凭语的胸前,慌得忙缩回手:"我不要敲腿,你走吧。"

吴凭语僵着了:"赵老板,我修脚修得不好吗?"

赵致远点头说:"好的,好的,蛮好的。"

吴凭语抬头问,脸快贴到赵致远的脸了:"那为什么不敲腿呢?我敲腿也蛮好的。"

赵致远被吴凭语脸上的香气一熏,心里一荡,有些慌张:"我,我不习惯。"

吴凭语说了:"赵老板,你开始还不习惯修脚呢,现在不是也说蛮好么。"

赵致远被无凭语说得居然无法说话了,想了想说:"要多少钱啊?"

吴凭语说了:"钱不用你操心,你朋友帮你全部付了。你就敲敲吧,不然,我都无法给你朋友交代呢。"

赵致远有点累了,往后躺去,边躺边问:"怎么叫无法交代?"

吴凭语的话语里有点哭腔了："你朋友跟老板是兄弟，我拿了钱，却没干活，万一被老板知道了，会辞退我的。赵老板，你就可怜可怜我吧。"

赵致远被吴凭语的装可怜感动了，无奈地说了句："敲吧。"

隔壁房间里，五杆烟枪轮流上阵，烟雾浓密得像云，在房间的每个角落，作怪兽状。

正在享受的周友立，问专心看电视的支道了："又不抽烟，又不喝酒，除了工作，就是看电影，有什么意思啊？"

支道了头也不动丝毫："人生本来就没意思啊。"

周友立说："我们同学好久不聊天了，为什么人生本来就没意思，听听你的高见呢。"

支道了指指电视，正在播放周星驰的《喜剧之王》，周星驰正在教张柏芝如何演戏呢："人生不就是星爷的电影么，无厘头啊。"

周友立摇摇头："跟你讲话吃力的。"

电视上，吴孟达正在为一盒盒饭狠批周星驰，支道了对周友立说："喏，有意思的人生，就是每天都要被人狠批，也未必是具体的人，可以是社会，更大的是命运。"

林东华对周友立说："你别跟支道了扯，他高中的时候就想做哲学家了，尽看古怪的书，说古怪的话。"

高耀辉插嘴："你忘记了，高三的时候，看了电影《人生》，说了很多偏激的话，跟全班的女生吵架。"

支道了不好意思了："你们都还记得啊。"

蒋一平挥挥手："别说了，打牌。对了，周友立，你不去看看赵老师，到底进展到哪一步了。"

王志安笑了："一帮坏怂，赵老师会不会真的，那个，啊。"

周友立笑了:"从逢场作戏开始，到弄假成真结束，男人么，哪个不喜新厌旧？尤其在女色上。"

支道了摇头:"谬论。"

周友立很正式地对支道了说:"支道了，你别装，我就不信你没对别的女人动过心。"

支道了摇摇头:"发乎情，止乎礼么。君子动心不动淫。"

周友立也跟着摇摇头:"唉，从此无心爱良夜，任他明月下西楼啊。"

床头的残灯、吴凭语的香气，以及细腻的双手在腿上来回摩擦，让睡意萌生的赵致远，缓缓来了兴致，下面的东西慢慢硬了。

不知道是无意，还是有意，吴凭语的手，总在大腿的根部来回游走，赵致远想熬住兴致，偏偏兴致跟他作对，越来越硬了。忽然，吴凭语的小手伸了进来，一把握住:"赵老板，做吗？"

赵致远心里想的是不，嘴里啊啊啊地含糊不清。吴凭语不等他开口，熟练地褪去了他的内裤。这一刻，赵致远忽然清醒了，一下坐起来，拉住内裤:"不行，不行！"

吴凭语轻轻地上下抚摸了一下，给他戴上了套套。赵致远再也坐不住了，忽然就抱住吴凭语，疯狂地亲吻她的脸。

吴凭语关掉残灯，利落地脱去自己的衣服，赤裸裸地伏在赵致远的身上。赵致远一边亲吻无凭语，双手也不闲，向下摸去。吴凭语微微张开腿，引导赵致远往里去，刚到边缘，忽然停住了:"赵老板，这个钱要你自己付的啊。"

赵致远哪里还分得清东西南北啊，嘴里说的是:"别停，我有钱。"

这一刻的赵致远,脑筋里居然冒出了这样两句诗:前不见古人,后不见来者。当下面蓬勃而出的刹那,赵致远念出了后面两句:念天地之悠悠,独怆然而涕下。

支道了前传

一

张道九不行九,行四,上面三个姐姐。生他的时候,一听是儿子,父亲咧嘴喊:"倒酒,倒酒!"这就成了他的名字。

张道九从小能吃肉,家里惯,一天三顿肉,变着花样做。十岁就长到一米五,七十公斤。他还爱打架,从幼儿园打到高中,父亲的酒钱赔掉不少。高三的时候,他已经一米八五,九十公斤了,短发上冒,橘子皮脸,像四十岁,笑起来口水不自觉地斜流,一走路腿撩啊撩的,像腰椎间盘突出症。跑起来快,肉腿蹬地,地面夯夯夯震响,身后一阵灰,跑、跳、掷样样拿得起来。班主任潘老师说:"张道九,你身体好,就考警校吧。"

三年警校毕业,张道九分到金乡镇派出所,从基层民警做起。头一次出名,是因为酒。钱家的大队长锁林,跟隔壁邻居小赖皮,为了几分田的垄,打到一起,要讲起来队长不占理。那是十月,田里到处飘香,稻米梗都香。张道九去了,先是调解,都不答应。吃饭了,锁林要跟张道九赌酒,他的外号是"钱一斤"啊。张道九笑笑,也没拒绝,就开始大碗吃了。两碗下去,一口菜没吃,锁林停住了,看住张道九又吃了两碗,屁也没放,松口了。就传了,要说吃酒,张道九是"张公斤",他是吃了两斤。后来传讹了,成了九公斤。一般老百姓不晓得,到了派出所,都说,找姓九的警察。

后一次出名,龙家的国胜,老娘做八十岁,包了一场露天的电影《五女拜寿》,老人家喜欢看越剧。电影还没放呢,闹忙了。集镇上的两个街痞子,龙发跟阿七,为了抢占一个好位置,先斗嘴,后动手了,两个人都长得滚壮,谁也劝不动,国胜只好去请张道九了。正好张道九值班,他"蹬蹬蹬蹬"一阵小跑,身后一阵灰,到了人群外面,高喊一声:"都跟我出来。"

集镇有头有脸的人都在场,两个痞子哪里丢得下面子呢?没理睬张道九。张道九也不着急,慢慢踱步过去,走近了,也不开口,一手一个,直接把他们拎起来,双脚离地,跟拎两只水桶一样,来到人群之外,往地上一掼,气都不嘘:"今晚的电影,你们不要看了,躲家去。"

两人正要起身走开,张道九又说了:"去,到老寿星面前磕几个头!"

龙发跟阿七,乖乖跪在国胜老娘面前,"梆梆梆"磕了三个响头。

在金乡镇苦了五年,上下、老小口碑都好。进城,到局里的宣传处做文书,别看他长得粗夯,却有一样别致的爱好,会拍照片。那是九十年代初啊,还用着"红梅120"呢。这要谢他父亲,惯他,警校的时候,就摸相机了。也是这一年,张道九结婚了,妻子是小学老师,叫闵雪怡。生的女儿叫张闵。

张道九到局里,就做两件事。一是跟随局长出席各色酒局,陪酒。二是跟随局长出席各种会议,拍照。除了睡觉不在一起,和局长在一起的时间,比跟闵老师在一起的时间长,就有各种议论出来了。过了两年,局长跟张道九商量了:"九啊(局长都这么叫他)九啊,到下面去锻炼锻炼,再上来?"

这是在局长家里,张道九先一愣,霍地跪地,"梆梆梆"三个响头:"撒尿随卵转,你看着办。"

张道九要去的龙溪镇,在县城最西面,和邻县澧水交界,是全县最大的乡镇。张道九到龙溪派出所,担任的是教导员,属于第二把手,一把手是所长靳忧春。张道九一去,就碰到一件恶性案件。

澧水的一个上门女婿潘德坤,跟老婆吵架,一怒之下,杀了老婆一家八口,跑进了松山。这松山,金县和澧水各一半,两县的公安都出动了。松山是龙溪派出所的管辖地,责无旁贷,靳忧春和张道九轮流,夜晚带警员上山,搜索潘德坤。冬天啊,沟壑成冻,枝丫皆冰!张道九还是老习惯,随身带着他的"红梅120",遇到有感觉的场景,摁下快门!松山并不是一座山,而是几座山的合称,山跟山之间有平地,有住户。这一晚,张道九带着四个警员,来到神庭,这里一共只有一户人家。夜已经被寒冷浸透了,每走一步都又歪又湿。快到住户家的时候,张道九发现这家住户的房子背靠大山,剪影很有意境,就打开"红梅120",调好闪光灯和焦距,凭感觉摁了一张。霍地,门开了,一个黑影从里面突出来,向山上的方向疾奔。

张道九和四名警员,本能地朝黑影追去。

在黑影正要转角的瞬间,张道九顾不上想了,把手里的相机扔了过去,击中黑影的头,黑影"哐当"倒地。

1997年的元旦,局里为张道九办了庆功宴,正、副局长,政委,各个辖区派出所的所长和指导员,看守所、拘留所和监狱的领导,全部到齐。那一晚,张道九喝的酒,不止一公斤了。那一年的元旦很冷,回家的路上,已经飘了雪花。张道九坚持自己骑自行车回家,坚决不要同事相送。整个局里的人,都相信了张道九的酒量，就目送他骑车回家了。

二

支道了学医，纯属意外。

支道了从小的理想，是做一个演员。记得很小的时候，跟隔壁的邻居去看电影，就知道装矮不用买票。检票员看他弯着腿，矮着一截走路，禁不住笑了：你站直了吧，我不收你的票。他这才敢站直了。那段时间看得最多的就是毛主席接见外国客人的彩色纪录片。上了小学，为了看电影，做过两次"不速之客"，是从电影院的边门爬进去，那边门是木板做的，已经烂了个大洞。一次看的是《奇袭》，一次看的是动画片《渔童》。支道了后来感觉，爬进门洞的那一刻，就像张勇手爬过铁丝网的姿势一样，无比美妙。就心想，我也要做演员。

其实，也就是想想。一个农村孩子，想成为一名演员，几乎是做梦。况且，支道了还是农村户口，从小被教育的理想，是考大学，转户口，做一个城里人。因此，做演员的梦破了，但爱看电影的习惯保留了下来，那时的理想，是做一个电影院的放映员，每时每刻可以免费看电影。

高考前夕，学校组织看的《人生》。周里京是他喜欢的演员，看完《人生》，语文老师要求写观后感，所有的同学都同情巧珍，只有支道了全力地为高加林辩护。写毕业留念的题词时，就有女生把柳青的那段话写给他："人生的道路虽然漫长，但紧要处常常只有几步，特别是当人年轻的时候。"

也就是题词的同时，要填高考志愿了。

志愿分本一、本二和大专。父亲和母亲都是农民，那几年农村形势不错，父亲说，考个农林学院吧，靠着土地总有饭吃。支道了最要好的同学高耀辉说，我色盲，不能学医，你就学医吧，我们同学中，总该有个医生吧。支道了的本一是山东大学的遗传工程，本二是徐州医学院。高考分数出来，正好达到本二的分数线，苦了五年，就这样做了医生。因为没有门路，被定在了传染科。

做了医生以后，支道了爱看电影的习惯一直坚持着。譬如，支道了和毕枝一，就是看电影《银蛇谋杀案》时相识的。结婚后不久，毕枝一辞掉护士去考记者，念头的缘起，是两人看电影《秘密采访》的时候。电影中，王志文主演的记者叫麦克锋。一九九七年的元旦，妻子毕枝一有采访任务，难得休息的支道了，带着四岁的儿子支援，去电影院看电影，看的是成龙的《霹雳火》。

细雪在路灯的映照下，像春天飘洒的绒花，好像要慢慢地唤醒着沉睡的春意。支道了牵着儿子的手，一边模仿着电影中的成龙，嘴里发出"呵哈呵哈"的喊声，一边往家走，心里温凉参半，为身边的儿子和另在他处的毕枝一。将要进文化新村的大门，儿子支援忽然喊道："爸爸，有人！"

支道了定睛一看，新村大门的右边，有一团黑影，已经被白雪罩上了薄薄一层.再走近了，才发现是一个醉鬼，穿着警察的制服，边上斜着一辆自行车，一定是喝醉了从车上掉下来的。那警察的头，埋在了自己呕吐物中，令人难闻欲呕。支道了赶紧把警察的头从呕吐物中拉开，狠命拍他的脸，有反应。再回头看路上，没有人影。那时，手机还没有普及，刚开始有出租车，120还不联通。支道了忙扶正自行车，叫儿子支援挡正，费力地把那人架到了自行车的后座上，然后，带着儿子，一步一步往医院推去。

三

在坚辞了三次之后，支道了才答应了张道九的邀请，带着毕枝一和支援，去城西的"境外天"赴晚宴。

正月里，爆竹声是不分场合和时辰的。支道了从城东的文化新村出发，往西门走，一路上，好像是被爆竹撵着走的，踏步都是爆竹的各色纸屑和碎梗。来到西门的饭店，时间正好是六点。"境外天"的门前，张道九带着闵雪怡和张闵，已经在恭迎了。

包厢叫"天外飞鲜"，四个大人，两个孩子，间插着落座。

大家刚落座定心，彼此寒暄了几句，算是基本熟悉了。张道九起身，拉开座椅，往后退了两步，忽然跪下了，"梆梆梆"磕了三个响头，把在座的所有人都吓得变了脸色。

张道九说："谢谢支医生，哦，不，谢谢哥哥。从此你就是我的亲哥哥，有什么事情，只要看得起我这个兄弟，随叫随到，绝不耽误。"

支道了赶紧扶起张道九，脸上反而一脸的愧疚和不安。搀扶了三次，张道九才起身，敬酒三杯，都是一干而尽，一边的闵雪怡只是皱眉，却没有说话。支道了不会喝酒，只是用茶回敬。一旁的毕枝一起身了："来，我代表支道了回敬你，谢谢你啊。"也是三杯。支道了只是皱眉，没有说话。

张道九借着酒兴，开始高声嚷嚷了："那天我酒不多么，大概是高兴了，出门骑车的时候，局长送我到门口，我都是清醒的。后来，骑到文化小门的时候，就不记得后来的事情了。我晓得，那天晚上，要不是哥哥救我，我就闷死了，冻死了。哪里有今天的位置呢？"

说完，张道九指指桌上的一部相机："可惜了我的'红梅'了，喏！这是局里奖给我的，'海鸥'的。"

支道了没喝酒，倒像醉酒了，脑筋里全是当晚的情形，像做梦一样，情节颠倒和断续。

那一晚，支道了深一脚，浅一脚，把醉酒的张道九推到了医院急诊室。急诊的医生护士，看到是支道了送来的酒鬼，都以为他的朋友。一问才知道是做好事，按照醉酒的指南，催吐、醒脑给予治疗。但是，张道九很不配合。到了急诊室，他呕吐了几次，吐出了很多胃液和胆汁，都是支道了帮助拿篓子，帮着翻身，帮着擦嘴擦脸。吐完以后，有点反应了，他不肯输液，不肯打针，一直在抢救床上翻来覆去地喊叫，整个医院的急诊区，反复回响着他的嗷声。医生护士在他身上找，想联系他的家人，没有任何证明。一直闹到凌晨五点，终于沉沉睡去了，支援也在另外一张抢救床上睡着了。将近七点的时候，闵雪怡找到了急诊室，她已经找了半夜了。

毕枝一出于记者的敏感，问张道九，那晚为什么会喝醉了。张道九就把在龙溪镇抓凶犯的事情，原原本本说了一遍。毕枝一兴奋了，这是多么好的新闻题材啊。宴席上就约好了，第二天去城北派出所采访张道九。因为张道九亲手抓到了潘德坤，已经被任命为城北派出所的所长了。

宴席结束的时候，张道九拿起相机，调好焦距、曝光时间和灯光，两家人端坐在一起，让服务员摁了快门。

出门的时候，彼此一问，才知道居然都住在文化新村，支道了住41-303，张道九住42-306，一前一后，真是缘分。但是，都有一个疑问，都住了好几年了，怎么从来没在路上遇见过呢？

毕枝一的新闻报道，让张道九成了小城的名人。

那文章的结尾，有这样一段话：是时代精神，是职业素养，是个人努力，成就了张道九同志的英雄壮举。有张道九这样的警察在，我们的社会平安和人身安全，还有什么值得顾虑的呢？因此，我们有理由喊出这样的口号：向张道九同志学习！

配发的照片，是张道九挎着相机，背景是蜿蜒伟岸的松山，仰拍的视角，越发衬托出张道九的高大和威猛，这也是毕枝一的杰作。

这以后，这两家人，每隔一两月都要聚会一次。这其中，大多数都是张道九主动邀请并请客,他的门路既广又多,很多次都是别人付账,已有人背后喊他"北霸天"。小城大大小小的饭店,就在这将近三年的时间里,都被他们两家一一光顾了。每次聚会,毕枝一都要问张道九,最近有什么案件,或者新闻,张道九总能找出几个事例,两个人都是高声高语。而支道了和闵雪怡呢,一个谈谈教学,一个谈谈看病,好像专业是互通的,说到会心的地方,默契一笑,都是低声低语。然后是喝酒,张道九和毕枝一,都要连干三杯,而支道了和闵雪怡只是淡淡地喝茶。两个孩子呢,在同一个幼儿园,张闵大班,支援中班,都要读小学了。

四

2000年的夏天,天热得很饥糟,原地转个身,都有出汗到休克的可能,也是一年之中,传染科最忙的季节。支道了已升了主治,工作日忙夜忙,看VCD的时间都没有。支援已经读小学二年级了,毕枝一呢,好像不在他的生活视线里。支道了的日常生活,就像是小津安二郎的电影,重复而缓慢。

好像是一个周五,是下午四点左右,天阴着,好像将有小雨,支道了门诊,正好看完几个病人闲了下来,进来一个人,是闵雪怡。

闵雪怡,脸色憔悴得像姜黄,还皱了皮。大夏天的,还穿着长袖衬衫、长裤、布袜皮鞋。眼神痛苦而羞怯,挪步进门,看看门外,又看看窗外,确实没有病人了,"扑通"一声跪下了,伏身在地,眼泪像瀑布一样地流:"支医生,你救救我吧。"

支道了急忙起身,把门关上,只露一条缝隙,伸出手了,又缩了回来,嘴里忙乱地喊着:"闵老师,闵老师,你赶紧起来。"最后还是伸出手,把闵雪怡搀扶起来,坐在了凳子上。自己倒出了一身汗,头顶的风扇好像根本不起作用,内心似乎预感到要发生什么了,心动过速到每分钟120次,傻了半天,才轻声问道:"闵老师,你说,到底什么事情啊?"

闵雪怡很久才停住哭泣。

上个周五晚上十点,闵雪怡加完班回去,没带钥匙,就用力敲门。没有声音,就打手机给张道九,手机音乐在屋里响着,就是没人接。闵雪怡明白家里有人,就一直敲门。敲了有十分钟,门忽然开了,张道九猛地扑过来,把闵雪怡推倒在门的一侧,让开另外一侧,从屋里迅速地跑出一个人,飞快地跑下楼梯,闵雪怡不用抬眼,都知道是毕枝一。

支道了心里也知道了,是毕枝一,因为,上周五,他在医院值班。

支道了知道是毕枝一,人反而踏实了,心率也恢复正常了,说话也不发颤了,手也不抖了,心里久久拧紧的阀门,终于松开了。

下雨了,支道了忘记了闵雪怡是何时离开的,忘记了自己是如何骑车到家的。全身濡湿,皮鞋里全是雨水。开门,进去,也不换鞋,一走路两脚"扑哧扑哧"响。毕枝一正在小书房写稿子。支道了稳了半天心境,才发问:"你是想离婚吗?"

毕枝一不回答,眼睛盯着电脑,手停住了。

支道了再问:"你到底想做什么?"

毕枝一依然不出声。

支道了脱去濡湿的衣服,成了光身,把脚上的鞋脱了,成了光脚。他也不穿衣服,也不穿鞋,在狭小的房间来回走动。忽然,他觉得一点也不了解眼前的毕枝一。毕枝一,不管从哪个角度看去,也很憔悴。支道了明白了,他为何感觉不了解毕枝一了,因为,从结婚以来,彼此好像非常了解,好像从来不需要交流。支道了想了半天,低声问了一句:"你告诉我,到底为什么？"

毕枝一忽然就动怒了："是，我不为什么。支道了，你看看你自己，三十几岁的男人，除了上班看病，下班管孩子，要么就是闷在家里看碟片，跟我在一起，屁也没有一个。这样活着，你有意思吗？支道了，你再看看你，你有朋友吗？烟不抽，酒不喝，牌也不打，什么交际都没有，家里大小事情，都是我去出面。好，这也不说了，支道了，你，你是一个男人啊！能不能活得像一个男人啊，精神振奋，生机勃勃，活力充沛，可以吗？"

支道了被毕枝一的怒问镇住了，从书房走到客厅，再从客厅走到卧室，再从卧室走出来，再次来到书房的时候，支道了忽然全身赤裸着跪了下来，狠狠地磕了一个头："为了孩子，不要离婚，从现在开始，不再联系了，可以吗？"

就是当晚，支道了带着毕枝一，来到了张道九的家，当着张道九和闵雪怡的面，把话撂下了。张道九也答应了，从此再不见面，跪在了闵雪怡面前，被闵雪怡狠狠扇了一个巴掌。

2000年的12月31日，为了庆祝元旦，支道了和几位新近认识的碟友聚餐。他已经学会了麻将，说好了晚餐后搓三将。他也会喝酒了，不过是红酒，只能一杯。香烟依然不会，有人递烟，就接过来，放在鼻子底下闻闻，再放在手里来回轻轻搓揉。席间，大家正在谈的是库布里克的电影《大开眼戒》，谈电影的主题，谈汤姆·克鲁斯和妮可·基德曼的演技，再延伸到《雨人》，由《雨人》说到达斯汀·霍夫曼，谈兴正浓的时候，支道了的电话响了，号码似曾相识，支道了犹豫了一下，才接通，电话那头一片哭声，是闵雪怡："支道了，快来，毕枝一出事了。"

支道了走进久违的张道九家，差点跌跤。张道九家的客厅、厨房、书房、卧室，甚至卫生间，每一个角落，都撒满了白色耀眼的大米。张道九的卧室里，闵雪怡坐在靠墙的角落里，抽泣不停；床上，全身赤裸的张道九，好像傻了，嘴里"叽叽咕咕"不停地念叨,听不清在说什么。卧室的门框上,吊着已经死去的毕枝一,全身赤裸,像一粒刺眼的大米。

120来了,110来了,无数的人在支道了身边来来去去,支道了都没有感觉和察觉,他一直摇摇晃晃地站在客厅中央,站在一片大米的空白处,脑筋里和眼睛里,全是一粒一粒刺眼的大米。很久以后,支道了也想不起来,那一段时间,他的周围,到底发生了什么事情。

新年的春节过去以后,支道了狠狠心,把支援交给了自己的父亲,报名援外,去了非洲。

五

这是小城新开的一家茶楼,名字很有意思——"风月无边"。

这一晚,金秋十月的一天,支道了晋升副高,邀请了一帮新老碟友,齐聚茶室,品茗聊天,畅谈电影。这晚谈的DVD《无耻混蛋》,昆汀·塔伦蒂洛2009年的新作。畅谈会类似读书会,大家即兴轮流发言,并没有设定的主题,支道了说:"看昆汀的电影,从《杀死比尔》开始,明显有胡金铨和楚原的影响,包括镜头和剪辑,包括主题,隐隐有侠义在里面。"

一位新来的女碟友,大概二十多岁,浑身鲜嫩,包括声音:"支医生,你怎么会得出这样的感觉呢?有什么依据呢?"

支道了笑了:"没有什么依据啊,又不是电影理论家,看得多了,就是凭感觉谈的。"

有人起哄,对女青年说:"小郑,支医生是钻石王老五啊,要不要我们给你做个媒?"

还有人跟着对支道了说笑:"老支,小郑不错,在银行工作,也喜欢电影,你们算志同道合,追一追么。"

支道了笑骂:"你们这帮牲口啊,看小郑的年纪,跟我儿子差不多,想叫我乱伦啊。"

众人不饶,围哄小郑,小郑低下头,不经意间,两人的视线碰了一下,心里都有点颤动。

回到家里,已经是晚上十点多了。2003年,从非洲回来以后,支道了就把家搬到了小城的中心花园。一晃,儿子已经成人,在杭州读大学,家里就剩下自己单门独身。

支道了有一个书柜,按照26个字母的顺序,竖着收藏的碟片。睡觉之前,他有个习惯,喜欢在自己收藏的碟片面前翻翻,如果翻到有兴趣的,隔天再重看。他忽然发现,最下层的角落里,斜插着一张碟片,已经落灰了,拿起来一看,《亡命天涯》,是自己从非洲回来淘的第一张DVD,打开,海报和碟片之间,有一张东西,拿出来一看,居然是十几年前,自己一家和张道九一家,在"境外天"的合影。支道了怔了半天,看着照片上的每一个人,包括自己,怎么会那么陌生呢?支道了再想,怎么也想不起来,这张照片是如何插在这张碟片里的,肯定不是自己,难道是支援吗?就想打个电话,顺便问问,一看时间,太晚了,睡觉吧。

第二天,是支道了的夜班。五点班刚刚接班,急诊室来电话了:"支主任,来急诊。"

支道了听出是护士长胡美丽的声音,就问道:"什么病人?"

胡美丽说:"酒精性肝硬化,已经肝昏迷了。"

支道了说:"酒精性肝硬化,不是归消化科么?"

胡美丽说:"以前都是叫消化科,今天消化科没有床位,反正是肝硬化,你们也能看。"

支道了问:"那不行,现在这环境,万一家属有意见,我们科室都要跟着倒霉的。"

胡美丽叹气:"支主任,你来急诊,电话里说不清楚。"

支道了来到急诊室,胡美丽迎上来,说病人的原委。原来,将近有四五年了,这个病人都是喝多了醉倒在街上,被路人打了120接来的,开始几次,家属还来看望和陪护,最近两年,家属也不来了,说不管他了,死掉拉倒。医院没办法,就和病人的单位协商,派出所出面,签了字,一旦送来医院就治疗,每次出院的账,都是派出所来结的。

支道了听着听着,就感觉不对,心慌得要眩晕。走过去,看到了抢救床上的病人,病人几乎赤裸,长长地斜躺在抢救床上,两只脚直挂床下,像一颗剥了粽叶的烂粽子,浑身上下全是腐臭味。不用再近了,一个侧面和背影,支道了就明白了,是张道九。

支道了给张道九办了住院手续,按照肝硬化合并肝昏迷的治疗指南,给予对症治疗。从目前的生命体征来看,随时有生命危险。等治疗就绪了,支道了拨通从胡美丽那里要来的电话,电话那头声音依然是羞怯和不安的:"请问哪位?"

支道了时光倒流一般好像重返梦中,愣了半天才开口:"我是支道了。"

闵雪怡来了,在支道了对面坐下,两个人都愣着神,死盯着对方的脸。还是支道了先回神,问闵雪怡:"老张这事……"

闵雪怡一摆手:"别说他的事情,跟我无关。我是来看你的。"

支道了试探着问道:"你们离婚了?"

"那倒没有,"闵雪怡回答,"早分居了。"

"那么,张闵呢?"支道了又问。

闵雪怡说:"现在叫闵闵,在南京读大学。"

支道了感叹:"是啊,孩子都大了,我们都老了。"

夜班护士在喊支道了,说张道九入院后,一直没有小便。支道了对闵雪怡说:"一起去看看?"

闵雪怡摇摇头。

支道了开了医嘱,给张道九推速尿,再到床前去看张道九,还是昏迷着,再看心电监护仪的数据,都明显异常。

支道了返回医生办公室,在电脑上写好医患沟通,对闵雪怡说:"按照住院的流程,你签个字吧,一旦有生命危险,是积极抢救呢,还是放弃治疗?"

闵雪怡说:"我懂,已经签过很多次了。"

拿过医患沟通,"唰唰唰"写下几句话:一旦病情加重,有生命危险,放弃治疗,一切后果自负。然后,郑重地写下自己的名字。

支道了按照经验,问闵雪怡:"不用跟张道九的父母、姐姐说吗?"

早就不管他了。

"要不要叫张闵,不,闵闵回来一趟,万一……"

"不用,被他丢脸都丢尽了。"

支道了随手拿起桌上的散烟,在手上轻轻搓揉,这才想起来问一句:"你,过得还好吗?"

闵雪怡深情地看着支道了,无声地流泪。

闵雪怡走了,支道了来到张道九的病床前,从怀里掏出一张照片,正是十几年前,两家六口人,在"境外天"的合影。支道了看看照片,再看看病床上的张道九,嘴里自言自语:"人生真快,也真无聊,你就快要死了,我还要活好多年,兄弟,你好好上路吧,哥哥不怪你了。"

支道了一边说,一边开始撕手里的照片。这一瞬间,一直昏迷的张道九,好像回光返照,在病床上挣扎,想要起身。他仍然紧闭双眼,有眼泪从眼角慢慢渗出,缓慢而清晰地说道:"哥哥,对不起,我给你磕头了。"

后记

沉郁之中写病史

今年,因为张文宏医生的警句迭出,"感染科医生"上了热搜。虚构的支道了医生是一位感染科医生,塑造支道了医生的于建新,也是一位感染科医生。而从2015年开始写作的《感染科医生》,今年也恰好收尾。加上花城出版社的快马加鞭,凡此种种,正所谓因缘际会,应运而生,说的就是这本书!

我是一个热爱写小说的医生,在潜意识里,必定有写出典型医生的信念。在以前的小说里,写过几个医生,都不满意。医生的最高经典,当为《日瓦戈医生》。因此,从2015年开始,一个偶然的机会,作为感染科医生的支道了诞生了。当然,跟《日瓦戈医生》比,文学性、思想性和典型性,都相距甚远。但是,作为一位四线城市人民医院的感染科医生,支道了医生在文学人物上,算是用铅笔,画了一条浅浅的细线。什么时候能用钢笔,用毛笔,画粗画红,有待时日吧!

写《感染科医生》的几年中,正逢我遭遇最大的人生变故。老话说,文章憎命达。我自己也说过,一个好的作家,必得先有为文学的人生,然后方有为人生的文学。如此期许,竟然一语成谶！但是，确实，那种沉溺于沉郁之中的人生体验，没有切肤的感受，是无法言说的。即使言说了，也不及个中之万一，终究难以抵达，这也是一种悲哀。

每个写作者都有同样的野心，希望自己的作品在艺术性上有某个层次的突破，我也一样。因为感染科医生的特殊性，我并不希望小说集的出版是因为鲜为人知的故事而得到青睐。但是，我又深知，在2020年这个特殊的年份，鲜为人知一定是得以顺利出版的重要原因。这又是作为作者的我，另外一种矛盾心情的存在。

有过外伤病史的人都知道，需要到医院注射破伤风。有人对破伤风注射液过敏，就需要小剂量，分多次脱敏。35年了，一年又一年，对于文学和文字，我好像始终无法脱敏。也许，被文学锐器重伤，无法脱敏，在感染中疯狂，乃至死去，是我最好的宿命！

2020年10月24日

逍遥生日际于金坛